電気グルーヴの続・メロン牧場——花嫁は死神 上巻

ロッキング・オン

はじめに

●本書「続・電気グルーヴのメロン牧場——花嫁は死神」上巻は、㈱ロッキング・オン発行の音楽雑誌BUZZにて2001年9月号から2003年4月号まで、そしてロッキング・オン・ジャパンにて2003年5月号から2008年4月号まで連載された、電気グルーヴの語り下ろしコーナー『電気グルーヴのメロン牧場——花嫁は死神』のうち、全体の前半分にあたる2001年9月号から2005年3月号までの回を、1冊にまとめたものです。なお、後半の2005年4月号から2008年4月号までの回は、下巻として本書と同時発売となっております。それ以降も連載は続行中です。

●この連載は、ロッキング・オン・ジャパン1997年1月号から始まりました。その後、2000年

7月号からBUZZに移りました。連載スタートから2001年7月号の回までを1冊にまとめた単行本が、『電気グルーヴのメロン牧場――花嫁は死神』として、2001年8月に発売になっています。本書は、その続編になります。

●最初から2002年9月号までは、「○月号」という表記が1ヵ月おきになっていますが、これはBUZZが隔月刊誌だったためです。その9月号から月刊誌になりましたが、2003年4月号で休刊になり、ロッキング・オン・ジャパンに戻りました。ジャパンは月刊誌です。

●雑誌掲載時にページ数の都合でカットした未発表トークを、「ボーナストラック」として1年ごとに掲載しています。

もくじ

2001年

DENKI GROOVE no
MELON BOKUJO－HANAYOME wa SHINIGAMI
2001

9月号

●方言フェチってあるでしょ。
瀧「方言フェチ？　俺それある！」
●あるよねえ！
卓球「場所にもよるかなあ。『い、いぐべえっ』とか言われても（笑）。『い、いぐ、いぐっ』（笑）」
瀧「『いぐっ』って、『いぐっ』ってとこまでいってんだから、もういいじゃん（笑）。そこに至るまでの話だっつうの（笑）」
卓球「昔、友達とスカトロ[1]ビデオ見ててさ、クソする女がものすごい東北訛りで、東北の人にはものすごい悪いけど、クソが臭そうに見えるんだよねえ（笑）」
一同「（笑）」
卓球「偏見で悪いんだけど、『へえ、それ肥えになるんでしょお』って感じ（笑）」
●そういうの期待して地方で風俗とか行ったりすることは？
瀧「うーん、まあ、そういうのがポロッて出ると、『ドキッ』としちゃう時あるね」
卓球「あ〜、俺逆にそれ萎えるな。いっぱいウワアッて考えちゃう」
瀧「（笑）何を考えるの!?」
卓球「『ああ、こんな田舎でこういう仕事をして……』」
瀧「そいつの周りをサーチし始めちゃうってことだろ？（笑）」
卓球「そう、楽しむどころじゃなくなっちゃうよねえ。見たくもない女の部屋を見てしまう感

1 スカトロ：「糞尿や排泄行為についての話、またそれを好んで話題にする趣味・文学作品」をスカトロジーという。それが元で、一般に糞尿や排泄行為に対して性的興奮を覚える嗜好性、またその行為のことをスカトロと呼ぶようになった。

じっていうかさ。ファンタジーがなくなっちゃうよね」
瀧「俺は方言ポロッて出ると『あ、かわいい』って思っちゃうね」
卓球「東京に住んでたりすると、あからさまな方言ってあんまり耳にすることないから、無防備な感じがするんじゃない?」
瀧「方言で明らかに言い方が違うと、自分が普段暮らしてるエリアから距離感が出るんだよね。女の子との間に」
卓球「そんなこと言ったら、アフリカ人と寝たらもっとすごいじゃん」
瀧「そりゃそうなんだけど(笑)、距離感が出る分、こんだけ遠い奴と、今俺は一緒にいて話してるっていう、その偶然性みたいなのに――」
卓球「『お前、名前〝ン〟から始まるの!?』って?(笑)。ンゴゴとか」
一同「(笑)」
卓球「『ああ、俺今〝ン〟から始まる女抱いてんだあ』とかさあ。そのンゴゴが仮に日本語ペラペラだとしてもさあ、『ねえ、ンゴゴはさあ』って言ってる時点で、距離感じるよねえ(笑)」
瀧「(笑)それは名前の問題じゃん!」
●さっき卓球が言った、見たくもない女の部屋とかを見せられたような感じっていうの、俺そういうのが見えると逆にこう、いいねえ。
卓球「俺、絶対女の部屋とか行かないもん……歯ブラシとか、どっか行って撮ってる写真とか貼ってあってもさあ(笑)。カンケーねえもん、俺に」

瀧「俺結構積極的に見ちゃうかな」
●やたら見せたがる奴と隠す奴といるよね。
卓球「それ関係にもよるんじゃない。向こうが見せてくるっていうのは、より深い仲になっていこう、もっといろいろ共有してこうぜ、っていう意志の表れじゃん」
●あとやっぱ、コンプレックス率が高い女と、それとは全然無縁な女っていうのがいるでしょ。ちょっと何か見ようとしただけで「あっ、ダメダメ！」っていう女いるじゃん。
瀧「いるいる」
卓球「あ、叩く女いない？　叩く女ってさ、ブスだよねえ（笑）」
●そうだよね！（笑）。
卓球「ブスの行為だよね。おばさんっていうかさあ」
●いる、叩くブス！
卓球「『違うのよお！』って感じで。おばさんの会話の割り込み方で、よく『違うのよお！』って入ってくるじゃん。で、『えっ、違うの!?』ってこっちがひるんで、『違うんだったら聞かなきゃ』って聞いてみると、全然話違わなかったりするじゃん。『え？　違うんじゃなかったの？』って」
●割り込むためなんだ（笑）。
卓球「『そうなのよねえ』って同意してのってくるほうが、どう考えてもスマートなんだけど、『いや、君たちの言ってることは間違ってる！　いいか！』って言って入ってくるじゃん。しかも叩きながら（笑）」

瀧「おばさん特有の『はい、注目～』なんじゃないの、それ（笑）」
卓球「クラブとかであるじゃん。『握手してください！』『はい、いいですよ。君の汚い前足とね』『ヤダ～！』。バチーンッ、とかってさぁ（笑）。『何それ!?』って感じじゃん。キャーキャー言ってたのに、バチーンッてさ。それに対して俺はどういう反応をすればいいの？っていう」
瀧「『あっ、卓球さんだ！　瀧さんだ！』って抱きついてくる子もいるじゃん。それのいびつな形なんだよね。でも、こっちからしたら、叩くなよって話なんだけどね」
卓球「男と触れ合う機会があんまりない人のほうが叩かない？　コミュニケーションの術をあんまりよく知らないっていうかさ」
瀧「……一気に距離を縮めたい感じの人が、そうなるよね。だから、男女の仲でいうと、もうちょっと段階を踏んでとかじゃなくて、いきなり家族ぐらいの距離までいきたいんだよね。一番内側に入りたい、みたいなのが、まず叩いてくることが多いよね」
卓球「叩きから!?（笑）。どういうコミュニケーションだよ、それ」
瀧「まず痛みを与えることによって（笑）。叩いて、それが許されたってことはもう対等の関係だ、ってなるんでしょ」

11月号

●WIREの瀧さんの衣装は、話題を呼んでますけど。

瀧「レーザーさん?」

●レーザーさんなんだ(笑)。

瀧「レーザーやんにしとこうかな(笑)」

卓球「レザやん?」

瀧「レザやん(笑)。レザーとレーザーで」

●あれ、コンセプトは?

瀧「コンセプト? コンセプトなんかないよ、そんなもん!」

●印象がさあ、ほら、普通ネタが明白じゃん。「あぁ、これはピザ屋だな」とか。今回のってよくわかんないじゃん。

卓球「だって、打ち合わせの段階では、最初、イタリアン・ジゴロっつってたもんな。で、俺はそこで話が終わって、『じゃあ、打ち合わせ行ってくるから』って何回かスタジオとか行ってて、衣装の打ち合わせだけ抜けてて。実際、当日行ったら、なんか革の短パンと革のジャケットとかなってるから、『あれ!? イタリアン・ジゴロは!?』って感じ(笑)」

瀧「(笑)。レーザーおもしろかったよ。ビーッて撃つの」

●あれ? 初だっけ、レーザー?

瀧「指から出すのは初。インベーダーん時、1回撃ったけど。フフフフフ」

●謎なコートだったよね。

瀧「ジャケット、あれは!」

1 道下:道下善之。電気グルーヴのマネージャー。元々音楽雑誌ロックンロールニューズメーカーの編集者として、電気グルーヴを担当していたが、96年、『ORANGE』のツアーで大阪へ取材に行った時、突然卓球から要請されて電気のマネージャーに就任。以降、電気のすべての活動と二人それぞれの活動を支え続けつつ、現在は砂原良徳、DJ TASAKA、井上ジョーのマネージメントも手がける。愛称ミッチー。またの名をミスターX。詳しくは02年10月の回を参照。

●高そうだったよね。
瀧「高いのかな？」
●なんか、高そうっていうのと、ロシアっぽいっていうイメージしかないんだけど。
卓球「ロシアっぽいっていうのがよくわかんないけど（笑）」
道下[1]「ロシアっぽいっていうのは、やっぱり帽子からきてるんじゃないですかね」
●そうそうそう。……適当なの？
瀧「うん」
道下「組み合わせ、組み合わせ、組み合わせって感じでしたよね」
卓球「最終的にわけわかんないもんになっちゃうのな。瀧のよく陥りがちなパターン（笑）。『あれもこれも、あれもこれも』っつって。人生時代からそうだもんな（笑）。大名行列の奴が被ってるみたいな帽子に、マタギ[2]の上着着て、下なんだっけ、あれ？」
瀧「スパッツとかそんな感じ（笑）」
卓球「それをはいて、結局トータルで見たら何がなんだかわかんないの（笑）」
瀧「『何がやりてえんだ？』っていう」
卓球「顔、緑に塗ったりさ（笑）。わけわかんないよなあ」
瀧「『でもびっくりするだろう』って、ンフフフ」
●だって俺、それが何なのかが知りたいがために、係員に怒られながら、前のほうに行ったけど、わかんなかった（笑）。
卓球「やってる本人もわかんないもんね」
瀧「こっちが聞きたいぐらいだもんね。『俺、

2 マタギ：熊を撃つ猟師のこと。猟銃を担いで毛むくじゃらの上着を羽織るのが定番ファッション。

何？』って（笑）。革の短パン見つけるのがすごい大変だったらしくてさあ、ウエスト94の革の短パンなんかあるわけねえだろって、行く先々で（笑）」

卓球「明らかにある性的嗜好の人しか買わない商品だもんね、それ」

●W－REは全体的にどうでした？

卓球「おもしろかったですよ。すごく。でももう、終わったパーティの話はいいよ、基本的に。やっぱり、終わったパーティの話をすることほど、バカな話はないよね。世の中でふたつバカなタイミングで話をするっていうのがあるとしたら——」

瀧「うん、ひとつは？」

卓球「ひとつは、終わった後のパーティの話をすること。まあそれで、楽しかったねえとか、友達レベルだったらいいんだけど、そうじゃなくて、あれはどういう意味？とか言われても（笑）」

瀧「うんうん。もうひとつは？」

卓球「もうひとつは、ラーメンを食いながら、別のラーメン屋の話をしてること（笑）。前にあったんだよね、ラーメン食いに行って。自称ラーメン通の人がいて、俺たちが入ったとこも旨いとされるラーメン屋で、その人が延々ラーメンの話しててね、『あそこのラーメンはほんっと旨いよ。そういやあそこも！』とかさ。で、俺とミッチーは、『何をしてんだろう、この人は？』って（笑）」

●W－RE以外に最近は何かありました？

卓球「あ、そういえば、この前朝さ、7時ぐらいに近所のファミレス行ったんだ。んで、朝定食みたいの頼んで、ウンコしたかったから便所行ったのね。そしたらなんか、ひとり作業着のおじさんが待ってて。便所は1個しかなかったから、『ああ、これは俺の前にふたりいるんだ』と思って、ふたりいるなら時間かかるからって、俺戻って来て、飯食ってたんだ。そしたら便所で並んでたおじさんが出てきて、店員に『トイレ長すぎない？　女便所誰もいないから入ってもいい？』なんて言ってて。んで、俺も飯食い終わって、もうさすがに便所空いただろうな、と思って行ったらさ、まだ入ってて。またしばらく待って行ったんだ。そしたらトイレに入る通路のとこに、二十歳ぐらいで頭ボウズでケミカルウォッシュ[3]のジーンズのだっさい格好した奴が、自分のチンチン叩きながら[4]なんかブツブツ言ってんのね。で、コワーッと思って(笑)。そいつが入ってたんだよ、便所に！　で、コワーッと思って大便のとこ入ったら、ティッシュがいっぱい散らばってて、『うっわー、気持ち悪ぃ』と思って。でも、俺いっそいでウンコして、外出たら、そいつずーっと手洗っててさあ。で、俺、店員に『大丈夫、あれ。なんかヤバくない？』って言ったんだ。『いやあ、なんか昨日の夜中からずっといて、1時間ぐらいトイレに入ったり出たり、ずっとしてるんですよねえ。でもお客さんだから出てけとは言えないんで』ってその店員は言ってて。で、俺『でもヤバいよ、チンコ叩いてたよ』とか言って

3 ケミカルウォッシュ：青マダラに色落ちしたデニム加工のこと。80年代後半辺りは、これが流行の最前線であった。一時はアキバのA-BOYたちががんばって伝統を守っていたが、今や完全に死滅した模様。

4 チンチン叩きながら：全然関係ない話だが、大槻ケンヂが最初に覚えた自慰の方法は、ペニスを叩く方式だったらしい。

さ。結局、店員も、出てけとは言えないけど、『お客様、ちょっと困ります』みたいに言ったんだ。で、そいつ便所から出てきたんだけど。でも、その変な奴、俺らの会話をどうも便所の中で聞いてたらしくて、俺が座ってるところ、ジーッと見てんのね。なんとも言えない表情でさ、笑ってんのか睨んでんのかわかんない表情で、ずーっと俺のほう睨んだまま。入り口のとこにおもちゃとか置いてあんじゃん、あそこを見るふりをしながら、見てんだ」

●うっわー、こわっ！

卓球「そんで、結構怖くなっちゃってさ。そん時に俺もちょうど、ビニール袋にコンビニで買ったビールとか色々入ってたから、ビールの缶を下のほうに入れて、いざとなったら武器になるように（笑）。で、店出ようと思ってレジんとこ行って、『もういないよね？ 大丈夫だよね？』とかって店員に言ったら、『ああ、もう戻ってこないと思いますよ。表にもういないんで』って言われて。で、『大変だよねえ』なんつって話してたら、その店員が『卓球さんですよね!? オールナイト[5]聴いてました！』って（笑）」

一同「（爆笑）」

卓球「あとさ、俺、この前も家の近所で後ろつけられてさ。コンビニ出てきたら、ずーっとつけられてて。男だったんだけど、俺をつけながらずっと携帯電話で話してんのよ。で、その会話が一瞬俺の耳に入ったんだけど、『へえ、ファンの中では有名なんだ』って言うのを聞いて、

5 オールナイト：『オールナイトニッポン』のこと。電気グルーヴは91年6月～94年3月までパーソナリティを務めていた。ピエール瀧の屁が度々マイクに向けて放たれ、ヘッドフォンで聴いていると非常にダークな気分になったことが懐かしく思い出される。

『うわっ、こえー！』と思って。家まですぐだったんだけど、グルグル回ってさ。んで、帰ったのよ。だって怖かったんだもん」
瀧「グルグルその場で回って？（笑）」
卓球「そう（笑）。グルグル回って、自分の意識をなくして」
瀧「いないものとしてから帰ったらしい（笑）」
道下「でも逆に、僕、家に帰る時に細い一方通行の道があるんですけど、自転車で通ると、OLの人とかを追い越す時に、警戒した目で見られるのは嫌ですけどね」
卓球「まあでも、全裸で自転車乗ってりゃそうなるよね（笑）」
瀧「一輪車だしね、しかも」
卓球「全裸で!? そりゃ見るよ！」
瀧「『こっちの勝手じゃないっすかあ』って？（笑）。そういえばさ、夜中にすれ違ったりする時に、すれ違う奴がフツーの格好とかダサい格好とかしてればしてるほど、意識しちゃうよね」
●例えばスニーカーが新しいナイキのモデルだったりすると安心しない？
瀧「ちゃらければちゃらいほど安心するんだよね（笑）」
●俺と同じとこで繋がってる部分が1ヶ所でもあると安心するんだけど、まったくない奴いるよね（笑）。
瀧「だって、ハードコア・パンクス[6]の格好してるほうがまだ安心するもん」
●そうそうそう。でも、そういうのをまったく

6 ハードコア・パンクスの格好：革ジャンに尖った金属の鋲をたくさん打ちつけたり、ヘアスタイルをひたすらツンツンさせるファッション。ワイルドなようでいて、なかなか地道な根気が必要。

消してる奴いるよね。12年前ぐらいのリーボックク履いてるような。怖いよ。
瀧「怖い」
卓球「狂うよ、これは」
●それ、なんで怖いかっていうとさ、今時っぽいとこがあれば、それって楽しんでるってことじゃん。
瀧「世の中に接点があるってことでしょ」
卓球「まだリンクしてるよな」
●でも、それがないってことは、今の世の中をそいつは普通のやり方では楽しんでないわけじゃん。じゃあ何か、別の病んだ楽しみを絶対持ってるはずなわけじゃん。それが怖いんだと思うんだよね。

卓球「それが他者に向かうのが怖いよね。それ、もし、社会と接点ないけど、唯一の趣味がウンコはふはふだったら、いいじゃん別に（笑）。好きなだけお食べください！って感じじゃん、もう。ねえ？（笑）」
瀧「スカトロは平和の象徴だよな！」
卓球「ほんとだよ！　だって、ロリコンとか絶対に同意はないわけじゃん。もちろんスカトロも、女の人にしてみたら嫌かもしれないけど、女便所の汲み取り式の中に24時間とか入ってるほうが、まだマシだもん！（笑）」
瀧「マシだよね、ほんとに」
卓球「フフフフ、平和の象徴はスカトロか」
瀧「スカトロ&ピース（笑）」

2001年　ボーナストラック

9月号

●瀧のその、インタヴュー中に屁こいたりするのってさ、すんごい関西っぽいんだよね。

瀧「ンフフフ……そうなの？　関西人の人怒るよ、それ（笑）」

●関西人[1]はだいたい子供の頃からそういう芸を叩き込まれて——。

卓球「芸じゃないじゃん！　生理現象じゃん！」

●（笑）違う違う、「ただ普通に屁こくのはもったいない！」ぐらいの感じ。屁こくんだったらせめて火ぃつけてみるとかさ。「ちょっとケツになんかついてるから見てくんない？」——。

瀧「『ブッ』」

●そういうのは有効利用するのはあたりまえっていうかさ。「せっかく屁こくんだから、なんか笑いとりてえ」っていう。

瀧「うーん……」

卓球「でもみんながみんなそうじゃないでしょ」

●いや、そうだって、ほんとに。

瀧「そうお？　ほんとかなあ？　関西ノリなのかな？　でもこのふたりだったら俺のほうが関西ノリってことでしょ」

●うん、そう思われがちだろうなあ、と思って。「瀧さんはいけるでしょう、この関西ノリ！」みたいな感じで扱われない？

瀧「……運動部[2]っていうのがあるからね。微妙なんだよね」

●静岡ってどうなの？　やっぱ特性あんの？

1 関西人はだいたい子供の頃からそういう芸を叩き込まれて——：山崎洋一郎は神戸出身だから一応関西人。しかし、およそ関西人的な明るいノリとは無縁。暗闇で青白く光るタイプ。

2 運動部っていうのがあるからね：瀧は元野球部。高校生の時に卓球と出会うまでは、かなり真剣にやっていたらしい。合法で甲子園に入れる、という理由で阪神タイガースの入団テストを受けたのは、ファンの間では有名なエピソード。

卓球「特殊だと思うよ、やっぱ。それも気候からきてるところがあると思うけど、あんまりがっつかないよねえ。がっつきの精神があんまりない。だからよく、商品なんかの試験発売を静岡と広島とかでやるじゃん。まったくそれは理に適ってるなと思うし」

瀧「平均だよね、すごい」

●健全なの？　なんか俺、色に喩えるとうすーいグレーとかさ、うすーいクリーム色とか、そういうイメージがあんだよね。

卓球「……変態多いよ」

瀧「隠れ変態ってこと？」

卓球「うん。やっぱりその職種の人たちに聞くと、圧倒的に静岡が多い」

●マジ？

卓球「うん」

瀧「あんまりね、オープンじゃないよね、静岡の人」

卓球「シャイだねえ」

瀧「がっつかないとか、ないものに対して疑問を抱かないっていうか、ないものはないものとして、それは自分の人生から切り離してやっていきましょう、みたいな、そういうとこ多いね」

卓球「あきらめが強いよね（笑）。あと、でも新しいもの好き。あと、静岡人の持つ神奈川県に対してのコンプレックスってあるよな」

瀧「あるあるある。だから、小田原のへんまでは、それこそクルーザーが停まってたりするじゃん。そこから西になると、もう全部漁船（笑）」

卓球「東京までいくと、もうホテルのロビーみたいな感じあるじゃん、みんなのものっていうかさ。神奈川県はスイートルームって感じなんだよね。ウチら2階とか3階とかのシングルルームって感じ（笑）」
●でも必ずそこを通ってかなきゃなんないんだよね。
卓球「横浜とかやっぱ一番都会な感じしない？」
瀧「するねえ。生まれがそこっていうのは、すごい有利な感じする」
卓球「横浜生まれっていうだけで、ちょっとひいちゃうよね」
一同「（笑）」
瀧「武家の出身なんだ、って感じ（笑）」
卓球「『ここの残飯を食ってるんだな、俺たちは』って感じ（笑）。だからマゾが増えるんじゃねえかな。フフフ」
瀧「何それ、静岡のマゾは全員神奈川に対してなの？（笑）」
卓球「でも目は絶対東に向いてるよな。静岡市に関して言えば」
瀧「どの文化圏の範疇に収まってるか、ってこと？それは絶対そう」
卓球「浜松にいくと、どっちかっていうと東海の文化圏だけど」
●じゃあ一番微妙だよねえ。
卓球「そうそう、ライン上だよね、ほんと。そのくせ富士[3]のほうとかバカにしてんだよね」
●富士はどこに位置すんの？

3 富士：静岡県富士市。製紙工場がたくさんある。特産物はお茶、イチゴ、シラス、元光GENJIの諸星和己など。

4 城が建ってた有利さ：静岡市には徳川家康が建てた駿府城がある。

1 今度は戦争だ：確か『家なき子』の映画版での台詞。テレビシリーズの時からのキメ台詞、「同情するなら金をくれ！」は流行語となり、お小遣いをねだる時によく使われた。しかし、「今度は戦争だ」はなかなか使える機会がなかった。

卓球「静岡のもうちょっと北」
瀧「富士のほうが静岡より東京に近いんだけど、静岡の奴らはバカにする」
卓球「あいつらハエのこと『ヒャーブンブ』っていうんだよ」
瀧「嘘ぉ!?」
卓球「『ウンコをひる』っていうんだよ（笑）」
瀧「静岡はギリギリ、城[4]が建ってた有利さがあるんだよな（笑）」
卓球「『ヒャーブンブとかいうからさ、俺っちより田舎もんだよな！』（笑）」
一同「（爆笑）」
瀧「『俺っちより田舎ものらー』って（笑）」
卓球「それが田舎もんだっつうのなあ（笑）」

11月号

●9・11でさ、「これはもはや戦争だ」とか言ってアメリカはいきまいてるけど、テロを起こしたほうからしたら、「あれ？ 世界ってずっと戦争じゃないの？」って感じじゃん。だってもう、何十年も戦争やってるわけでしょ。今ごろ何言ってんの？って感じじゃん。
卓球「……『今度は戦争だ』[1]って、安達祐実[2]の『家なき子』のセリフだよね（笑）。ベトナム戦争はあんま覚えてないけどさ、子供の頃だったから。でも今回はちょっとねえ、湾岸戦争の時よりも根が深いし、リアリティ強いよね」
●なんか手際が早いよね、今回。あたりまえのように、「じゃあ戦争しまーす。はい、俺と同

2安達祐実の『家なき子』：94年に放送された安達祐実主演のテレビドラマ。ド貧乏の少女が、周りの人たちにムシケラのように扱われながら、逞しく生きてゆく姿を描いている。テレビドラマ第2弾の挿入歌は、安達祐実が歌う〝風の中のダンス〟。カルト・シンガーである仲村トオルや反町隆史も恐れをなすお寒い仕上がりで、一部のマニアに人気。タイトルに反し、ちっとも踊れない。

盟組む人」っつって、とりあえずイギリスが手を挙げて、ってそういう段階でしょ、今。「日本はどうしますか?」って。
卓球「日本はどうしようもないもんねえ、そうなっちゃったら。竹槍だもん。『お前らは武器持っちゃダメ! 竹のみ!』(笑)。『お前らに武器持たせると何するかわかんないから』。で、ジャイアンとかに肩組まれて、『なあ? 参加するよなあ? 金出すよなあ?』『は、はい〜』(笑)」
瀧「『はねてみろ』、チャリーン『持ってんじゃねえかあ』」
卓球「『出せよ』。『で、どっちの味方だっけ?』」
瀧「『景気が悪い? カンケーねーよ』」
卓球「『ジャイアン様でございます』『だよなあ』(笑)。で、そのうち戦場にされたりするんだよ。でもこの本出る頃には、また状況ずいぶん変わってんだろうね」
瀧「そうだろうね」
●明るい見通しはないよね、どう考えても。
卓球「ないね。だから、俺たちにできることは、歌うことのみだもんねえ」
一同「(爆笑)」
卓球「歌うことしかないもん」
瀧「歌い続けるしかないもんね」
卓球「……っていう奴いるよねえ! 駅前とかでねえ(笑)」
瀧「いるね。届かないっつうの、そんなもん」
卓球「届かないよねえ」
道下「あ、でも[3]マイケル・ジャクソンが救済ソングを」

3 マイケル・ジャクソンが救済ソングを:〝What More Can I Give〟という、今となってはどんなだったか全然思い出せない曲。マライア・キャリー、セリーヌ・ディオン、リッキー・マーティンなど、豪華なメンバーが揃っていたことは思い出せる。

卓球「そう！ 救済ソングを。あれ日本語にすると、『[4]今僕たちにできる事』なんだよね」

瀧「ははは」

卓球「でも、曲とかさ、放送禁止になったりとかあったよね。〝[5]ボム・ザ・ベース〟とか[6]マッシヴ・アタックが名前変えたりとか。[7]ノイバウテンとかヤベエんじゃねえかな、と俺思ったんだけど」

瀧「ああ、そうだね、ぴったりだもんね」

卓球「『コラプシング・ニュー・ビルディング』でしょ」

●だって、サマーソニックで来た[8]プライマル・スクリームのやった新曲が〝ボム・ザ・ペンタゴン〟だもん。

瀧「ええ!?」

卓球「そうなの!?」

瀧「へえ。そういうのさ、ドキッとしちゃうよね、作ったほうにしたら。『うそぉん!?』っていうさあ（笑）」

卓球「[9]鬼束ちひろの曲も放送自粛してるんでしょ」

瀧「あと[10]原爆オナニーズも（笑）」

●（笑）もうことあるごとに。

卓球「（笑）原爆じゃねえじゃん。原爆じゃねえし、オナニーもしてないもん、別に。爆だけじゃん。[11]爆風スランプもじゃあダメだろ（笑）」

瀧「爆風スランプもダメだねえ。アインシュテュルツェンデ・ノイバウテンはほんとにピッタリだね」

卓球「だって、それこそ昔さ、学校で子供がナ

4 今僕たちにできる事：『オールナイトニッポン』をやっていた時、電気が無理やり歌わされたエイズ救済ソング。「オールナイトニッポン パーソナリティーズ」という名義を掲げ、有無を言わさず全パーソナリティに歌わせるという、ファシズムに基づいたチャリティ企画であった。

5 ボム・ザ・ベース：アシッド・ハウス、トリップホップの立役者となったイギリスのグループ。ビッグ・ビートの先駆者とも言われている。

イフ振り回したときとか、少年ナイフ[12]が自粛になったりとかあったじゃん」
●ああ、そうだ。
卓球「関係ないよね。そんなこといったら、高圧電線登ったおかしい奴いたじゃん。電気グルーヴもなあ（笑）」
瀧「〝電気ビリビリ〟[13]なんかねえ（笑）」
●ほんとに。一応自粛したほうがいいんじゃん。
瀧「〝電気ビリビリ〟歌えなくなっちゃってね、それで（笑）」
卓球「『♪犬の死体で尿道オナニ〜』とか言ってんのに、自粛（笑）。わけわかんないよね」

6 マッシヴ・アタック：イギリス、ブリストルのトリップホップ・ユニット。

7 ノイバウテン：正式には『アインシュテュルツェンデ・ノイバウテン』。ドイツ語で「崩壊する新しい建物」という意味。英語にすると『コラプシング・ニュー・ビルディング』。

8 プライマル・スクリーム：イギリスのロック界きってのジャンキー、ボビー・ギレスピー率いるロック・バンド。

9 鬼束ちひろの曲も放送自粛してるんでしょ：9・11直前の9月7日にリリースされた〝infection〟の歌詞が同時多発テロを彷彿させるという理由で、プロモーションを自粛することになった。

10 原爆オナニーズ：80年代から活躍している、名古屋出身のハードコア・パンク・バンド。セックス＋ピストル＝セックス・ピストルズが上品に思えるほど、えげつない組み合わせのバンド名。

11 爆風スランプ：スキンヘッドとサングラスがトレードマークのサンプラザ中野が率いるロック・バンド。サンプラザ中野は最近すっかり株屋。08年1月に「サンプラザ中野くん」に改名。

12 少年ナイフ：メンバー・チェンジしながらも長年精力的に活動し続けている女性ロック・バンド。海外でも人気が高く、ニルヴァーナのカート・コバーンは彼女たちの大ファンだった。

13 電気ビリビリ：電気が91年にリリースした『FLASH PAPA』に収録されている曲。このアルバムはマンチェスターでレコーディングされた。

2002年

DENKI GROOVE no
MELON BOKUJO–HANAYOME wa SHINIGAMI
2002

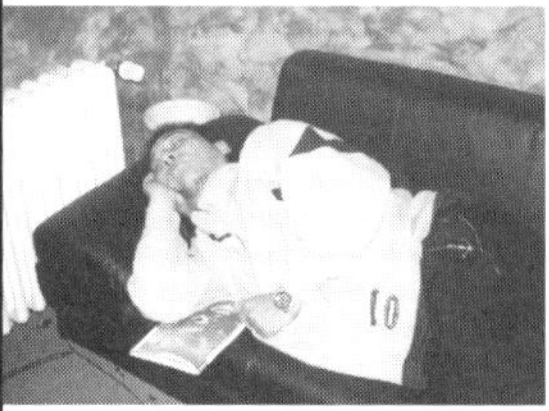

1月号

●前回（2001年11月号）は「スカトロと平和」とか言ってて、話するのすっかり忘れてたんだけど、一応聞きたかったのは、活動休止の――。

卓球「ああ、だってその時はまだ黙ってたんだもんな。NHKの取材で言おうって言ってたから」

●あれはどういうことなの？

卓球「そのまんまだよ。額面どおりだよ」

●もう電気グルーヴとしての活動はしばらくしないってこと？

卓球「そのとおり！」

瀧「じゃあこれ（＝メロン牧場）は何なんだ？って話なんだけどね（笑）」

卓球「これだけだもん、残ってんの（笑）」

●そうそう。だから、俺はあんま自覚なかったんだけど、これを読んでる読者から、「これだけなんですから、ちゃんとそのへんも今度聞いといてくださいね」って。

卓球「つうか、こんなとこで言うかっつうのなあ、メロン牧場で」

●要するに、次のアルバムまではしばらく間が空きますぐらいの軽いニュアンス？

卓球・瀧「そうそう」

卓球「で、まあ別にそういうのはあるじゃん、今までも。活動しなくて出してなかったって時期はさあ。ただそれを言うか言わないかの違いだけで」

瀧「そう。言わないと毎回聞かれるじゃん。『いつやるんですか?』っつって。めんどくさいからさ。『当分やりませんよ』って言っておけばそういうのもないし」
●なるほどね。それはライヴも?
卓球「もちろん。ほんと、これだけ(笑)」
瀧「『電気グルーヴが読めるのはメロン牧場だけ!』(笑)」
卓球「トークのみの活動だよ。でもそれでもいいんじゃないかと思う、電気とか。しゃべりだけとかさあ。しゃべり(のアルバム)出しゃいいじゃん。楽だし(笑)。売れちゃってね(笑)」
●じゃあ、何年間とか何ヶ月とか、そういうのは決まってないの?
卓球「まあでも、最低でも1年はあるよね[1]。だって半年とかで始めたらさあ」
瀧「早ぇなあって感じだもんね」
●何で? 単に休みたかったって感じ?
卓球「特にやる必要性が感じられないから、そこでやってもしょうがないから、休むって言おうかなと思って。特に今、電気じゃなきゃできないこともないし。まあとりあえず、休みますよって言うと他のことに集中できるっていうのがあるじゃん。だからそんなに裏があるとか、そういうわけではないよ。もめてるわけでもないし」
瀧「しばらくクールダウンだよね」
卓球「うん。やりませんよって言うと自分の気持ちも変わるじゃん。そうそう、俺が辞めるっていう話もあったんだよな(笑)」
●脱退?(笑)。

1 最低でも1年はあるよね:結局、音楽活動の再スタートは04年7月のWIRE04のステージとなった。

瀧「『それはおもしろそうだ』って（笑）」
卓球「それもありだよな」
瀧「うん、あり。全然ありだね」
卓球「だって瀧がひとりになったら、次のアルバムのレコーディングする時に、瀧がミュージシャン選ぶんだよ。そこで俺が呼ばれる可能性もあれば、それこそ誰が来たっていいわけじゃない」
瀧「俺が電気グルーヴのハンコ持って、バンッバンッて押してくっていう（笑）」
卓球「そのアイディア全然ありだよね」
瀧「うん、ありあり」
卓球「だからもしかしたら俺辞めるかもしんないし。って言っとくよ。気が向いたら辞めるし（笑）」
瀧「また波風立てちゃってな（笑）」
卓球「なあ？ それでどうこう言われてもって感じ。何みんないろいろ言ってんの。お前がやれよ、じゃあ（笑）。そんなにやって欲しけりゃ、お前がやれよ」
瀧「お前のもんじゃないっつうの」
卓球「できもしねえくせに文句ばっか言いやがって。やってみろっつうの、ほんと。言うだけはタダだからな。ほんと言うだけっていうか、評論家ぶってる奴は多いよねえ。ロッキング・オンの影響だか知らないけど（笑）。普通に音楽楽しんでんのかな、と思うもんね。クラブのフロアでメモとってる奴いんだぜ!? もう怖いよ。『死ね！』っつっといて、そいつに会ったら（笑）」

瀧「ヒヒヒ」
道下「『WIREでかかった曲をみんなでコンプリートしましょう！』っつって、掲示板で埋めてく感じ」
瀧「マジで!?　気持ち悪ぅ」
卓球「オタクすぎる。どうすんの？って感じだよね、それ」
瀧「学園祭で自分でかけたりすんのかな（笑）。で、ご満悦になるんじゃない」
卓球「パーティ来たらただ楽しみゃいいものをさ、曲メモしたりだのさあ。頭おかしいよアイツら、絶対。プロ野球の試合観に行って、全部の球種とかスコアつけてるのと変わんねえじゃん」
瀧「それは意味あるんじゃない？（笑）」

●ハハハハハ。
卓球「データにしたいんでしょ、みんな。ほんと、評論家ごっこだよね。そういう人たちすっごい多くない？　素人が書く1ページ評論みたいなの、ロッキング・オンも確かそういうのあるよね」
●ああ、うん。でもそれはよくない？　感想っていうかさ。
瀧「発表する場があれば？」
卓球「バカは死刑[2]だな、やっぱ。かたっぱしから。俺が真っ先に殺されちゃってな（笑）。『お前が死ね！』って。『理由はバカだから』って」
瀧「でも、クラブでメモとってる奴なんていんだ」
卓球「もう来ないでって感じ、ほんとに。ほんっ

2 バカは死刑：未だ実現する気配のない夢の法律。

と来ないで、冷めるから。でもさ、この前CODE[3]ってクラブで初めてやったんだけど、すごいよくって、ハコが」

瀧「うん、CODEいいよね」

卓球「いいよなあ。でもみんな好きじゃないんだよね？　客がチャラいとか」

●ああ！　そういうほうが絶対いいよねえ！

卓球「ねえ！　挙句、クラブでタバコ吸わないでください！だって（笑）」

●でも、そういうのすごいあるよ、ロックのフィールドでも何でも。「私はパンクが好きで、純粋にライヴを楽しみたいのに、暴れている人たちがいます」って、当たり前じゃんそんなの！

瀧「っていうか、いっぱしの権利を主張するなっつうのな」

●パンクのライヴは暴れに行くものだっつうのねえ。

瀧「暴れる側にも権利があるっつうの（笑）」

●そうだね。絶対そうだと思う。BUZZ NIGHT[4]とかもね、最初はBUZZ読者が客層の大半だったんだけど。でも（渋谷の）円山町[5]にあるから、ネイルアートしたギャルみたいなのとか、ただ単に踊りにくるわけ。そうするとさ、そういった人たちが、「何か最近そういうギャルみたいな子たちがきて、わけわかんなくなってきましたねえ」とかって。

卓球「そういうの言ってる奴に限って、ダッサイTシャツ着てさ、おかっぱ頭かなんかでさ、歳聞いたら、『27です』『えーっ!?　怖っ！』」

瀧「前髪まぁっすぐでな」

3 CODE：新宿歌舞伎町のど真ん中にあった大型クラブ。元はXENONというディスコだった。しかし、08年2月に惜しまれつつ閉店。

4 BUZZ NIGHT：BUZZが渋谷CLUB ASIAでやっていたパーティ。元々は"BUZZ"というパーティ名だったのに、みんなが"BUZZ NIGHT"と呼ぶから、いつの間にかそれが正式名称になっていた。

5 円山町：渋谷で一番怪しいエリア。ラブホテルや風俗店の狭間にクラブやライヴハウスも点在す卓球「怖いっつうの！」
瀧「『水平線を意味してんの？』って感じ」
卓球「……そう言えば、知ってる？　こいつ、本（『[6]屁で空中ウクライナ』）のサイン会とかやってんだよ」
●静岡で？
瀧「今度、静岡で。新宿の青山ブックセンターでもやった」
卓球「サイン会だって（笑）」
●大盛況？
瀧「一応、200人。200冊ははけて、お店の人も『ありがとうございます』って」
卓球「町田康クラス？」
●よしもとばななクラスかも（笑）。
卓球「かわいい子とかいた？」
瀧「かわいい子ちゃんいなかった……。かわいい子いたら電話番号聞こう、ぐらいの気持ちで臨んだんだけど、全っ然」
卓球「（笑）。っていうかそこがものすごく下品だよね。サイン会にくる＝間違いなく俺に興味がある＝やれるかも！っていう。大した魅力もないのに！（笑）」
瀧「マジメな人たちだったよ、みんな」
●でも、あの本買ってる人でしょ？
卓球「（笑）。そのギャップがすごいよね。買ってる子たちと内容のギャップ」
●いや、友達でもメロン牧場とかウクライナとか買ってる子って、ほんと普通のマジメな、結構大変な仕事で毎日疲れてるような女の子とかね……。

る。音楽業界人は知り合いに会う可能性が高いので、円山町のラブホテルを利用する時は、誰かに見つかるんじゃないかと、ちょっとビクビクする。

6 屁で空中ウクライナ：『テレビブロス』で瀧がやっていた連載の単行本化。日光江戸村、岡本太郎美術館、ジャパンスネークセンターなど、ちょっとイッちゃってるスポットを瀧が探訪する。

卓球「ちょっとそそるね（笑）」
瀧「ちょっと閉塞感がある感じ（笑）」
卓球「それで美人だとそそる。そんなこと言ったら美人だったら何だっていいけど」
瀧「美人なら何でもいいよ。開いてようが閉じてようが（笑）」
卓球「そう言えば女でさ、主語を自分の名前で言う子たちっているじゃない」
瀧「あゆとか？」
卓球「うん。すっごい思い上がりだよね、それ。どう思う？」
瀧「最近多いんじゃないの？　それこそ高校生ぐらいの子でも『〇〇ねえ』とか言ってる子いるじゃん」
卓球「男で言う奴いるか？　そんなの女だけでしょ。『卓球はねえ』って感じ（笑）」
●（笑）それいいかもね！
瀧「でも、自分で『あゆはねえ』とか言う奴ってそっから先、男言葉になったりするけどね。『あゆ超やってらんねえよ。バカだりぃ』とか言って」
卓球「お前これから『瀧はねえ』って言えば（笑）」
瀧「『瀧はねえ』……。そうだねえ、言わないね」
●（笑）。あ、矢沢！[7]
卓球「ああ、そうか！　そうだね。甘えてんのか自信があるのかよくわかんない。矢沢の場合は自信があるんだろうけど」
瀧「自分は自分であるってことでしょ」
●両方あるんだね。思い上がって甘えてる部分

7 あ、矢沢！：魔裟斗の妻の矢沢心や『NANA』の矢沢あいではなくて、矢沢永吉のほうです。

1 大晦日またちょっと長くやろうかなと思って。13時間の記録を破ろうかなって：卓球は、毎年リキッドルームの大晦日の年越しパーティでDJを務めており、年々、そのプレイ時間は13時間どころではなくなっていった。なお、03年→04年は16時間、04年→05年は15時間、05年→06年は16時間半、06年→07年は17時間半、07年→08年は15時間50分。

と、ちゃんと土俵に上がる部分と。
瀧「自分で自分の名前言うのって、家ん中とあんま区別してないいんじゃないの？」
●フフフ、じゃあ家ん中では言ってんだ？
瀧「言わないよ！　家ん中で『瀧はねえ』。全員『瀧』だっつうの！（笑）」

3月号

●年末年始はいつもどおり実家帰るの？（※この取材は前年の暮に行われた。なぜなら内容にあるとおり、1月電気はオフだったから）
卓球「ううん、今年は正月の静岡のイベントがなくなったから、大晦日[1]またちょっと長くやろうかなと思って。13時間の記録を破ろうかなって。元旦のリキッド[2]いいんだよね。すっごい楽しみ」
瀧「そういえばこの前、リキッドの野球チーム[3]と試合やったんだ。ウチらが勝ったらこれから先、リキッドのドリンクは全部タダ。で、もしウチらが負けたら、何やんなきゃいけなかったかっちゅうと、〝ピエール瀧7HOURS〟[4]。『あっぷねえ！』って（笑）」
卓球「っていうかそれ、リキッドもリスクあんじゃん（笑）。まず『カケオチのススメ』[5]の上映会で始めてな」
瀧「俺が解説して（笑）」
卓球「『ここがこうヤバかった』って」
瀧「最後の1時間全裸だよな。もうそれしかないよな」

2 リキッド：ライヴハウス&クラブの新宿リキッドルーム。ビルの7階にあるのに、階段で行かなければならなかったことが思い出深い。現在は恵比寿に移転。

3 野球チーム：瀧の野球チームの名前はピエール学園。

4 ピエール瀧7HOURS：こんなことを言っていたが、03年10月10日にとうとう実現してしまった。詳細は03年12月の回へどうぞ。

卓球「『すげえよかった！』」
道下「『いいパーティだった！』」
瀧「『よかったよお、瀧ぃ』とか言って（笑）」
●で、終わったら？
卓球「休み。1月はまるまる。久しぶりに休むな。どこ行こうかな」
●沖縄じゃない？
卓球「沖縄かあ。わかんね。長崎とか？」
瀧「1ヶ月だぞ」
●絶対もたないね。
卓球「人殺しそうだもん、退屈すぎて（笑）」
瀧「事件でも起こされた日には（笑）」
卓球「殺人犯だ。うなだれちゃってな（笑）。『退屈に耐えきれず殺人』」
瀧「ニュース映像でラヴ・パレード[6]の画とか流されちゃってな（笑）」
卓球「行きたいところがなくなるなんて考えもしなかったもんな、でも」
瀧「オーロラとか見に行ってくれれば？」
卓球「寒いじゃん。寒いとこ行って、オーロラ見て、『ああ、オーロラだ』って……」
●そういや瀧は国内回って、卓球は世界を回って、おもしろいね。よく考えたらね（笑）。
瀧「近場ばっかね、こっちはね（笑）」
卓球「知り合いがいねえとこに行きてえな。でも、住む部屋がなあ、いいとこないよな」
●もしネットで探すんだったら、「外人」ってキーワード入れて探すといいよ。外人用にマンションとか家貸してる人って、「ペンキ塗ってもいいっすよ」みたいな。で、意外と床暖房と

5『カケオチのススメ』：95年の7月〜9月の月曜20時にテレビ朝日系列で放映された、ピエール瀧が初めてレギュラー出演したドラマ。長瀬智也扮する高校生と、その家庭教師である女子大生の永作博美が恋に落ちてドタバタする、みたいなラブコメ。瀧は、ふたりの交際に反対する永作博美の兄役で出演。

6 ラヴ・パレード：89年からベルリンで毎年行われていた世界最大規模のレイヴ。資金難などの理由で04年、05年は開催されなかったり、06年は開催できたものの07年はゴミ問題

かさ、そういうとこはしっかりしてたり。
卓球「え？　入ったの？」
●うん。一旦入ったらもう壁に穴開けようがペンキ塗ろうが何やってもいい。
卓球「外人じゃないのに」
●交渉して交渉して、まあ外人として[7]。
瀧「扱えって？（笑）」
卓球「外人風ってことだ（笑）。『オヘヤヲ、オカリシタインデスケド』」
瀧「気持ちは外人だと」
●そう（笑）。東京来て最初どこ住んだの？
卓球「笹塚に8年ぐらい住んで、その後三軒茶屋のほうに移ったの」
●（笑）。音出せないっていうねえ。
卓球「音出せたんだよ、すっごい」
●えー、そうだっけ？　俺が行った時、ミニコンポで3メモリぐらいになった時点で、「ヤバいヤバい山崎[8]さん、あげないで！」とか言ってたじゃん。
卓球「苦情がきた直後とかじゃない？　まりん[9]が代わりに謝ったやつ。ガンガンガンガンッて夜来て、『まりんわりぃ、出て』って言ってまりんが出たら、入り口のほうから『コラーッ！おめえが電気グルーヴの奴だってことはわかってんだ！』って（笑）。そりゃそうなんだけど、住んでる人は違う人なんだけどって。瀧んとこ音出せる？」
瀧「うち結構出せる。壁とかちゃんとしてるよ。うち最上階の角部屋で、天井すっごい高いのよ。普通にガンガン出せる」

などでベルリン市から開催許可が下りずにドイツ西部のエッセンに場所を移して開催したりと、ここ数年は困難に直面している。卓球は98年に約100万人の観衆の前でDJをした。

7 まあ外人として…背だけはムダに高いが、山崎洋一郎は残念ながら日本人。

卓球「今住んでるとこがさ、多分設計ミスだと思うんだけど、変な音がすんのね、風が吹くと。多分通気口かなんかが『キーゴォーキーゴォー』とか鳴ってんのね。最初俺、隣の人が現代音楽聴いてると思ってたの。結構な音量で鳴るんだよ。んで、すっごいこの曲好きなんだなあと思って、毎日聴いてるからさあ。隣の人ミュージシャンかなんかだったから、ああ、こういう実験的なの聴く人なんだ、と思ってたら、やたら隣から苦情が来るんだ。『昨日の夜中も音がうるさかった』とかって。で、ああやっぱちょっと大きかったかな、と思って、その頃は気にしてちっちゃくしてたんだけど、ある日俺が留守の時も言われたの。『いや、昨日僕、留守にしてたんですけど。』ってことは音楽じゃないですね。どんなの聞こえます?』って言ったら、『なんか音楽というか、ヒューッて音が』『あ、それ僕も知ってます！』って（笑）。で、管理人に言って調べてもらったら部屋と部屋の間の通気口のとこが鳴っててさ」

●俺も前住んでたとこ、夜中になると女の「あっ、んぁぁ……ん、あぁ……」って声が毎晩聞こえんのね。で、すっごいいい声なんだ、それが（笑）。

瀧「切ない感じの？（笑）」

●そうそう。で、結構延々続いて、そしたらある日昼間も聞こえて、外出てどこの部屋から聞こえんだろうな、と思ったら、押しドアみたいなのがあって、それが「きゅ、きゅ、きゅ～ん……きゅン、ン……」っていってて、毎晩俺はそれに興

8 山崎さん：山崎洋一郎。こんなにページが進んでから紹介するのもなんですが、97年のスタート時から現在に至るまで、この『メロン牧場』の司会を担当。始まった頃はロッキング・オン・ジャパンの編集長で、途中で洋楽ロッキング・オンの編集長へと異動になって、05年5月号からまたロッキング・オン・ジャパンの編集長。08年4月現在もそのまま。

9 まりんが代わりに謝ったやつ：この事件、7年前に出た『電気グルーヴのメロン牧場——花嫁は死神』の223ページでも触れられています。

奮してたの（笑）。

瀧「バッカだなあ！（笑）。俺、前は幡ヶ谷でワンルームに住んでたんだよ、1階で。そん時にうちに夜中集まってファミスタ[10]かなんかを『大・逆・転！』とかいって、ものすごいワイワイやってたのね。で、隣がトラックの運ちゃんかなんかで、いつも留守なことが多いんだよ。そしたらその日、窓がいきなりドンドンドンドンッ！　ガラッ！って開いて、腹巻をした強面の兄ちゃんが、『おめえら何時だと思ってんだ！　バカヤローッ！』って感じで来て。俺ら（ゲームの）コントローラー持ったまま固まって（笑）」

●ハハハハ。窓から来たんだ？

瀧「窓から来た。『何時だと思ってんだ！』ピシャッて閉めていっちゃって、俺ら『ヤッベえなあ、怖かったあ』つって。じゃあ静かにやろうって、『大・逆・転！』（小声で）ってやってたのね。そしたらしばらくしたらまた窓んとこがガンガンガンッ、カラッて開いて、『おう、さっきは俺も叫んだりして悪かったな』って窓からデッカイ紙袋をカサッと出して、『これ、貸してやるから』っつって、『ああ、すいません』とかって受け取ったら、ピシャッと閉めて帰ってったのね。『なんであいつ窓から来んだろうな!?』とか言って、パッと見たら中にエロビデオ[11]がドッサリ（笑）。しかも売り、セルビデオがドッサリ」

卓球「そんで『てことはこれ、もう1回返しに行かなきゃいけねえじゃん！』っつってな

10 ファミスタ：テレビゲーム・ソフト『ファミリースタジアム』のこと。20年以上続いている野球ゲームのシリーズ。レコーディングの合間のサボりアイテムとしても人気。

11 エロビデオ：レンタルのエロビデオは、見せ場で映像が若干乱れることが多い。なぜなら借りた人全員が、そのシーンを何回も巻き戻して観ながら自慰に励むからなのだ。

（笑）。15年ぐらい前じゃない、それ？……あ、タナカがな」
瀧「ヒヒヒヒ」
卓球「昔タナカって友達がいて、そいつがよくトラブルに巻き込まれるんだけど、大学生の頃さ、夜に家で飯作ってたんだって。そしたら『警察だ！　開けろ！』って誰か来て。で、覗き窓から見たら、身長190ぐらいの大男がいたんだって。明らかにヤクザの。で、もう怖くて開けないわけにはいかないって感じで、ガッて開けたらドタタッて入ってきて、『お前、女どこ隠した！』って言われたんだって。まったく身に覚えがないのに。『女どこ隠した』『いや、全然知らないです』『お前いつからここ住んでんだ』っつって話したら、違うっていうのはわかったらしいんだけど、『お前金出せ』って言われて。そいつも学生だったから千円ぐらいしかなくて、『じゃあこれで』とかって渡したら、『あとお前免許証かなんか出せ』って言われて、実家の住所をメモられて、『お前、これ警察に言ったらまた来て殺すからな』って言われたもんだから、『うっわ怖ー』ってなって、正座しちゃってな」
瀧「待たしてもらうとかなったたんじゃなかったっけ？」
卓球「そうそう。『電話借りるぞ』とか言ってそこでちょっとあがり込んで、ずっと電話しながらも顔30センチのところで睨んでんだって。タナカも自分ちで正座しちゃってさ。そしたら、ピーッてちょうどご飯が炊けて（笑）、ヤクザが『なんだお前、飯作ってんのか？　カレーかあ』『はい、食べますか？』『おう、くれ』って（笑）」

一同「（爆笑）」

卓球「そんでその男とふたりで向かい合ってカレー食って（笑）。結局『じゃあもうお前が関係ないのはわかった』ってなって、『ごちそうになったな……また来週も来るからな』だって（笑）」

瀧「『えぇーっ!?』って感じだよねえ（笑）」

卓球「そうだ、そのタナカが高校の時に彼女の家に夜這いに行って、セックスした後寝ちゃったことがあったんだ。そしたら次の日その彼女のお母さんが起こしにきて、素っ裸でふたりで寝てて、『あんた何やってんのーっ!!』ってベッドから引きずり降ろされてビンタはられて、『座りなさいっ！』って、全裸で正座（笑）」

瀧「どういうプレイだっつうの（笑）」

●ハハハハハ。夜這いしたことある？

卓球「夜這いはないけど、家に帰ったら中学生が部屋にいたことあったけど（笑）」

●そうなんだ。ストーカー？

卓球「空き巣。よくツアーから帰ってくるとさ、写真のアルバムが出てたりとか、ＣＤがなくなってたりとかしたんだよ。で、レコードの場所とかも変わってたりしてさ。おかしいなあ、と思ってたんだけど、でも確信なくって。そんでそこの部屋を引き払うって時に、当時のマネージャーの土井くんとダンボールを持ってきて、家に着いたのね。で、ガチャッて開けたらチェーンロックかかっててさ。『あっ、これは！』ってすぐわかって、表バーッて回ったら、2階から学生服着た奴が飛び降りて走って逃げてくから、『すいません！　そいつ泥棒です！捕まえてください！』とか言って。で、歩いてた人が取り押さえてくれたのね。中学生ワンワン泣いてさ、『すいません！　すいません！死んでお詫びしますっ！』って、地面に頭ガンッガンッとかって。当時土井くん金髪で、金髪の大人が学生服の血まみれの中学生押さえてるもんだから人集まってきてさ(笑)。『あんた何やってんの!!!』『いや、こいつが泥棒で……』(笑)」
瀧「ヒヒヒ。絶対そうなるよな、そんなの」

9月号

●どうでした、ラヴ・パレード？
卓球「もう落ち着いたもんだった。っていうか、パレード自体はあいかわらずすごい人なんだけど、こっちも8年目ともなりゃさ、慣れてきてペース配分もわかるし。過剰にはしゃぎもしないし。まあラヴ・パレードはそんな感じだったけど、おもしろいのは、台湾。2回目だったんだけど、台北にまず最初着いて、記者会見をやったんだよ。それがなんか、パーティのスポンサーが豆乳メーカーで。で、『卓球が取材を受けてる時に豆乳を飲んでるショットを撮りたい』とか言って。『それは絶対勘弁してくれ！』って言ってさあ（笑）。それで『豆乳について一言』

とか言われて。知らないっつうの！（笑）。まあそれがあって、台北のパーティはすっごいよくって。もう一個高雄[1]って去年も行ったんだけどさ。空港に着いたのね。そしたらパトカーが迎えに来てて。覆面パトカー。そんでそれが店のオーナーの人たちで、『やあやあ！　ようこそ！』って感じで。『ごめんなさい、ちょっと遅れそうになったからパトカー借りて来た』とか言って（笑）。『これだと全然赤信号とかも平気だから。スピードリミットないし』とか言ってて、『じゃあ乗って、乗って』ってパトカー乗せられてさ。そんで『こんなの借りれるんだ？』『うん、そうそう。こんなのもあるよ』って、警察手帳。『こういうのも売ってるねー』って（笑）」

●ハハハハ、むちゃくちゃじゃん、それ！

卓球「そんでまたボディガードが3人くらい便所までついて来て。すごかったよ、あそこは。だから1回まいてさ。あんまりしつこいから。客と話もできないのね。で、『あー、やっといなくなった』と思ってトイレ入って、前が鏡張りになってんだけど、ションベンしてたら、後ろでこうして無線で話してたんだよね（笑）」

一同「（爆笑）」

●瀧さんは？

瀧「……サッカー中毒[2]。予選リーグ屈指の好カードと言われたアルゼンチン対イングランドの札幌ドームの試合がさ、全然チケット手に入らなかったんだけど、当日の早朝4時ぐらいに家のメールをチェックしたら、ミッチーからメール

1 高雄：人の名前みたいだが台湾第2の都市。台湾の南部にあるのでかなり暑いらしい。

2 サッカー中毒：02年5月31日〜6月30日に日韓共同開催でW杯が行われ、サッカー中毒患者が日本全国で多発。顔に日の丸のペインティングを施し、青色の日本代表ユニフォームを着込んだ群集が、夜な夜なスタジアムやスポーツ・バーで大はしゃぎであった。

が入ってて。『イングランド対アルゼンチン戦のチケットが1枚だけ確保できてます！　至急連絡を！』って。朝4時にすかさず電話してさ、『とにかく行くから、その1枚は俺のもんだからキープしといて！』っつって、即行で飛行機予約してさ、インターネットで。で、朝になって出てったのね」

卓球「ベッカム・ヘアー[3]で？（笑）」

瀧「ベッカム・ヘアーで。パンツのほうが（笑）」

卓球「陰毛がベッカム・ヘアーなんだ！（笑）。それで、『タクシーつかまんねえなあ！』って？（笑）」

瀧「（笑）。で、空港着いて飛行機乗ったのね。で、『うっわ、なんとか乗れた。これで観れるわ』と思って、パッと見たら、イングランド・サポーターに囲まれてる席で、横でものすごい肉体労働者って感じの、偏差値低そーな奴がさ、大騒ぎしてんのね。『イエ―――イ!!!』って感じで。ものっすごいテンション高いわけ。汚ーいかっこしててさ。で、機内でパッと上脱いでさ、上半身裸で、中からゴソゴソって手書きの『ENGLAND』ってTシャツを出して、『これ作ったんだよ～』って見せられて、『そうなんだ』って言ったら、そいつが裸なんだけど、こうやって自分の脇を嗅いでんのね。で、俺に『おい、お前！　ちょっと嗅いでみろ！』って（笑）。ギューッて感じで嗅がされて、『どうだ？　臭いか？』『臭いよ！』とか言ったら、『ワッハッハッハッハ！　まあ飲め飲め！』って感じで。最後に飛行機降りる時にはベロンベロンになっ

3 ベッカム・ヘアー：頭頂部の髪の毛だけを長めに残し、垂直に立てるヘアスタイル。サッカー選手のデヴィッド・ベッカムが流行らせたのでベッカム・ヘアーとこの頃呼ばれていた。別名ソフト・モヒカン。

ちゃってて。飛行機降りるのもフラ～フラ～って感じで(笑)。で、まあ行きましたよ、札幌ドームに。で、試合観て、試合は盛り上がっておもしろかったんだけど、俺そこまでしか決めてなくてさ。『飛行機ももう飛んでないし、どうするかな朝まで』と思って、はけてく観客の中でボサーッとしてたら、後ろから、『あれ？　瀧さんじゃないっすか。観に来てたんですか？』とか言われて、パッと見たら、全然知らない男がふたり俺の後ろに座っててさ。地元の奴で、『サッカーはそんな興味ないんだけど、チケットもらったんで僕らも観に来たんですよ』とか言って。『へえ、この後どうすんの？』『とりあえずすすきののほうとか市内で飯食いますけど』『そうなんだ』って。ひとりでシャトルバス乗るのも嫌だから、そいつらに『じゃあ、一緒に行かない？』とか言って、そいつらとシャトルバスに乗り込んだの。で、すすきの着いたらさ、すすきのの街がすごいことになっててさ。交差点とか人だかりになっちゃってて、ラヴ・パレードって感じで信号機の上で騒いでる奴とかいんのね。飯食うって言っても店とかあらかた閉まってるしさ、フーリガン対策で。飯食うのもちょっと困ったなと思ったら、そいつが『僕らこの後、飯食いに行きますけど、瀧さんどうするんですか？』『いや、まだ決めてないんだよね』『そうっすか。僕らこれから行く寿司屋なんですけど、今しか食べられない貝が食べられるんですよ』とか言うから、そんな魅力的な話ないじゃん(笑)。『そう、今しか食べ

られないんだ。へえ……じゃ、俺も行ってい
い？』」
一同「（笑）」
瀧「そいつらにくっついて寿司屋まで行って、
『これですよ』って、サクサクした『うめー！』っ
て感じの貝と、あとなんか地元のウニみたいな
のを『うめー！』って食って。で、朝の5時ぐ
らいかな？　まだものっすごいことになってて
さ。イングランドのサポーターのシャツ着た奴
が、すすきのの風俗嬢を抱えて走り回ってんの
ね。『キャーッ』とか言ってて（笑）。で結局、
健康ランド行ってみようかなと思ってたんだけ
ど、この様子じゃ健康ランドも絶対すごいこと
になってるに違いないわってことになって、『ど
うしようかな〜』って言ったら、その一緒にい
た奴のひとりが、『どうします？　寝るとこな
いっすよねえ。もしよかったらうち来ます？』
とか言って。『う〜ん……じゃ、行こうかな』っ
て（笑）」
一同「（爆笑）」
●すっごいパターンだねえ！
瀧「全然知らない初めて会う札幌の奴の家に
行って、彼女とかむっくり起き上がってきて、
『ウワァーッ！』とか言ってるし（笑）。『ピエー
ル瀧がなんで!?』って。下ベッカム・ヘアだし
（笑）。結局そいつんち行って、そいつんちで
フライトの時間まで寝かしてもらって、次の日
帰って来たの。カニ買って（笑）」
●それってファンなの？
瀧「その男？　知ってるってだけ、ほんとに。

4 リミックスやったじゃん：02年のFIFA・W杯公式

おもしろかったねえ。結構行ったよ、W杯の試合。そうそう、新潟までバスで行った。その後こいつに聞いてみたら、招待で日本×ベルギー戦だっけ?」

卓球「日本×ベルギー戦、俺チケットもらって。前々日ぐらいかな、『観に行きます?』って言われて。[4]リミックスやったじゃん。それでソニーがとってくれて。で、プレステージ・ゴールドとかいうチケットで、行ったらビュッフェの食事とか出て、バンドとか演奏してんだ。すっごいんだって。隣のテーブルね、『どー[5]なってるの!?』の小倉とかいてさ。んで、まず入り口でおみやげもらっちゃってさ、変な勲章みたいなやつとかスカーフとか。で、飯食ってて。ナイフにフォークって感じなのね。若いウェイターみたいなのに『これどういう人たちがここにいるわけ?』って聞いたら、『これは130万円のチケットを買われた方と、あとは招待の方です』って。『エッ!? 130万円』。ミッチーも横で、『エッ!? ムシャムシャムシャーッ』て(笑)。ありったけの紙ナプキンをポケットに。持って帰らないと損だから。フォークとかこう、ジャリャーッジャリーンッジャリーンッて。で、会[6]場の入り口のチェックでブーッ!てな(笑)」

瀧「大量のフォークが(笑)」

卓球「そんで、そのチケットをもらったのが2日前ぐらいだったのね。で、『こりゃあいいや、瀧に自慢しよう』と思って、自慢するためだけにこいつに電話してさ、『瀧? どこにいんの?』『今さあ、新潟までバスで試合観に行っ

アンセムを卓球がリミックスした。"卓球なのにサッカーのリミックス"という実につまらないジョークが、当時の音楽業界人の間でちょっと流行った。

5 『どーなってるの!?』の小倉:フリーアナウンサー、司会者の小倉智昭。歯に衣着せぬトークで有名。

6 会場の入り口のチェックでブーッ!てな:フーリガン対策と同時多発テロ以降のセキュリティー・チェックの厳重化により、W杯会場の入り口には金属探知機が設置されていた。

て、帰りのパーキングエリアでさ。ケツ痛くてさあ！』とか言ってんの（笑）。『俺チケットもらったの知ってる？』『何を？』『ベルギー×日本戦』『マジで!?』（笑）」
瀧「『このやろー!!』（笑）。『おめえがもらってどうすんだ!?』って感じ」
卓球「『お前、無免許の奴が外車もらってどうすんだよ!?』（笑）。俺、観に行くまでオフサイド知らなかったもん。スタジアムでミッチーから聞いて、『ああ、オフサイド。ふーん』（笑）」
●そんな奴がそんなシートで！（笑）。
卓球「その頃こいつはパーキングエリアでケツ痛えとか言ってんの」
瀧「『痛ってー！』って。メキシコ人サポーターと一緒に」
卓球「それがまた地味ぃな試合をな（笑）」
瀧「地味な試合。メキシコ対クロアチアを。ンフフフ。新潟まで。バスで片道5時間ぐらいかかんのかな。5時間乗って、2時間試合観て、また5時間かけて帰ってくるっていう（笑）」
●（笑）。しかしすごい旅だよね、それも。
瀧「W杯関係ね、結構何試合か行ったんだ。それこそ札幌も行ったし、新潟のそのバスツアーも行ったし、埼玉も行ったし、大阪に鹿野（淳）と行ったのもあるし、あと大分のメキシコ対イタリア戦とかも観に行ったんだけど」
●そうなんだ。それは一切特権なしで行ったの？
瀧「取材で鹿野と2回行った以外は普通のサポーターに混じって。おもしろかったよ」

●でも、すんごい対照的だよね（笑）。全然興味ねえのに上から観てるし、めちゃめちゃ好きなのに地べたから観てるもん。

瀧「おもしろかったよ～、でも」

●人のぬくもりも知ったしね。

瀧「泊めてもらってね（笑）。家行って、『瀧さんすいません。何も飲み物とかないんで、水でいいですか？』『いいよー』、水道からジャーッ！『ありがとう』（笑）」

一同「（爆笑）」

瀧「あ、そうそう、ジャパンの取材で行った時に、普通に鹿野とかそのへんと観に行って、普通に観てたら――誰だっけ？　宇野？　あいつ、ヤバいねえ！　俺とか鹿野は、いいカードだし、いいじゃんって感じで普通に観てたら、横でその宇野？　あれがイングランドのサポーターの音に合わせて『イーングラーンド!!』とかって立ち上がっちゃって、ギョッてて感じでさ。『なんだこいつ!?　気持ち悪っ！』って感じ。もう真顔でイングランド応援してんのね。すごい地方出身者って顔して（笑）。イングランド～？って感じで」

一同「（爆笑）」

瀧「『カモーン・イングラーンド！　カモーン・イングラーンド！』とか言っちゃってさ。もう『恥ずかし～』（笑）」

一同「（拍手喝采で）ハハハハハハ！」

瀧「『一緒だと思われたくない……』（笑）。2戦ともそのノリだったよ、ほんとに。ゴール決めた時も、『ウワ――ッ!!!!!!』とかって。『気持ち悪ぅ〜』って感じ（笑）。あー、ヤバかった」

10月号

●聴きましたよ、〝come baby〟[1]。あれはどうやってできたの？

卓球「岡村ちゃん（岡村靖幸）ち行って遊んだりしてて。で、ポータブルキーボードみたいなのを買ったのね。それで岡村ちゃんがいる時にふたりで遊んでて。そしたら岡村ちゃんが歌いだしてさ。じゃあせっかくだからDAT録ろうっつって。まあ遊びでさ、90分くらいのDAT延々録ってたのね、即興で。それをお互いコピーして持って帰ってさ。それで終わりのつもりだったんだけど、お互い聴いたら結構おもしろくて、使えるとこあったよねっつって。で、その3日後ぐらいにまた会って、『じゃああれ、ちゃんと録ってみようよ』っつって作って曲ができて、歌詞もその場でふたりで書いてって、それで歌入れして。だからトータル3日ぐらいでできたのか。そんで、『どうしようこれ？　どっから出すの？』って話になって。で、ウチのマネージャーとかディレクターに『こういうのあるんだけど、出します？』って。それが最初」

●そんな簡単なもんだったんだ……。

卓球「そうそう。だから『なんかやろうぜ！』って感じでも全然ないしさ」

●だって岡村ちゃんの曲がリリースされるってすごいことじゃないですか。しかもものすごい

1 come baby：02年9月19日に〝岡村靖幸と石野卓球〟名義でリリースされたシングル。

2 デ・ラ・ソウルにいそうな感じ：デ・

気持ち悪いね、あれ。
卓球「いいでしょ？（笑）」
●すっごい気持ち悪い（笑）。でも岡村ちゃんってどんな感じなの？　俺らにとってみるとすごい謎な人物なんだけど。
卓球「だからそういうふうに思われてるのが俺にはよくわからない。しょっちゅう会ってるし。もともとおかしいのはおかしいじゃん。でも俺もおかしいから（笑）。おかしいもの同士で消し合っちゃって、普通になったりしてるんだよ（笑）。だってふたりで自転車で下北沢行ってレコード屋まわったりさ（笑）。あと飲み行ったりとか」
瀧「迫力あるよね、今」
卓球「うん、黒人みたいな。なんかデ[2]・ラ・ソウルにいそうな感じ（笑）」
●アルバムも作るの？
卓球「作[3]るかもしれないけど、まだちょっとわかんない。相当時間かかりそうだし、そういうふうに締め切りとか目標が決まっちゃうとできないと思うんだよね。だからだんだん作りためてっていうんだったら、そのうちできるかもしれないけど。でもここんとこすごいペースだよ。週に2回とか3回会ってる（笑）」
●で、今年の夏は卓球のほうは〝7[4]HOURS〟があったんだよね、耐久というか。俺行けなかったんだけど。
卓球「来る気もないのに、俺は行けなかったとか言っちゃってな（笑）」
瀧「『耐久』だもん、だって」

ラ・ソウルは、ニューヨーク出身の大御所ヒップホップ・グループ。たしかに岡村靖幸が加入しても違和感がない風貌をしている。

3 作るかもしれないけど、まだちょっとわかんない：03年12月17日に『The Album』がリリースされた。

4 7HOURS：新宿リキッドルームが定期的に行っていたパーティで、ひとりのDJが7時間延々回し続けるという企画。この頃は、卓球はともかく瀧までチャレンジすることになるとは、誰も予想していなかった。

卓球「パーティとかじゃなくて『耐久』だもん」
瀧「8耐かなんかとカン違いしてるよ（笑）」
道下「今年の夏は〝7HOURS〟とエゾ・ロック[5]でしたね」
卓球「エゾ、瀧も来たんだよ。もう8時ぐらいにベロンベロンだったんだろ?」
瀧「うん。ベロンベロンだった。常にベロベロ」
卓球「最後さ、DJ全員でピンポン・ミックス[6]ってみんなで1枚ずつかけてたら、この肝心な時に瀧がいねえってなってさ、『あれ? いないよ! いないよ!』とか言ってたらさ、楽屋でグーグー」
瀧「グーグー寝てたの。フラフラになって楽屋まで行って。『ダメだ! グー……』って（笑）」
●卓球のDJの間ガンガンMC入れてたんでしょ?
卓球「カラオケだもん、もう（笑）。1杯ひっかけてマイク片手に」
瀧「酒ガーッて」
卓球「それでギャラとってねえだけマシだな」
瀧「フフフフフ」
卓球「でも、エゾはおもしろかったよね、とにかく。WIREがブースを出しててね。で、なんかミッチーの携帯に電話が入って、『え? 何? パニック!?』とか言ってて。『何? どうしたの?』とかって言ったら、『いや、なんかWIREブースに瀧さんがいて、人が集まっちゃって大変なことになってる!』って。で、瀧はまんざらでもなくてな（笑）」
瀧「最近人に囲まれたことがないからね（笑）。

5 エゾ・ロック：毎年8月第3週末に北海道・石狩で行われているロック・フェス、ライジング・サン・ロック・フェスティバル・イン・エゾの通称。

6 ピンポン・ミックス：その名の通り、複数のDJが入れ替わり立ち替わり1曲ずつ曲をかけること。BACK TO BACKとも言う。

ちょっとブースのボリュームあげたからね」
一同「（笑）」
瀧「『ここだよ～』って。『僕ここだよ～』（笑）」
卓球「[7]ポケットから『VITAMIN』出してて"富士山"かけてな（笑）」
瀧「（笑）。なんか楽しそうだったよ。結構ウロウロしてたんだけどさ、テントサイトとか完全にバーベキューとかガンガンやっちゃってて、各テントで。普通にキャンプって感じでジュ～って。で、こっちからテクノとかガンガン聞こえてくるし。酔っ払ってるから、そいつらの肉かたっぱしから全部、ヒョイ、パクッ、ヒョイ、パクッて感じで食ってまわっててさあ（笑）。『肉よこせ！』って感じ。で、とにかく店がいっぱいあんのよ、他のフェスと比べて。端の1列全部店って感じ。その各店がフェスだからちょっとはりきってる感じあるじゃん（笑）。あれとかもすごいよかったよ。楽しいなあ」
卓球「あ、そうだ、ミッチーのストッパーの話知ってる？　お前寝てたから知らないけど、エゾの最後。よく[8]LOOPAとかでもあんじゃん。『時間終わり！』っていうやつ。で、ミッチーがDJブースで『（小声で）はい！　終わり終わり！』って」
瀧「首に鈴つけに行く役だろ？（笑）」
卓球「そうそう、それをやってんだけど、終わってから俺たちもふざけて『ミッチーほんと場を萎えさせるよな～』とか言って、『みんなが盛り上がってる時に』って言ってたんだけど、こ

7　これは嘘です。なお、『VITAMIN』は電気の4thアルバム、"富士山"はその収録曲。

8　LOOPA：卓球が主宰していた、自身のレーベルと同名のパーティー。新宿リキッドルームで開催されていた。毎年ライジング・サン・ロック・フェスティバルでは、LOOPAのスペシャル版パーティ『LOOPA NIGHT』が行われている。なお、現在の卓球のレギュラー・パーティーは、毎月第一金曜日に渋谷WOMBで行われている『STERNE』。

うやって（手をバツ印にして）ブースの横に行ってストップするのって、客も見えるじゃん。実はそれって結構楽しんでやってるっていう説があって（笑）。説っていうか、絶対あると思うんだよ。『止めてる俺』っていうさ」

瀧「俺が全てをコントロールしてるっていう」

卓球「っていうのと、あと客観的に見た時に、もう止めが入ってんのに続いてるっていうところの、一端を担ってるっていう喜びとさあ（笑）」

瀧「しかも止めてるけど、本気で止める気はあんまりないっていう」

卓球「ないない。だから、学園ドラマの最終回のイヤミ教頭って感じのさ。それが入るからこそお客さんも盛り上がるっていう（笑）」

●実際どうなんですか、そん時の気分は（笑）。

道下「いやいや、（卓球は）ほんとに止めない性格なんですよ。止まらないんですよ、回し始めたら。でヤバい時ってあるじゃないですか。この間の〝7HOURS〟の時みたいに、次が入ってて入りの時間が決まってるとか、こないだのエゾみたいに伝統のルール、メインのトリ、今年はザ・ブーム[9]ですけど、それが最後音を止めてキレイに終わるっていうのがあるみたいで」

卓球「〝島唄〟ね（笑）」

瀧「〝島唄〟2回歌ったらしいよ、そのせいで（笑）」

卓球「しかもテンポを落として。まだやってるからって（笑）」

9 ザ・ブーム：89年デビューのロック・バンド。最も有名な代表曲は〝島唄〟。この年のエゾ・ロックの大トリを務めた。08年3月現在、事実上活動を休止中、ヴォーカルの宮沢和史はGANGA ZUMBAで活動している。

10 WESS：エゾ・ロック（ライジング・サン・ロック・フェスティバル）を主催している北海道のイベンター。

道下「それでこれ以降は絶対に回さないで止めてくれっていうのを言われて。で、ピンポン・プレイやってるところで、『もう10分前なんでそろそろ連中に一発言ってください』って言われて、一言言って」
卓球「とりあえず1回目のこれ（手をバツにする）をね」
道下「やってないじゃないですか！」
卓球「ちょっと楽屋に戻って衣装に替えて（笑）」
道下「（笑）で、5分前に言いに行って、全然止める気配がなかったんで、これヤバいなと思って。そっからずっとブースの横に張りついてたんですよ。で、WESS[10]の人がものすごい怖くなっちゃって。でもフェーダー落とすまではやりたくないんで」
卓球「フェーダー落としちゃうともう仕事終わっちゃうからね（笑）。なるべくステージにいるにはっていう」
瀧「俺のこれ（手をバツにする）によって音が下がったぞっていうのをちゃんと客にわからせないといけないからね」
卓球「最後のほうとかミル・マスカラス[11]のマスクしちゃってブースに登場！（笑）。『ミスターX！』『Xジャンプ[12]』とか言ってね」
道下「でもやなもんですよ、止めなきゃいけないというのは。いつも止めるのは僕ですけど」
卓球「ねえ。それを実際楽しんでて――」
道下「楽しんでないですよ〜」
●誰かがやんなきゃいけない役割なんだって

11 ミル・マスカラス：メキシコ人覆面レスラー。日本では70年代に大人気となった。ニックネームは"千の顔を持つ男"。空中殺法を得意とし、代表的な技は手でバツを作って、つまり道下と同じポーズで頭から相手に飛び込んでいくフライングクロスチョップ。

12 Xジャンプ：Xのライヴのとき、代表曲"X"のサビで「X!」というかけ声に合わせて、ファンが一斉に手をバツにして、つまり道下と同じポーズで飛び上がることをこう呼ぶ。

いう、それ含めてヒロイックになってるよね（笑）。
道下「『俺だって止めたくないんだけど』（笑）」
瀧「どうせこれやるんなら楽しくっていう（笑）」
卓球「トータルで見た時に、敢えて自分が悪役にまわりつつも、でもそういうのがいたほうが盛り上がるっしょ？っていうさあ（笑）」
●あといつか取材を受けた時にね。
卓球「ハハハハハハ！　それ個人で？　パーティ・ストッパーとしてお呼びがかかるんだ！」
瀧「本出しちゃってな、最後に」
卓球「『ちょっと今日、宇都宮で営業があるんで』（笑）」
道下「やなもんですよ……」
●舞監（舞台監督）の人、ほんと怖いもんねえ。
道下「怖いですよ～。『ほんっと止めてください！』って」
卓球「あと1回終わって、お客さんも『もっと～！』って時に、『いいよ、いいよ！　やっちゃおう！』ってやったらかけたレコードが長くてね。10分ぐらいある曲でさあ（笑）」
道下「『長ぁ～』って感じで」
卓球「しかもこうやって、バツにしてる手を組み替えたりして（笑）。ほんとバカだよな、それやってたら（笑）」
道下「でまあ無事に、ブームのほうが後に」
卓球「そうだよね。ウチらもうバス待ってる時にまた〝島唄〟やってたもん。4回目の（笑）」

瀧「ソフフフフ」
●（笑）。でもだいたい毎回止めるんですか？
道下「毎回止めますよ。だって自分で止めないですもん、絶対に」
●なんか技考えたほうがいいですよ。
道下「そうですね……」
●ウルフルズとかやってんじゃん。1回ひっこんだら「トータス！　トータス！」ってお客さんが言うと、ムーンウォークで後ろ髪をひかれるっていうジェスチャーで出て来て、バッてマイクつかんでまた歌うっていう。
卓球「それがまた盛り上がるんだよね。いろんなパターン悩んで（笑）。パントマイムの壁で登場とかな。『何やってんだお前!?』（笑）」
●（笑）でもこのミッチーの話って文字にしたら難しいかもね。
瀧「その写真を撮ればいいんじゃん（笑）」
卓球「『これが噂のミスターX!!　このXがパーティを終わらせる！　いくつものパーティを終わらせてきたX!!』（笑）」
瀧「『これを見たら終わりだと思え！』」
卓球「で、たまにこれやりながら踊ってたりするからね」
一同「（爆笑）」
卓球「マジで。そりゃ舞監も怒るよ！（笑）。止める気ねーってことじゃん。こう（足踏みして）苛立ちを表してるつもりなんだけど、リズムにのっちゃってな」
瀧「そういう踊りかなって感じで（笑）」
卓球「ただ、正直言うと、明らかに止めに入ってる人がいるのが見えて続けてると、やっぱ盛り上がるよね。でもおいしいとこはミッチーが持ってく。あえてイヤミ教頭役をね」
瀧「始まって15分ぐらいからもう始めてればいいのに」
一同「（爆笑）」
卓球「途中衣装替えとかあってね。『今日あのミスターXの人いなかったね』とか言われちゃって（笑）」

11月号

卓球「シンちゃんって知ってる、お前？」
瀧「誰？」
卓球「新宿駅に現れたタヌキ（笑）」

●タヌキが出たんだ？

卓球「今日やってたよ、出てくる前のニュースで。新宿駅にタヌキが出たって。ペットを誰かが捨てたのか、どっかから迷い込んできたのかわかんないけど。で、新宿に現れたからシンちゃん（笑）」
瀧「……タマちゃん[1]、誰かほんとに矢で撃たねえかなあ（笑）」
卓球「それよりも下流で死体で発見とか（笑）。腐っちゃってな。でも揉み消しそう、そんなことあっても。中国の政府がよくやるの知ってる？　政治がうまくいかないと、イエティ[2]が出たとかニュース流してさ。今は知らないけど、昔よくやってたらしくて、それじゃねえか？って」

1 タマちゃん：02年8月に多摩川で目撃されたアゴヒゲアザラシ。最初は多摩川の丸子橋付近に出現し、後に各地を転々。横浜黄金町付近の大岡川に出没した時は、このエリアのメイン産業であったアンダーグラウンドな特殊飲食店の前を女子供がキャアキャア闊歩するという怪現象が生まれた。

2 イエティ：ヒマラヤ山脈に住むと言われている未確認動物。いわゆる雪男の類。

瀧「今？　北朝鮮[3]ので？（笑）」
卓球「目をそらすために、どっかから連れてきてあそこに流したって（笑）」
●それねえっつうの、それ（笑）。
卓球「あと中に人が入ってるとか」
一同「（爆笑）」
●俺まだそのニュース自体を見てないんだよね。
卓球「そうなの!?」
瀧「トップニュースだよ。中継車出まくりだもん」
卓球「『タマちゃんが出ませんでした』っていうのトップニュースでやってるもん。なんだそりゃ!?っつうのな（笑）。でも動物園行けばいるじゃんねえ。なんであんなのあそこで見たいんだろうね？　あと地方から見に来てる奴とか、何を考えてる!?って感じだよね、多摩川来たりして。しかもいなくて（笑）。ちょっと怒ってたりするじゃん、『せっかく来たのに！』とかさ。知らないっつーの。子供が泣いてたりとかさ。『タマちゃんを見に、せっかく来たのに』って、やり場のない怒りをとか（笑）。言ってないけどそんなの」
瀧「あと軽い小競り合いが起きてな。タマちゃんアイスとかあのへんの商売の」
卓球「タマちゃんのCDのリミックスの話きたもん（笑）。発売直前とかで死体で浮いててほしいね（笑）。『腐乱死体で発見！』」
瀧「『真っ二つで発見！』とかな（笑）。縦に。ンフフフフフ。フカ～って」

3　北朝鮮ので？：この年の7月に、北朝鮮から放たれた7発のミサイルが日本海に落下して大変な騒ぎになっていたり、拉致問題解決のため小泉首相が9月に電撃訪朝したりしていたのでした。

卓球「『空気銃で撃った跡が無数に！』（笑）」

●でもなんで川へ来ようとするの？

卓球「異常気象で変なとこ来ちゃっただけでしょ」

●頭おかしいとかそういうんじゃないの？

瀧「……動物つかまえて頭おかしいって（笑）」

一同「（爆笑）」

瀧「理性があるとこ見たことないじゃん、だって（笑）。毒のまんじゅうバクバク食っちゃってる奴に向かって、『頭おかしい』って（笑）」

卓球「しかもウタちゃん[4]のほうってゴマフアザラシなんだよね。あれ、頭ハンマーで殴る猟やってるやつだろ？　子供の頃の毛は白くてキレイだからっつって。で、全然警戒心もないから、ひょこって頭出したとこを、ハンマーでガーンッて叩いてフックに引っかけて引っ張って、『次はいねえか？』っつってさ。氷のとこが真っ赤に染まってって感じの（笑）。こういう時にこそ、そういうVTR流せっつうのなあ」

●でも見に行ったら行ったでさ、いなかったら絶対ブツブツ言うよね。

瀧「見に行かないもん、だって！（笑）。何言ってんの、行かないよ！　動物園行きゃいっぱいいるんでしょ、そんなの」

●でもそうやって見に行く奴いっぱいいるの、絶対タダだからだよね。

卓球「あれ金とったら行かないもんね」

●うん。俺思ったんだけど——全然話変わるんだけどさ、高円寺で阿波踊り[5]やってんのね。それ、3日間で100万人来るんだよ。でも異常じゃ

4 ウタちゃん：02年9月に南三陸町歌津の川に現れ、タマちゃんフォロワーとなったアザラシ。

5 高円寺で阿波踊りやってんのね：毎年8月末に高円寺で行われている。57年に地域振興のために開催されて今日に至る。隣町である阿佐ヶ谷の七夕祭りに対抗して企画された。

ん、どう考えても。素人の阿波踊りのパレード見にさ、そんなに来るの。やっぱタダだからでしょ。
卓球「タダだからもあるし、することないからでしょ。すっごい忙しいスケジュールの合間ぬって見に行こうっていう奴はいないもんね」
●でもその場って若い奴が結構多いのね。
卓球「……踊りながら考えたの？（笑）」
一同「（爆笑）」
卓球「こうやって踊りながら、『なんでこんなに来んのかな～？』って？　ハハハハハ！」
●（笑）いや、ちょうどフジロックが終わった直後ぐらいなのね、あれやるの。で、そういう若い奴らがさ、「夏はさあ、ロック・フェスとか行かなくてもこっちのほうが全然すげえよなあ！」とか言ってるわけ。絶対それ違うじゃん。
卓球「それ言ってる奴はロック・フェス行ってないんだよ。行きたかったけど行けないから、高円寺の阿波踊りのほうがいいっていう、自分なりに正当化しないとさ（笑）。こっちはタダだしロック・フェスは1万円もするし、ロック・フェスは遠いしでもこっちは近いからっていうさ。で、結果的に俺の中ではこっちのほうがいい！　最高ー！（笑）」
瀧「そうしないとやってらんないだろうからね」
卓球「だったら阿波踊りのCDとか買ってんのかっつーのなあ。で、そういう奴に限って地方出身者なんだぜ。高円寺で子供の頃からそういうのやってたわけじゃなくてさ。ロックが好きじゃなきゃそんな比べないもんね、第一。別もんなんだしね」

●そうだよねえ。

卓球「……みんな死にゃあいいのに！（笑）」

●ははははは！

瀧「リセット症候群（笑）。でもそれ、毎年やってんの？」

●やってる。で、やってるほうもさ、それを真に受けてその気になっちゃってるの。

卓球「でも全部が全部そうじゃないでしょ。中核のほうはやっぱそれなりにあるわけじゃん」

●阿波踊りスピリットが？　あるある。

卓球「それはだって三茶[6]（三軒茶屋）のサンバ・カーニバルだってあると思うよ（笑）」

●「こっちが本物だ！」みたいな？

卓球「そこまで図々しくないと思うけどさ（笑）。そこまでいったらすごいけどね、『元祖三軒茶屋サンバ・カーニバル！』（笑）。浅草があって、しかもそれだってよそから持ってきたやつなのにな、そのサンバのさらに孫引きで」

瀧「ニセうまい棒みたいなもんでしょ」

卓球「うまい棒自体うまか棒のパクリだもんな。昔あったアイスの」

瀧「うまい棒最初食った時、『これは！』って感じだったもんね。これでカールを買わなくて済む[7]ぐらいのさ（笑）」

卓球「ハハハハハ！『カール買うよりいいよな！こっちのほうが安いじゃん！』（笑）。って、うまい棒10本ぐらい買ったりしてな。やってることは一緒なのな（笑）。同じだよねえ。『タダで

6 三茶のサンバ・カーニバル：正しくは、東京都世田谷区三軒茶屋で毎年8月に行われている「三茶フェスティバル」の「サンバパレード・コンテスト」。

7 これでカールを買わなくて済む：カールが1袋100円くらいするのに対して、うまい棒は1本10円。子供にとっては神様のようなお菓子であった。

いいよこっちは』って阿波踊り大会で1万円の入った財布落としたりしてな（笑）。でも似たようなもんだよね、高円寺も。年1回、そこに向けてってさ」

●でもなんか腹立ったんだよねえ。

瀧「でも行ってたんでしょ!? ダメじゃん。何言ってんの!?っていう（笑）。腹立ってた時間よりも楽しんでた時間のほうが多いんでしょ、だって」

卓球「行ってる時点で負けなんだから（笑）」

●でも納得いかないんだよな。

卓球「ちゃ〜んと行ってるし。なんでかって言ったら、『近所だしタダだから！』（笑）」

瀧「で、『腹立つんだよね〜』って。へへへへ」

卓球「そうそう、さっき〝come baby〟のビデオの話をな、山崎さんが『これいいねえ、これ最高！ ビデオ・ドラッグ[8]みたいだ！』だって。古いな〜（笑）」

●でもこれズリネタ[9]になるよね。

卓球「これ、あがった時にバイク便でスタジオに届いて、岡村ちゃんもちょうどいたのね。で、観ようって言って観たら、岡村ちゃんが『いやあ、すっごいいいね！ ちょっと俺普通じゃいられないね！』って。火ついちゃったって（笑）。『知り合いになりたいなあ』とか言うから、作った人のことかと思って『え、だって打ち合わせで会ったじゃん』『いや、この女の子！』（笑）。『岡村ちゃん、病気始まっちゃったねえ』って言ったら『うん』だって」

瀧「ふふふふふ」

8 ビデオ・ドラッグ：80年代から90年代初頭辺りに流行った。光が点滅したり、物体がグニャグニャ形を変えるサイケデリックな映像作品。気持ちよくなる前に飽きることのほうが多かった。

9 ズリネタになるよね：〝come baby〟のPVは、火花や光や女体の各パーツなどが、シンメトリーでパッパッとフラッシュしていく内容だった。山崎の性的嗜好に合うらしい。

●これはどういうリクエストにしたの？

卓球「フェティッシュな感じがあって密室的でいやらしい感じがあればって言って、それでおまかせしますって」

●ピッタシじゃん。クリップとしてもよくできてて、映像としてもすごくて。で、ズリネタにもなるっていうのがすごいなあ。

卓球「それ強調するよね」

●っていうか、ウォー！って感じじゃん。「きたきた！　ウォー！」って。イク前の十数秒間ってそういう境地にならない？

瀧「……っていうか、今の『ウォー！』がすごいロックを感じたね（笑）」

卓球「違うよ、ロッキング・オン系のロックを感じた。畳の部屋に住んでるロック感！（笑）。ロッキング・オンってなんで畳の感じがするんだろうね？　[10]HとかCutまでいくともうないけど。必死にそういうの消そうと思ってがんばってんだろうけどさ。やっぱあいかわらず[11]ロッキング・オン本誌が一番あるね、畳の床に置いてある感じ（笑）。フローリングじゃねえもんな」

瀧「Tシャツにトランクスで読んでる感じ、畳の上で（笑）」

卓球「クーラーない感じ（笑）。座敷なんだよな。座敷感覚あふれる音楽誌！（笑）。BUZZもダンス音楽とか扱ってる雑誌の中で一番畳の匂いするしな（笑）」

瀧「コタツの上に乗ってそう（笑）」

卓球「実家から持ってきたコタツな（笑）」

10 HとかCut：どっちもロッキング・オン発行の雑誌。Cutは洋画・邦画が中心、Hは邦画やテレビやマンガや音楽などサブカルチャー全般が中心。

11 ロッキング・オン本誌：この当時山崎が編集長を務めていた、洋楽誌ロッキング・オンのこと。元々ロッキング・オンがあり、ロッキング・オン・ジャパンはその増刊号として創刊された名残で、古い読者は洋楽ロッキング・オンのことを「本誌」と呼ぶ。

瀧「ミカンのむいた皮とかあって。ふふふ」
卓球「でもやっぱロッキング・オン本誌だね、一番畳っぽさがあるのは。昔っからその印象ない？」
瀧「地方出身者の心の支えなのかもしれないけどさ（笑）。『今に見てろよ！』っていう」
一同「（笑）」
卓球「やっぱでもそういう雑誌にはそういう読者がつくじゃん。それはやっぱバンドも一緒だし。ウチらも似たようなもんじゃん、そういうのはさ。いつまで経ってもあか抜けない感じとかさ。あか抜けようともしてないからっていう（笑）」
●……おっかしいなあ。
瀧「『おっかしいなあ』じゃないっつーの（笑）」
●おしゃれだと思うけどね、俺は。Hより。
卓球「でもHはいいけどさ、例えばさ、美容院とかにロッキング・オンが置いてあるとちょっとひくよね。そこでは俺、髪の毛切ってほしくないな（笑）」
●あ、そうだ、これを（『メロン牧場』単行本の読者ハガキを渡す）。わりと正直に書いてくるんだよね、つまんなかった奴はつまんなかったって。
瀧「でも、言われてもって感じだよなあ」
卓球「じゃあ次増刷する時からそのつまんなかったとこ直しますってわけでもないしな（笑）。『次がんばります！』ってわけでもねーし（笑）」
●でもそういうのほとんどないよ。

卓球「あと昔言ってたじゃん。さすがに最近はないけど雑誌のアンケートで嫌いな食べ物を聞いてくる感覚がわからない（笑）。弱点聞いてどうすんだよ」

瀧「そうそう。『食わせる気か!?』っていう（笑）。そんなもんお前に教えないよ。見ず知らずの奴に（笑）」

卓球「まだ『性感帯は？』って聞かれるほうがなあ」

瀧「うん。もしかしたらそこくすぐってもらえるかもしれないしさあ（笑）」

卓球「『今、一番の悩みは？』みたいなもんじゃんな。そんなのアンケートで書けないっつうのな（笑）」

瀧「お前が解決してくれんのか？って（笑）」

12月号

●卓球のソロ・アルバムのリリースってどうなったの？

卓球「消えちゃったんだ、データ」

●データ消えたんだ!?

卓球「ずいぶん前からレコーディングをやってたんだけど、WIREの前にライヴの準備やってて一旦中断してたのね。で、WIREが終わって、その翌日のアフター・パーティも終わって、9月2日から作業再開だって言ってて。しかもその翌週、9日にマスタリングだったのね。で、そこに向けて後1週間で完成ってところでさ、『よし、明日からやるぞ』って気持ちも新たにして。で、スタジオに行く前に電話したら、アシステタントの奴が『……大変申し訳ないんですけども……データがちょっと、8月10日以降のデータが残ってないんです』『え？　それどういうこと？』『いや、バックアップをとろうとしたら……』って。コンピュータの中のデータをハードディスクにドラッグしてコピーするでしょ。その反対をやっちゃったんだよ、そいつが。だから何日間かの作業が全部ナシになっちゃって」

●うっわー……。

卓球「もう愕然って感じでさ、その電話で。どういう状況か把握できなくて『とりあえず今からスタジオ行くから』って行って、被害状況を確認してったら『ここまでは残ってます』って言ってたのが実は残ってもなくてさ。どう考えても1週間でそれ復旧してマスタリングに間に合わせるなんて無理だから。……何がやだって、1回やった作業をもう1回ゼロから同じことをやることほどバカバカしいことはないじゃん。で、完っ全にテンションも下がってさ。テンション下がってって言うか、テンションなくなってさ。でも10月11月って俺日本にいないじゃん。で、結局来年に延ばしましょうってなって。ワンクリックで。まいったね……」

●あぁ……すごい話だね。

卓球「……しかも今回よりによって2枚組だったんだよ（笑）。20何曲あって、パーですよ」

●ほんっとやる気しないよね。

卓球「ゴールがそこまで見えてさ、1週間後でさ。ほぼ9割方できてたのよ」

一同「(絶句)」

瀧「……ンフフフフ」

●なんかさ、イメージできないんだよね。バンドだったらまたメンバー集めてやるって感じなんだけど、どういう作業になるの？　プログラムのデータとか、数値的なとこは残ってんの？

卓球「残ってない。8月10日から25日までの2週間、そこはもうゴールも見えてるから一番追い込みの時期じゃん。その間に新しく作った曲とかさ。あと普通のレコーディングと違って、『じゃあ今日はこの曲をちょこっとやってみよう』とかさ、全部の曲をちょっとずつ進めてく作業だからさ、それが全部なくなっちゃってる」

●もう考えたくもないって感じだよね。卓球の作業的にも再現っていうのは難しいものなの？

卓球「難しいよね。覚えてないじゃんもう、どこをどうしたとかさ」

●そういうの例えばメモとったりしてないの？

卓球「だってほんとにコンピュータだけじゃん！(笑)。コンピュータのデータいちいちメモするわけないからさあ」

瀧「コンピュータは直で書いてるからね」

卓球「そうそう。でももう方針変えてるよ。だって再現するのバカバカしいしさ、再現するんだったら前のようにはならないから。で締め切りもちょっと延びたからもう1回。最初からではないけど、ちょっと考え直そうかなと思って」

●……恐ろしいね。もうこれから、1日毎にバッ

1 TOSHI：X JAPANのヴォーカリスト。バンド解散後はギターの弾き語りスタイルで日本全国を行脚していた。学生時代はバ

クアップとってっていう作業だね。
卓球「でもバックアップ自体が怖くなった、それで。だってバックアップとろうと思って消してんだから、世話ないよね」
瀧「ほんとそれ考えたら、もうアナログ・テープにとっておくとかさあ」
●やっぱりバンドか？って感じだよね。
卓球「バンドで一発でカセット・テープに録るのが一番安全だよ、ほんとに。そのカセット・テープをそのままマスタリング工場に持ってくのが一番いいよね」
瀧「一番いいのは、巡って歌って聴かせるのが一番いいよ、TOSHI[1]みたいに（笑）」
一同「（笑）」
瀧「直送。んふふふ。でもこないだKAGAMI[2]から聞いたんだけど、KAGAMIがなんかで横浜行かなくちゃいけなくて、で東京駅から新幹線に乗って、大槻ケンヂの『リンダリンダラバーソール』のTOSHIのところを『うわあ、すげえな』と思って読んでたんだって。そしたら新幹線の通路のとこに、TOSHIがギターケースをイスにしてマネージャーと座ってて（笑）。で、話聞いてたら、マネージャーと日本地図を広げて行った地名のところに色を塗ってるんだって。『ここ行ったよね。ここも行った』って。で、『今回のお金だったらここまでは行ける』って言って、駅とかを全部絨毯爆撃って感じで塗りつぶしていくようなツアーやってんだって」
●エライねえ。

レーボール部員。

2 KAGAMI：電気グルーヴのレコーディングやツアーなどにも参加しているDJ／トラックメイカー。学生時代、『電気グルーヴのオールナイトニッポン』を聴いてテクノに目覚めたという、ちょっといい話あり。

3 『リンダリンダラバーソール』のTOSHIのところ：大槻ケンヂがバンド・ブーム時代の隆盛と衰退を綴った自伝的エッセイ。札幌の商店街で歌うTOSHIに遭遇したというエピソードが綴られている。

瀧「エライ……かな？（笑）」
●でもそのデータが消えちゃったのって、ファンは知ってるの？
卓球「知らない。言ってないもん。まいったねえ……。しかも発売延期、今回2回目でしょ!?」
道下「もともと夏前にミックスCDを出そうって言って、もうトラックも全部ライセンスとってポチポチかなあっていう時に、アルバムができるっていうんで、じゃあもうアルバム先に出しちゃえって言って、中止にしちゃったんですよ、思い切って。ミックスCDはいつでも出せるんで。そしたら今回の……（苦笑）」
卓球「だからこうなったら、結果的にこうなってよかったってもん作るしかないよね。もうちょっと締め切りが延びたからよかった、とかさ。3ヶ月ぐらい延びたからね。しかもヨーロッパにまた2ヶ月くらい行くからさ、また気分も変わるだろうし」
●そうだね。でもそういうこともあるよ。原稿とかでも、書き直してよかったってことも。
卓球「話題を変えよう（笑）。最近みんなさ、全然知らない人とメールしたりするんでしょ？すごいよね。それ考えられないわ。ほんっとに」
●かなり依存してるよね。
卓球「わっかんないわ。なんかつながってるって感じがいいのかな？ 全然知らない奴とメールでやりとりして、それで会うわけでもなかったりするんでしょ？ メールはわかんねえなあ……。それも含めて、俺もう中年真っ只中だもん。気がつけば。だってなあ？　事件とか起こしたりして、目撃情報とかで『中年の男性』って言われちゃうもんな（笑）。明らかに」

瀧「うん。子供からは『おじさ～ん！』だよ、もう（笑）」

卓球「昨日でもそう思った、お前テレビ出てた時。『うわ！　こいつおじさんだなあ……。ってことは俺も！』（笑）」

瀧「（笑）おっさんだよ、ほんとに」

卓球「最近フミヤ[4]と話してたら『最近ズルむけやなあ！』って（笑）。『ズルむけやわ』」

●ああ、そういう感じはあるかもね。

卓球「で、フミヤが『いやあ、へてる。へてる』って」

瀧「『へてる』って何？」

卓球「『あいつへてへん？』とか言うの。『経てきてる』」

瀧「ああ、なるほどね」

卓球「『君はへてる。へてきてるなあ。やっぱへてなあかん』（笑）」

一同「（笑）」

卓球「『へてへん奴はあかん！』（笑）」

瀧「『へてる！』。へへへへへ」

●今はいくつになったの？

卓球「35、瀧もうじき」

●あ、俺40だ。

瀧「なったの？」

●なったなった、8月29日で。

瀧「なんかあった？　グッとくるものとか」

●えーっとねえ……いや、30ほどなかった。た

4　フミヤ：『メロン牧場』でフミヤと言えば田中フミヤ。藤井フミヤではない。

だね、なんかもう、あきらめって感じ……。

瀧「なんで小声なんだ（笑）」

●何が変わったかなあ……。なんかね、それがヤなのよ。カタンっていう変化がないんだよね。全てがちょっとずつ目減りした感じ。

卓球「でも体型にこないからまだ得してるよね。ハゲたりとかさ」

●ああ、そうだね。腹が出始めてるくらい。あとね、チンポがカッキンカッキンになるじゃん。それがならない。

瀧「ああ、ならないんだ。おチンチンがカッターくて、バヨヨヨ～ンってふうになんないってことね」

卓球「本格派ドイツソーセージぐらいの感じ？（笑）。昔はサラミだったのが」

一同「（爆笑）」

卓球「バイエルン[5]って感じなんだ。ハハハハハ！」

●いや、ほんとにね、そんな感じ。

卓球「BUZZ読んでる中心層っていくつ？」

●20ぐらいかな？

瀧「大学生か。でも自分の息子ぐらいだもんね」

卓球「息子はこういうの聴かないの？」

●息子はそれこそ「レッチリ来日するからチケットとって」とか「オアシスのチケットとって」とか。普通の高校生が聴くものを。

卓球「もう高校生!?」

●ただもうガンッガンやってるね。

卓球「セックス？」

●うん。俺がいるとさすがにやんないけど。

5 バイエルン：アルトバイエルン。伊藤ハムの人気商品。72時間以上じっくり熟成し、肉の旨みを引き出したジューシーな粗挽きウィンナー。

卓球「当たり前だよ！（笑）。昔メモリーカードを焼かれてた子供が[6]、今やもうやってんだ（笑）」

道下「5年ぐらい前の話ですもんね」

卓球「すごいねえ（笑）」

瀧「ほお〜、へてるねえ」

一同「（笑）」

●へてるって言ってもらえるかな？（笑）。

瀧「うん。へてるんじゃない。でもその感じってさ、山崎洋一郎的にはメモリーカードを焼いてた頃の自分と今と、そんなに差はないわけじゃん。でも子供はいつの間にかやりまくってるようになってるわけでさ、その変化のグラフの上がり具合とかは、子供が全然すごいじゃん。そこになんかないの？　じんわりくる感じは」

●だからじんわりくる感じもあるけど、普通親が子供に対して接し方って決めてくじゃん。厳しく接したりとかさ、優しく接したりとかさ。それが逆転していくね。子供が俺に優しく接したりとか、今日は不機嫌に接したりとか。そういう関係性の主導権が向こうに移る感じ。だからなんか、ちょっとここ最近冷たくしたから優しく接してあげようかなとか、そういうのを向こうがこっちに思うようになってきてる。台所ですれ違う時に、ポンと肩叩かれたりとかね（笑）。

瀧「マジで？（笑）」

卓球「いいじゃん」

瀧「ねえ。おもしろいね。なんかもう全然別

6 昔メモリーカードを焼かれてた子供が：山崎は塾をサボっていた長男を投げ飛ばし、プレステのメモリーカードをガスコンロで焼き尽くした。詳しい経緯は『メロン牧場』単行本第1弾の97年ボーナス・トラック9月号の回に掲載。

の奴になってきたってことでしょ？　自分の子供っていうよりも一人間としてってことでしょ？」
●そうそう。こないだも文化祭かなんかがあって、「お前何やんの？」って言ったら、なんかクレープみたいなやつやるっていうから、「じゃあ見に行こうかな」って言うと――。
瀧「『やめろよ』って？」
●っていうのがちょっと前。「ウゼえよ、来んなよ」って思ってて、前はそう言ってたんだけど、それが今はやっぱ気を遣うようになって。「だってさあ、高校だと親父の作ってる雑誌とか読んでる奴いるからさ、きたらちょっと俺も恥ずかしいよ」って、ちょっと俺を喜ばせて断る、みたいな。
卓球「でもそれは嬉しいんだと思うよ、息子も」
●そうなのかな？　でも嘘だと思うんだよね、それ。
瀧「でも親父のやってることが、子供からしてみたら、家から離れたところで親父の存在だったりとかっていうのを周りから言われてジワジワくるんじゃない？　そこで気づいたりするんじゃないの、やっぱり？　しかも割と学校でとがってるとされてるような奴らから、こうレスポンスがあるようになるんじゃないの」
●そうなのかなあ……。
卓球「今ちょっとニヤーとなった（笑）。わかっちゃいるんだよ。自分でもわかってるんだけど、こうやって人から言われるのすごい好きだからね、昔から（笑）」

瀧「ンフフフフ」
卓球「俺ってこういう人間なんだよって、敢えて反対のこと言ってさ、それを否定してもらって快感を得ること多くない？（笑）。この連載を長年やってて感じるけど。結構図星でしょ？『そうかなあ』とか言って、すっごい口元ゆるんじゃって（笑）」
瀧「でも自分の親から、そういうカルチャー的なことが降ってくるってことはあり得ないもんな」
卓球「細川たかしとかだもんな（笑）」
瀧「そうそう。ウチも（石原）裕次郎だったもん。それはあり得ないわ」
卓球「それは点数高いよね。そりゃあ、台所で肩叩かれるよ」
●ふふ……。今日はいい取材だったね、結構。
卓球「ハハハハハハ！　気分がいいねってことでしょ（笑）」

2002年　ボーナストラック

1月号

卓球「来年ブレイク予定だもんな」

瀧「うん」

卓球「ピエール瀧」

瀧「大ブレイク」

卓球「ああ、あれどうなったの？　ピエール瀧ソロ・アルバム」

瀧「ああ、それはもう進行してないよ、全然」

●え？　そんな予定があったんだ？

卓球「そう」

●マジで？

瀧「全然やるよ」

卓球「もうアイディアはガッチリ決まってんだけどな」

瀧「アイディアは決まってるから、あとはやるだけなの。そのやるだけを、俺が『やる』って言いだせなくてね（笑）」

●なになに？　どういうの？

卓球「全曲カヴァー集。『ピエール瀧、昭和を歌う』」

●歌うんだ？　いいね、それね。

卓球「シングル・カットももう決まってるからな。〝センチメンタル・ジャーニー〟[1]。♪伊代はまだ――」

卓球・瀧「♪じゅうろくだからあ～」

卓球「♪何かにさそわれて～（笑）」

瀧「よくない？（笑）」

卓球「いいでしょ？『ピエール瀧、初のソロ・シングル！〝センチメンタル・ジャーニー〟！』」

1 センチメンタル・ジャーニー：松本伊代の81年のデビュー曲。歌詞からすると、サバを読んでいないならば、当時の彼女は16歳。

（笑）。歌詞とかついちゃってな。『伊代はまだ16だから』（笑）」

●いや、それ、アルバムっていうのいいね！ずうっと歌ってるんでしょ？（笑）。

瀧「ずうっと歌いたおし」

卓球「あとはだから、レコード会社が腰を上げるだけだもんな」[2]

瀧「うん」

＊＊＊

●卓球の今回のDJのツアーは何かありました？　みやげ話は。

卓球「ああ！　すごい事件があった！　そういえば。ツアーの最後で、俺、今までのDJの最短記録」

瀧「何、最短記録って？」

卓球「……45分」

●なんで!?

卓球「あのね、金曜日にパリで、土曜日にスイスのモントレーで、DJあったのね。パリにレックスクラブっていうのがあんだけど、そこでプレイしてて、そこのレジデントのDJたち、フランス人3人と俺で次の日、モントレーのクラブでやろうってことになって。レックスはすごいよかったんだけどね。で、フランス人のDJ3人と俺とマネージャーのアンディと向こうのプロモーターの、計6人で電車乗って行ったのね。んで、モントレー着いて、ホテルもすっごいいいとこで、湖がバーッと見えて、アルプスも見えて。『すっげえいいよ！　最高だねえ』『今日のパーティよさそうだね』なんて言ってて。

2　レコード会社が腰を上げるだけだもんな：08年現在、キューンレコードが腰を上げる気配はない。

で、いざ1時ぐらいになって行ったのね、みんなで。それで中入ったら、すごい大きいとこで、客が……30人」

瀧「ンフフフフフ」

卓球「みんな、入った瞬間言葉失っちゃってさあ。ここメインの会場じゃないよな、もっとメインの会場があって、そこに人がいっぱいいるんだ、と思ったら、そこがメインのフロアで。で、もう、先にパリから行ったDJがひとり回してってさ、『何これ!? どういうこと?』ってプロモーターも大慌てしちゃって。『いや、こんなはずじゃなかったんだけど……』って。横で店の奴と大モメしてんの。大ゲンカ始まっちゃってさ。要は全然プロモートしてなかったのね。俺1時からとかいってたんだけど、せめてもう30分ぐらい待ったらお客さん来るかもしんないからって待ったんだけど、来るわけないじゃん。ほんっとの山奥でなんもないとこなのね。俺がやる前のDJん時、フロア0人。俺に代わっても、ずっとゼロのまま。誰ひとりとして踊ってないの。で、地元の奴らがナンパしにきてるみたいな感じで。誰も踊らなくて、やってて途中でさ、プロモーターに『悪いけどこれもうやりたくねえから、ギャラいらねえからやめさせてくれ』って言ったんだよ。『わかったわかった、ギャラは払うから。最初やったDJにもう1回まかすから』っつって、結局俺45分で終わって、残りの2人のDJはレコードバッグも開けずにホテル戻って。しかもその日がサマータイムが終わる日で、時計が1時間戻るんだよ。そんでホテル戻ったのがもう2時半とかでさ。土曜日の夜2時半にさ——」

瀧「山奥で？（笑）」

卓球「うん。DJ3人あぶれちゃってさあ、そこでもうみんなの結束固まっちゃってさ。それからもう部屋でプロモーターの悪口ボロクソ言ってて。結局その翌日ベルリン帰ったんだけど、なんだかんだ言って、昼に出て着いたの夜の12時とかで。12時間かけて45分やりに行った」

●うっわー、あるんだそういうこと。

卓球「うん、今まででー番ひどかった」

瀧「なんでそんなプロモートしてないんだろうね？」

卓球「そこって避暑地なんだけど、その季節ってもうシーズンオフで、ほとんど人もいなくって。そこにきて観光客目当てのハコだから、シーズンオフの時なんて人いないじゃん。だから店のほうもやる気がなくて、パーティ適当にぶっこんどきゃいいや、みたいな感じで入れたらしいのね。そんでそのレックスの連中もその日が初めてそこでやるとかで、『もう二度と来ねえ！』とか言ってさ。そりゃそうだと思ったけどね」

●そりゃそうだよねえ。

卓球「日本人の子がいてさ、その客の中に。モントレーに住んでる高校生なんだけど、『なんでこんなとこでやるんですか？』って言われちゃって（笑）。『名前見たんですよ』『よく見つけたねえ！』『いや、僕も偶然見つけたんですけど、ほんとに来んのかなぁ？　と思って』（笑）。『普段来たことある？』『いや、まず来ないですよ、こんなとこ』って」

●寒いね、それ。

卓球「寒すぎたよ！　失礼極まりないよね。呼んどいてさ。でもギャラはすっごいいいんだよ。金はあるからさ」

●そうだよね。卓球を呼ぶって時点で、ある程度のことは見えてる人たちだもんね。

卓球「でもそこまでひどいのはないけど、行ってみてプロモーターがとんでもねえとかってのは結構あるよ。迎えに来なかったりとかさ」

●でも2、3人のフロアで45分やってたんだ。

卓球「45分やって、もう限界だっつって、みんなもわかってて、他のＤＪたちも横に来て、『早くやめようぜ』って感じなんだよ（笑）」

●非常事態って感じで並んでんだ、全員（笑）。

卓球「『このあと俺たちは絶対回したくねえ』ってムードがひしひしでさぁ」

瀧「『お前は一応日本から来たから回すだけは回してったほうがいいんじゃねえの』って感じで（笑）」

卓球「そうそう。ピークタイムも何もねえって感じだよ、ほんとに」

9月号

●でもサッカー[1]、ちゃんと試合も観たんでしょ？

卓球「観た観た。おもしろかったよ。あんまな

1 サッカー：02年に日韓共同開催でサッカーW杯が開催された。

いじゃん。あとロシア戦の時に家でテレビで観てたんだけどさ、日本が勝ったあとにニュースかなんかで、『ただいま六本木はたいへんなことになってます！』って、『見に行かなきゃ！』ってタクシー飛ばして見に行ってさ（笑）。ロアビル[2]の前にみんな集まってんじゃん。ロアビルの前の一番中心がどうなってるんだろう？と思ってさ、あそこまで見に行ったのね。それで誰が震源地になってんだと思ったら、日本人じゃなくてさ」

●そうなんだ？　へえ。

卓球「うん。でもおもしろかったよ、六本木の街も。あんなのないよね。ほんと、ラヴ・パレードみたいだったよね」

瀧「渋谷の交差点とかもテレビでやってたけど、あの光景は見たことないよね。ああいうことが起こることってないんじゃない？」

卓球「始まるまでみんな気づかなかったしね、そこまで盛り上がるとは」

●俺、卓球なんか全然興味ないのかと思った。

卓球「一応リミックスやってるもん、だって」

瀧「でもサッカー興味ある興味ないにかかわらず、あそこの場に行ったら雰囲気だけはもうすごいでしょ、だって。それは伝わるでしょ」

卓球「俺の前の前の席、欽ちゃん[3]だったもんね」

●ほんとに？　じゃあほんといい席だ。

卓球「すっごいいい席だったよね」

瀧「……俺、前の前のクロアチアのサポーターの奴、おにぎり食ってたよ」

一同「（爆笑）」

2 ロアビル：かつては六本木のシンボルであったが、六本木ヒルズとミッドタウンができた現在、ただの雑居ビルとなってしまった。

3 欽ちゃん：コメディアンの萩本欽一。最近はアマチュア球団茨城ゴールデンゴールズの監督としての活動の方が目立っている。

卓球「俺がチケットもらった前々日ぐらいに瀧とミッチーが瀧んちの近所のサッカー・バーみたいなところで開幕戦を観てんのね。フランスの試合。で、俺その自慢の電話した時に、『ところでお前、一昨日フランスの試合ミッチーと観てたろ？　あん時ミッチー、実はチケット持ってること黙ってたんだぞ』（笑）。『あの野郎!!!』」

瀧「『あの野郎!!!』だけど、『うわあ、そん時の俺、かわいそ～』って（笑）。ミッチーに『ほら、ミッチーこっちのほうがよく見えるよ』って。『ミッチー、こっちで観ればいいじゃん』って。いろいろ気遣いしちゃって（笑）。かっこわりぃ、俺って感じ。でも俺、応援する感じってあんまよくわかんなかった。歌うたっちゃう感じとか。会場行って見るのはすっごいおもしろいんだけど、応援の感じって微妙だったなあ。日本戦だったらまた違うのかもしれないけどね。他の自分の国じゃないカード観ても、ものすごい盛り上がってるのとか、すごい奇妙だったよ」

●日本戦はやっぱ応援モードになるわけ？

瀧「日本戦俺行ってないもん。でもそれはなるでしょ。点とったら『よっしゃー！』ってなるもん」

●でもそのぐらい？

瀧「うん。別にユニフォームは着ないもん。でも、そういうエセ・サポーターじゃないけど、大分にイタリア対メキシコ観に行った時に、ちょうど座った席がイタリア側のゴール裏の席で、そこ座って。そしたらまわり全員イタリアのユニファーム着てるんだけど、9割日本人なのね。で、試合始まる前とかも、『ワーッ！今日は勝つぜー!!』ってすっごい盛り上がっててさ。それで結局試合始まってさ、誰もがイタリア勝つと思ってたんだけど、メキシコが先制して。最後は引き分けだったんだけど、先制してから最後のとこまで45分ぐらい、その間もうそのイタリアのユニフォームがみんなしょぼ～んってしてて（笑）。お前ら今応援しないでどうすんだって！今もっともお前らの声を必要としてんのに、何をしょぼ～んとしとんじゃ！っていうさ（笑）」

●便乗したいだけなんだよ、要するに。

瀧「みんなトッティ[4]とかバッジォ[5]とかが来て、『イエーイ！』っていうお祭りムードなんだけど、一番その選手が求めてる時には、しょぼ～んって。我関せずって感じ（笑）」

●ああ、でもそんな感じだよね。景気のいいのに乗っかりたいって感じ。

瀧「そうそう。いっちょまえに『ブゥー！』とかやるんだけど、今ブゥーって言うとこだから、『ブゥー！』って感じで」

卓球「憎ったらしいなあ（笑）」

瀧「憎たらしい。高いんだよ、ブゥーの声が。『ブゥ――！（低）』って言えなくて、『ブゥー！（高）』（笑）」

一同「（爆笑）」

瀧「なんじゃこりゃ!?って感じでさ。怖くねえなあって感じの。でもほとんどそういう人だったんじゃないの？」

4 トッティ：フランチェスコ・トッティ。

5 バッジォ：ロベルト・バッジォ。ポニーテールで親しまれた。04年に引退。

●そうだよね。日本を応援するサポーターですらそうだよね。でもやっぱり10代後半とかの奴って、なんか俺らなんかより全然普通に愛国ムードってあるよね。

瀧「愛国ムードかわかんないけどね」

卓球「ああいう時だけでしょ」

●だってさ、それぐらいの歳の時にもしこういうことがあったとしたら、「ウオーッ！」とかやれてた？

瀧「俺多分、最前列でやってると思う（笑）。10代でしょ？ 19とかだったら、一番前行って、『オラーッ！』って、フォロー・ミーだよ、ほんとに！（笑）」

10月号

●最近、瀧、よくテレビ出てるよね。

卓球「売れっ子だから」

瀧「『プチ・ブレイク』って言われてんだよ。そのプチが情けないんだよ（笑）」

●確かにプチ・ブレイク的な匂いはある。

瀧「プチっていうのが笑うよね。プチってもう終わるぞっていう感じの大前提じゃん。ンフフフフフ」

卓球「ポスト・ユースケ・サンタマリア[1]（笑）」

●でも結構、そのポジションできてるよね。

卓球「昔、関根さん（前のマネージャー）がね、『いやあ、瀧くんが音楽あきらめたら、年収1億とかすぐいくんだけどなあ』（笑）」

1 ユースケ・サンタマリア：今やすっかり俳優やタレントとしてお馴染みだが、元々はミュージシャン。ラテン・ロック・バンド、BINGO BONGOのヴォーカリストだった。

2 ココリコミラクルタイプ：01〜07年に放送されていたバラエティ番組。ココリコと仲間たちが、コントを展開する。松下由樹、坂井真紀、小西真奈美など、美人女優がどんどん汚れ役にされてゆくのも見ものであった。この番組に登場する「ミラクルさん」というキャラクターの声優を、瀧がやって

一同「(爆笑)」
卓球「ちなみにそれを言ったマネージャーは、そののちにユースケ・サンタマリアを大ブレイクさせた」
瀧「プチ・ブレイク中ですよ」
●忙しいですか。
瀧「忙しいのかな? そんなにものすごい忙しいわけじゃないんだけどね。人目につくことが多いじゃん。そうすると忙しく思うんじゃないのかな、みんな」
●今、とりまとめるとどういう感じ?
瀧「とりまとめると? テレビのレギュラーが1本、2本……3本だ」
卓球「テレビ3本はすごいよ!」
瀧「『COMIC牙』と『ココリコミラクルタイプ』[2]と、変な、テレ東の丸刈りにするやつ[3]。あと何やってる? ゲスト扱いで出るやつとか」
卓球「エゾロック終わった後さ、こいつ羽田空港で飛行機乗り換えて、大阪まで行ったのね。伊丹空港まで。で、エゾロックの後にココリコ遠藤[4]の実家に取材に行ってんの(笑)」
瀧「実家に行かなきゃってなってさ、遠藤の。ミラクルさんの声で。それで大阪まで行って。『昨日確か俺、エゾでベロンベロンだったよなあ。なんでここにいんのかな?』っていう感じだったよ(笑)」
●でもそういうので露出が増えると、やっぱ瀧の目から見た世の中って変わってくんの? レギュラーが多い時に街歩いてる感じと、レギュラーが少ない時に歩いてる感じって。

いた。

3 変な、テレ東の丸刈りにするやつ：瀧が出演していたテレビ東京の番組『お叱り!丸刈りーた』。のちに番組名を『マルガリータ』に変更。なお、エンディング・テーマは、レッド・ホット・チリ・ペッパーズの〝バイ・ザ・ウェイ〟。なぜ?

4 ココリコ遠藤：遠藤章造。熱狂的な阪神タイガース・ファンとして知られる。

瀧「あんま変わんない。そんな変わんないよ、それは」

卓球「庶民派気取ってるからね」

瀧「うん。庶民派気取り。田中義剛[5]とかと同じくくり」

●ちょっと歩きにくくなってくるとかさ、ちょっと声かけられんのが多くなるとか、ない？

瀧「別にそれはないけどね。まあ、かけられるのはかけられるけど。あんまり嫌いじゃないじゃん、そういうの（笑）。おこづかいあげたり。んふふふふ」

卓球「サクセスを実感する瞬間」

瀧「（笑）サクセスじゃないっつうの、だから。プチ・ブレイクだっつってんじゃん。でも、みんなに『瀧くんすごい忙しいでしょ』って言われると、そっちのほうが不思議」

卓球「『みんな暇なんだな～』って？（笑）」

瀧「不思議なのと、あと『みんな結構テレビ観てんだな』っていうの」

卓球「俺まだ観たことないんだよな」

11月号

●今回のWIRE、瀧さんはどんな感じだったんですか？

瀧「ずっと楽屋で。あとステージの横に行ってはちょっと踊って。楽しかったよ～。当たり前だけど（笑）。楽しくねえとは何事だって感じだけど。楽しんだねえ。ほんと、なーんも考え

5 田中義剛：デビュー当時から青森訛りを積極的に使い、田舎者キャラを打ち出したタレント、シンガー・ソングライター。純朴そうな風貌だが、実は牧場を経営している実業家。

ずに楽しんでたかな。もうさ、何にもやることないからさ。『ちょっとビール持ってきて！』って言えばビールも出てくるしさ（笑）。我が家でパーティみたいな感じだもん。たぶん、一番VIPだったんじゃん？　入っちゃいけないとこもないしさ。だってステージの上まで行っていいんだもん（笑）。そんな客いないじゃん、だって。だからキング・オブ・客で」

●一番いいスタンスなんだ（笑）。

瀧「楽しんじゃったねえ」

道下「裏ホストみたいなもんですよ」

瀧「そういうのはね、しょうがねえな、と。『俺の出番か？』みたいなね（笑）。自主的に。ほんとその日1日、テンションが高い日って感じで」

2003年

DENKI GROOVE no
MELON BOKUJO－HANAYOME wa SHINIGAMI
2003

1月号

瀧「今日いいもの持ってきたよ（と、おもむろに白い化粧箱をカバンから取り出す）」

●何？

卓球「はははは！　これかあ！（とフタを開ける。中にはハートの模様の入った1組のマグカップが）…………小室[1]の引き出物」

●おおぉぉ――――!!

瀧「思いのほか反応がいいんでちょっと嬉しい。歓声があがって（笑）」

●ほう……いいね、でもこれ。

卓球「……読プレだって。サイン入れて！（笑）」

一同「（爆笑）」

●いやあ、行ってきたんだ、結婚式。

瀧「出た。行ったんだよ。招待状きてさ、ほんとに普通の結婚式の招待状って感じのやつ。で、『どうする？　どうする？』っつってて。1000人ぐらい来るらしいから。こいつはヨーロッパ行ってたからさ、こいつは行かないってことになって――」

卓球「俺いたよ。テレビで観てたもん（笑）」

瀧「あ、招待状を返す時にね。で、『どうしようかなあ』っつって。でもちっとおもしろそうだから、潜入取材っていうか、行って様子見ながら携帯のメールでレポートしようってなって（笑）。『現地の瀧さ～ん』みたいな。『はいはい！　こちら結婚式場の瀧ですけれども』みたいなノリで行こうと思って。『じゃ、行くわ』っつって返したのね。参加の旨を――」

1 小室：言うまでもなく小室哲哉。02年11月22日（いい夫婦の日）にglobeのKEIKOと結婚した。卓球は小室哲哉の愛車フェラーリにペニスを押し付けたことがあるらしい。

卓球「参加って、出席じゃないの、普通！（笑）」
瀧「出席って感じが最初からないんで（笑）。でさ、当日とりあえずわかんないからスーツ着て、こうやって髪も撫でつけて。……ツバで（笑）。で、行きました、新高輪プリンス。そしたら15分ぐらい遅れちゃって、行ったらもう挨拶みたいのが始まっててさ。受付行ったら、『えー、ピエール瀧様のテーブルはCの6番でございます』って言われて。パッて見たらものっすごいあるんだ、テーブルの数が。60テーブルぐらい多分あると思うんだけど。で、パーッと行ったらちょうど真ん中ぐらいの席でさ。『うわ、真ん中の席じゃん結構』と思って」
卓球「最初俺らふたりで話してて、読んでたんだよな、誰と同じテーブルになるかっていうのをさ。で、ウチらの大方の読みでは、ドロンズ[2]とかビビる大木とかと同じだなっつってたんだよね（笑）。もしくは、せいぜいよくてドラゴン[3]とか」
瀧「そうそう。マックスでドラゴンかなと思ってて。ビビる大木は呼ばれないよ！（笑）。で、パーッて行って、席にこうパッと座って。その丸テーブルが8人がけぐらいなのかな。で、『はあ、ヤバかった』と思ってパッて顔上げたら、いきなりマーク・パンサー[4]でさあ」
一同「（笑）」
卓球「物凄い人じゃん（笑）」
瀧「『ええっ!?』って感じで。『マーク・パンサーじゃん！』って思って（笑）。最初シンプルに思ったのが、『うわ、マーク・パンサー扱い低いな

2 ドロンズ：『進め！電波少年』のヒッチハイクの旅で少しだけ人気者となったお笑いコンビ。03年に解散した。

3 ドラゴン：80年代から活動しているDJドラゴン。元TOKYO No.1 SOUL SET。小室哲哉と親交が深い。

4 マーク・パンサー：globeのメンバーなのに瀧と同じ席とは……。

あ！』って。『え⁉　俺と同じ席？』（笑）」
卓球「『じゃあユースケ・サンタマリアも⁉』って感じだよな（笑）」
瀧「キョロッキョロッで感じでさ、ほんとに。で、『ああ、どうも』なんて挨拶して、隣になんだっけ？　日向大介ってプロデューサーっぽい人が俺の横にいて」
●うんうん。一番弟子だよね。
瀧「で、その向こうがもうひとりプロデューサーっぽい感じの人で。その横がマーク・パンサー。で、マーク・パンサーの横が1席空いてて、その横をパッと見たら、南こうせつ[5]がいて（笑）。『あれっ？　神田川⁉』（笑）」
卓球「かぐや姫だ（笑）」
瀧「『かぐや姫じゃん！』（笑）。かぐや姫がタキシードを着たって感じで。南こうせつは嫁さん側と知り合いらしいのね」
●すんごいVIP席だ、じゃあ。
瀧「で、『うっわぁ』と思って。南こうせつの横も空いてたのね、席が、椅子をふたつ並べて置いてあってさ。で、吉本仕切りだったから、コンビの芸人さんとかが来んのかなと思って。イメージではココリコとかさ、そういうの」
卓球「当初のランクで考えると、ジョーダンズとか？（笑）」
瀧「うん。で、パッて名前のカード見たらさ、アルファベットで『KO・NI・SHI・KI』って（笑）。『あれー⁉』って感じで」
一同「（爆笑）」
瀧「『マジでっ⁉　隣？　俺⁉』と思ってさ。

5 南こうせつ：おばさん顔のフォーク・シンガー。

そりゃ椅子ふたつ置いてあるわっていう（笑）。並べて置いてあるんだ。ひとり用で椅子ふたつって感じで。最近太ってる奴が飛行機で椅子ふたり分とるみたいなさ。で、『うわ！ KONISHIKIじゃん！』と思ってさ。すげー席だなと思って。結局KONISHIKIは来なかったんだけどね。朝ギックリ腰んなったらしくて。KONISHIKIの3分の1ぐらいの、ちっちゃいマネージャーみたいな人が座ってたんだけど。で、ものすげーなあと思って、パッと横のテーブル見たら、そっちはTRFとか安室（奈美恵）とかSAMとか、要は小室軍団、ファミリーだったんだけど」

卓球「マーク・パンサー、なんでそっちじゃないの!?（笑）」

瀧「『お前あっちじゃん！』って感じだったんだけどさ（笑）。で、パッてその横を見たら、大魔神（佐々木主浩）・古田（敦也）・ギャオス内藤（尚行）が横のテーブルにポンポンポンッて座ってて。『うわあ、すげえ！』と思って。そしたらその横に座ってたのが、オール阪神・巨人でさ」

一同「（笑）」

卓球「野球席？（笑）」

瀧「野球かここ！っていう」

卓球「オチがきいてるよね（笑）」

瀧「だって野球席の後ろに、吉本軍団席っていうのがあって、そこに（今）いくよ・くるよとかチャーリー浜とか池乃めだかとかいるのね。だけど阪神・巨人はそっちじゃなくて、こっちの野球席なんだよ。で、『うわあ、すげえなあ』と思って、『うわ、なんで俺ここなのかな?』ってこう、縮こまる感じになってきちゃってさ。で、後ろパッて見たら、真後ろにいたのが……内田裕也。力也・白竜」

●うっわー……。

卓球「ロック席じゃん（笑）」

瀧「ロック席」

卓球「裕也・ホタテ・白竜だ（笑）」

瀧「で、その3人でも怖いのに、その一番手前に陣取ってるのが、ファンファン大佐（岡田真澄）で、そのファンファン大佐のふたつ向こうの席にはMr.マリックが座ってて（笑）」

卓球「不思議席?（笑）」

瀧「ていうか、『ここショッカーの幹部席じゃん!』って（笑）。ボスがファンファン大佐で、悪い奴らがいて、超エスパー担当のマリックもいるっていう。『悪の組織じゃん、ここ!』と思って。後ろから視線がギンギンに刺さるって感じでさ。で、そんなことやってたら結婚式が始まってさ。もうこんなとこだからおとなしくしてようと思って、もう全っ然会話もせず、もちろんマーク・パンサーには『あ、どうも』って挨拶はするけど、それ以降投げる言葉も見当たらず（笑）」

卓球「テーブルの下でメールをカチャカチャ（笑）」

瀧「メールも打てないんだよ! それやりたかったんだけど、要はマーク・パンサーとか南こうせつがいるから、ハンディのカメラがガンガンくるんだ、『あの席だ!』って感じで。そのおかげで飯も食えねえって感じでさ。肉とかバクーッてやっててもさ、マズイじゃん。がっついてやがる、あいつっていう感じだから。で、そんなことやってるうちに結婚式は進んでてさ、しばらくしたら向こうから人だかりがワーッて感じできて。カメラとかもパーッて行ってるから、『誰だ!』と思って見たら、『YOSHIKIじゃん!』って」

一同「(爆笑)」

瀧「『YOSHIKI! YOSHIKI! ブラジャー売ってたYOSHIKIじゃん!』[6](笑)。あ、そうか、globe入ったしな[7]と思って。『YOSHIKIどこ座んのかなあ?』と思って待ってたら、だんだんザワザワザワザワってその人だかりが近づいてきて。さっきのマーク・パンサーの横にチョンて座って。『うわ! YOSHIKIじゃーん!!』(笑)」

卓球「『怖い――!』(笑)」

瀧「『怖いー!』」

卓球「はははは!」

瀧「『こ、怖い――!!』(笑)。『え? YOSHIKI!! え――!!』って。なんでYOSHIKIこの席なの?って。でも後から考えたら『なんで俺がこの席なんだ?』っていう。そっちだったんだよ、ほんとに(笑)。だって俺さえぬけばさ、南こうせつ、YOSHIKI、マーク・パンサー、KONISHIKI、プロデューサー軍団って、まあわかるじゃん。なんで俺そこだったのかなあ?って。で、『うわ、YOSH

6 ブラジャー売ってたYOSHIKIじゃん!:X JAPAN後期、下着ブランドを立ち上げたり香水のブランドを立ち上げたり、音楽以外にも色々ビジネスを展開していた。

7 globe入ったしな:02年9月にYOSHIKIがglobeに参加することが発表された。彼が参加する際のglobeは〝globe extreme〟となる。しかし、YOSHIKIが多忙なため、滅多に実現しないらしい。ツチノコ並みにレアなスペシャル・ユニット。

IKIだ！』と思ったらYOSHIKIが『あ、電気グルーヴのピエール瀧さんじゃないですか』って、『うわ！　知ってるー！』（笑）」

卓球「『怖い──！』（笑）」

瀧「『怖い──！』（笑）。何知ってんのかなこの人？っていう」

卓球「『とにかく怖いー！』（笑）」

瀧「『怖いー！　仕返しされるー!!』って感じ（笑）」

卓球「YOSHIKIイコール……」

卓球・瀧「怖い！」

卓球「ははははは！　はははははは！　新しい、それ！　YOSHIKIイコール怖い。ドーベルマンとか大型犬とかそういう感じなんだ、怖いって（笑）」

瀧「そうそう。やっぱ伝説[8]をいろいろ知ってるわけじゃん、おもしろがって聞いてたからさあ」

卓球「しかも自分で尾ひれ背びれをつけて言ってたから、余計怖くなっちゃってな（笑）」

瀧「自分で言った尾ひれがほんとのことになっちゃってるからさ（笑）。『こ、怖い！』って感じでさ。『ごめんなさい！　僕にはからまないで！』って。ンフフフフ。で、結局結婚式の間じゅうまったく話をせず（笑）。だまーって、たまにステーキとかを隙を見てパッとか食べて」

●なんでその席だったの？

瀧「わかんない」

卓球「こっちが聞きたいよな、ほんとに（笑）」

瀧「向こうのほう見たらさ、ドラゴンとか座っ

8 伝説：「カレーが辛くて激怒。雑誌の撮影を切り上げて帰った」「シャワーが熱くて激怒。某大物カメラマンによる写真撮影をすっぽかして帰った」など、世にも恐ろしいエピソードは尽きない。

てる席あるんだ。あと明和電機[9]とか、俺と同じようなテレビ・ランクの人たちがバーッといる席があって」

●サブカルチャーの席みたいな感じ？

瀧「サブカルチャーと、あとテレビちょっと入ってる感じの席があって。でもどう考えても俺あそこなのになとか思ってたんだけど、そこいったら、明和電機が普通にあの青いつなぎを着て座っててさ。他ほとんどタキシードなのにいきなり明和電機が普通のあの青いやつ着てて。誰にも相手されてなくてさ。そこで何をプロモーションしたいんだっていうさ、この来賓の奴らに。『私は明和電機です！　そしてこれがコスチュームです！』ってことをアピールするメリットがどこにあんだ、っていう」

卓球「何便乗してんだよ！っていうな（笑）」

瀧「『テレビに映るかも』ってぐらいじゃん、そこでやるとしたら。っていうか人の結婚式につなぎで来てテレビに映るかもってプロモーションを計算に入れるなよ、っていうさ（笑）」

卓球「お前も人のこと言えねーんだけどな（笑）」

瀧「すごかったよ、でもほんとに」

卓球「ほんとに『のこのこ出かける』って言葉がこれほどピッタリ合うことはないよな（笑）」

瀧「ほんとに。慣れないことはしないほうがいいなあ、ってのもあるし。しかもさ、100歩譲ってだよ？　その席に仮に卓球が座ってるとするならば、プロデューサー・プロデューサー・ミュージシャンっていうことでわかるじゃん。

9 明和電機：自身で開発した電気製品風のメカでパフォーマンスを展開するアート・ユニット。元々は兄弟によるふたり組だったが、いつの間にかひとりになっていた。青い作業服が定番の衣装。

でも俺っていうさあ（笑）」
卓球「KONISHIKIとかに近いもん、だって（笑）」
瀧「あ、でもそういう意味ではマークも一緒か！　くくりとして（笑）。なんかアイコン的なものって言うかさ、曲は作らないしっていう」
●なんなんだろうね、その席の意図は。
瀧「わかんない。あんな緊張したの初めてだった」
卓球「恐怖と緊張で（笑）」
瀧「後ろがすごい怖くて、うわあって感じで。あとこっち見たらラモス（瑠偉）とかいるしさ。『うわ、ラモス！　ラモス！』って。京本政樹[10]とかいるしさ。んふふふふふ」
●その中では誰と話してたの？
瀧「誰と話すっていうよりも、ドラゴンのとこに行って。頼りはドラゴンのみって感じで。ドラゴンとちょこっと話したのと、あとは挨拶ぐらい。ラモスとかマリックとかは雑誌で対談したことあって、あとラジオでゲストで出たりしてるから、『あ、どーも』って感じで挨拶行ったぐらいかなあ。で、ラモスがすごいいい人でさ、あの人。挨拶行ったら『おお！　久しぶり！』ってこういう感じで。その後にすれ違う時も、俺の肩をポンと叩いて行ってくれて。それでどんだけ安心したか（笑）」
卓球「同じ肩叩くでも裕也さんとか力也さんにやられたらなあ（笑）」
瀧「もうこういう感じで直立不動。あと失禁って感じ（笑）。ポタッポタッて。『ひ、ひぃ～』っ

10 京本政樹：色白の二枚目俳優。元必殺仕事人。特撮ヒーローオタクとしても有名。

て感じ」
卓球「『堪忍して〜』ってな（笑）」

2月号

（※前回の「瀧、小室&KEIKO結婚式に出席」話の続きです）
瀧「いやあ……ほんっとすごかったよ、後ろとか」
卓球「それこそロッキング・オンとか出てる人ひとりもいない感じだもんな」
●ひとりだけだよね。
瀧「うん。…………はぁ（笑）。今思い出してもドキドキする（笑）」
卓球「引き出物欲しさに行っちゃってな（笑）」
瀧「引き出物が欲しいって言うより、引き出物がなんなのか見てえって感じで」
卓球「そしたらこれ（ハートの模様入りのマグカップ）とポン酢だろ？　はははははは！」
●なんでポン酢なの？
瀧「なんかカミさんの実家が料亭やってるんでしょ？　そこの関係でポン酢が入ってた。で、もちろん初めてなんだけどさ、そんなとこ行くの。もう会場入った時から、報道陣が山のようになってるっていう感じで。下のほうの奴が構えてて」
卓球「お前フラッシュたかれた？」
瀧「たかれなかった（笑）」
卓球「まったく？」
瀧「普通にスルー（笑）。まあそりゃそうだって感じなんだけどさ。別に俺のコメントなんかとったところでオンエアするわけもないしさ、だって。でもすごかったよ。ベタっちゃベタじゃん。そういうの見たら新鮮だったよ、逆に。で、真ん中通るじゃん。TK[1]が（笑）。で、パーッときた時に『おめでとうございます』って言ったら、『あ、どうも。すいませんね、ベタで』って（笑）」
卓球「ほんとに!?」
瀧「『すいませんね。ベタでごめんね』『いやいいっすよお』とか言って。『立派なもんじゃないですか』って適当に（笑）」
卓球「その頃はお前もう失禁してんだよな（笑）」
瀧「（笑）。でも単純にね、みんなパッとタキシードとか着てるじゃん。そん中にいる自分を見て『うわ、貧乏臭いな俺』と思った、ほんとに」
道下「二次会は行かなかったんですか？」
瀧「いやあ、二次会はねえ……」
道下「今日、電車の中吊り見てたら、二次会のビンゴの商品が2000万のフェラーリとキャデラックだったって書いてありましたよ」
瀧「……（小声で）行けばよかった」
一同「（爆笑）」
卓球「マジで!? 誰当たったんだろうな？ あ、明和電機とか！（笑）」
瀧「作業着で乗って帰っちゃってな（笑）。すごいねえ。でもそこはねえ、行ける感じじゃなかった、ほんとに。怖くて」
卓球「っていうか、聞いてりゃ行ってたっつー

1 TK：小室哲哉の愛称。"テツヤ・コムロ"の頭文字。音楽プロデューサーとしての河村隆一はЯK。日本放送協会はNHK。ロッキング・オン・ジャパンの略称はROJ。

のな。それで1人でこう部屋の隅でグラスかたむけてな。張り込み刑事って感じで（笑）」

瀧「何度もチラッチラってビンゴカード見ちゃってな。まだだっつってんのに。で、また大切にポケットにしまって。なくしちゃいけねえ、これ2000万だからって（笑）。札束を入れてる感じでさぁ」

一同「（爆笑）」

瀧「そーっと人のカードに手伸ばしちゃってさ。で、森口博子[2]にピシャッて」

卓球「ははははっははは！　森口博子なんだ（笑）」

瀧「京本政樹が落としたビンゴカード足で踏んでな（笑）。こーうやって引き寄せて」

卓球「（笑）呼ばれてもいねえ番号穴開けて『ビンゴ！』。まだふたつしか言われてないのに（笑）」

瀧「一番前行っちゃってな。一番フェラーリに近いとこで」

卓球「アハハハハハ！」

瀧「フォーカス[3]とか載っちゃってな（笑）。モノクロ写真で。フラッシュで目ぇ光っちゃって。ンフフフフ」

卓球「『宴もたけなわになり、明らかに奇行の目立つ人物も』って感じで（笑）。フフフフフ！」

瀧「『さ、ビンゴ大会終了しました〜！』って。ハズレてな。フェラーリ触っちゃってさ。触って帰っちゃう。『メロン牧場で話そう……』って」

卓球「ハハハハハ！」

2森口博子：元スクールメイツのタレント。バラドルのパイオニアだが、アイドルとしての活動を記憶している人はほとんどいない。ただし、91年から96年まで、何故か毎年紅白に出場していたことを記憶している人は多い。

3フォーカス：新潮社が出していた日本初の写真週刊誌。81年に創刊され01年に休刊。

瀧「『触ったから』っつって」
卓球「せこいよ！　いや、これも十分せこいんだけど、『メロンで使える！』だって（笑）」
瀧「でもすごいね二次会。『二次会行く？』なんて話してて、『これは3日飲むな』なんて話とかマーク・パンサーがしてて、すごそうだな、これはちょっとなと思ってやめたんだけど」
●誰がとったんだろうなあ……。当たった奴も怖いよね。半端な奴が当たった時が一番怖いよ。
卓球「森三中[4]とか（笑）」
瀧「森三中にフェラーリ当たっちゃって、『登録料がないんですけど……』って感じで（笑）」
卓球「ヒヒヒヒヒ。有象無象だよな、ほんとなあ」
●……いやあ、おもしろかったあ、今回。
瀧「でしょ（笑）」
卓球「やっぱフェラーリの話がおもしろいよ。触って帰ったとか（笑）。京本政樹の落としたカードを足でスーーッて（笑）」
瀧「1回カモフラージュで自分のタバコ落としてな、それを拾うふりして京本のカードを……」
一同「（爆笑）」
瀧「いや、そんなのやる価値あるよ！　2000万だもん！　だってその会場に200人いたら、10万円だもんカードが！（笑）」
卓球「……フフフフ。行ってねえのにな（笑）。久しぶりに出たって感じだよ、瀧が主人公の妄想話！（笑）。醜い部分剥き出しになっちゃっ

4森三中：全員がブスでデブという、非常にヴィジュアル面で統率のとれた女性お笑いトリオ。1週間数えてみると、おそろしい数のテレビに出てる。

て」
瀧「銀のお盆にのってたものを次から次へポケットへ入れたりしてな（笑）。……で、キャビアは内ポケットに（笑）」
卓球「で、泥酔して便所行く時倒れたりして、ポケットから灰皿とかさっきの式場にあった箸置きとかがいっぱい出てきちゃってな。『あれ!?』だって、すっとぼけちゃってな（笑）」
瀧「ナイフが5本、カラカラカラッ〜って。『あっ』っつって」
卓球「なぜか帰りは引き出物のバッグをふたつ持っててな（笑）」
瀧「でもすごいよね、結婚指輪も4000万とかなんでしょ？　すごいよね（笑）」
卓球「金はあるもんな」
瀧「で、ちゃんとなれ初めビデオみたいなやつもやるのね。今ちまたで行われてるベタな結婚式の最高峰、一番デカいやつって感じだった。なれ初めビデオを解説してるのも露木さん[5]だしさ（笑）。そういうやつだったよ。乾杯の音頭、大魔神だったし。ああいうのやるんだなと思った。そういうベタな結婚式って。で、家帰ってきた時のホッとする瞬間ったらさぁ。無事でよかったっていうか（笑）。全然危険なことはないんだけどさ、なんだか無事でよかったっていう」
卓球「小刻みに震えながら帰宅みたいなな。で、嫁に暴力を（笑）」
瀧「なんだかな（笑）。胸が昂ぶっちゃってな」
卓球「やり場のない怒りを家庭内暴力で！

5露木さん：元フジテレビアナウンサーの露木茂。メガネの奥の目がスケベくさい。

（笑）」

瀧「ドカ～ンッ」

卓球「『ひ、ひぃ～』」

瀧「（笑）。で、結婚式の最後のほう、フルーツとかあって。フルーツものすっごい食いたいんだけど――」

卓球「ゴリラじゃん！（笑）」

瀧「やることがないんだよ、だから！　その場でおとなーしくしてるから、食いもんしかないんだよ」

卓球「濡れた床をすべるしかないんだ。スーッて（笑）」

瀧「そうそう。あとこう檻の鉄格子と鉄格子の間に顔をはめて」

卓球「寂しげに（笑）。思い出したように糞を投げつけるとかな（笑）」

瀧「毛布をかき回したり（笑）。そのぐらいしかやることがないからさあ。皿に盛られたフルーツをずーっとこういう感じで見つめてて。なんか最後感動的な挨拶をするとこでさ、『食いてえ～！』って感じなんだけど、カメラもきてるしなあって」

卓球「でもさ、お前が思ってたのと同様、まわりもお前の異物感を感じてたろうな」

瀧「感じてたろ、ほんとに」

卓球「マーク・パンサーとかも『何こいつ!?』っていうさ」

瀧「ワイングラスずっと空だったもん、俺の」

一同「（爆笑）」

卓球「誰も注いでくれないんだ！　ははははは

は！」

瀧「で、催促もできないし……。しょうがねえ、こっちのシャンパン飲むかって（笑）」

卓球「空のグラスが並んでるのも恥ずかしいから、ちょっとずつ飲んでな（笑）」

瀧「そうそう。で、そのうち気づいた隣のKONISHIKIの代わりの人が、こう入れてくれて。『あ、すいません』って感じで。またそれを30分かけて飲むのな（笑）。チビチビと」

卓球「気の抜けたシャンパンを」

瀧「向こうでワイワイやってんだぜ、マークとかYOSHIKIが。『あそこには入れねえなあ』って感じ。だから立ち歩いてた。外のほう行ってタバコ吸ったりして。でもそれもあんまりなと思って。………で、最後別れ際に、みんな二次会だってワーッてなってたから、とりあえず挨拶しようとか思って『ありがとうございました』っつって。そしたらYOSHIKIがパッてきて『実は電気グルーヴ結構好きなんですよね』って言ってさ。それ聞いてまた『怖い！』（笑）」

卓球「目を合わさずに、こう『すいません……』って（笑）」

瀧「怖えなぁって思ったよ、シンプルに」

卓球「でも一応小室ファミリーじゃん、お前も」

瀧「それしかないもん。招待状が来たのも、もちろんそういう意味だしさ。〝リズムレッド〟[6]の話でしょ。その話で来たのかなって」

卓球「小室ファミリーだ（笑）」

瀧「……これから僕のことPTって呼んで」

6 リズムレッド：正式には〝リズムレッドビートブラック〟。TMNのこのシングルのカップリングを電気が手掛けた。TKの指名だったらしい。タイトル曲が電気風味にリミックスされている。

一同「(爆笑)」
瀧「『PTさぁ』って(笑)」
卓球「瀧のほうが早いっつーの(笑)。PT(笑)。『PTだっけ、瀧〜? PTって呼べばいいんだっけえ?』(笑)」

3月号

●例の、去年データが消えて[1]半分おしゃかになったソロ・アルバムはその後どうなったの?
卓球「だいぶ復旧して、その後ベルリンに行ってまた新しい曲作った。今40何曲あんのね。だからあるんだけど、どうやって出そうかと思って。今のうちに貯めてあるとこ」
●どうまとめてどう出そうかって感じか。
卓球「うん。いろいろあるから、ただ全部出しゃいいってもんでもないし」
瀧「でも40曲ってことは、単純計算で9日に1曲作ってたってことだよね」
卓球「結構作ってるよね、それ考えると。だけど考えたら去年は俺印税ゼロだよ。W杯なんて印税ないじゃん。もらったのなんて〝come baby〟の半分だけだもん。2分の1、シングルの。結局、実質1曲じゃん、俺」
瀧「1曲って言うより、もう半分だから。半曲」
卓球「半曲だよ。〝come baby〟しか入ってないんだから。comeの部分だけだもん、去年1年間は。アルファベット4文字(笑)。……でも来年お前儲かるんだろうなあ。憎たらしいなあ……。だってこの今の稼ぎっぷり」

1 去年データが消えて:詳細は02年12月号の回へ。

●すごいよね。

瀧「そんな稼いでないよ。でも俺のほうが働いてるってことになってるよな、世間一般の認知としてはさ」

卓球「でも実際、毎日なんかしらテレビ局行ったりしてんだろ？『アッコさん[2]、また今度行きましょうよ！』って。来年の年越しは絶対紅白の後のアッコさんの家だよね。再来年あたりはアッコさんの誕生日の幹事とかやってな」

瀧「『勝俣さん[3]どうしましょう？ 日程は』」

卓球「『今年僕が幹事なんで。すいません、じゃあ、この件柳葉さん[4]のほうにも回してください！』」

瀧「『森口博子さんどうなりましたかねえ？』」

卓球「『一応声かけた方は全員参加してもらわないと、ちょっとアッコさんのほうが。俺言われちゃうんで』。すげえ華やかだよ、お前は」

瀧「華やかじゃないじゃん、全然（笑）」

卓球「そういえば、ウチらに新しい仲間ができたんだ。さっきからいるでしょ、あそこに」

西井「よろしくお願いします」

卓球「西井健一って、今、瀧の現場マネージャーなの」

●へえ。

西井「付き人です」

卓球「『体操30歳』[5]に出てた、瀧の横の奴」

●あああ！

瀧「こいつがさ、この顔じゃん？ で、今いろんな現場に連れてってるんだけどさ。プロデューサーだったりディレクターだったりが、

2 アッコさん：別名和田アキ子。一風変わった髪形の大柄シンガー。

3 勝俣さん：勝俣州和。アイドル・グループCHA-CHAとしてデビューして、そこそこの人気となる。しかし、ルックスに無理があったのか、お笑いタレントへと転向。一時は同じく元CHA-CHAの堀部圭亮と、K2というお笑いコンビをやっていた。

4 柳葉さん：柳葉敏郎。一世風靡セピアの元メンバー。劇団ひまわりにも所属していた。

顔見た瞬間全て反応。プーッって感じで（笑）。で、帰りとかに『瀧さん！　あれは卑怯ですよ！』って（笑）」

卓球「ＹＯＵ[6]が初対面で会って西井に向かって言ったのがそれなんだよ。『その顔ズルい！』（笑）。〝負のスーパーモデル〟。この間こいつ自分で〝癒し系ブサイク〟だって言ってたからね（笑）」

瀧「まあね、〝汚いエンジェル〟だからね。ンフフフフ」

卓球「ココリコ田中とか大爆笑だったんだもんな。顔見るたびにプーッ！って感じで。本来ブラウン管の向こうで笑ってたほうが逆に笑わしちゃってな」

瀧「プロデューサーがゲラゲラ笑っちゃって話できないんだもん（笑）」

●もう出てんの？　キャラとして。

瀧「今、俺がやってるＶｉｅｗｓｉｃ[7]の番組（ＣＯＭＩＣ牙[8]）の『究極ホ乳類ニシイ』に出てるよ（笑）」

卓球「それ名刺にも絶対入れたほうがいいよ。『アンティノス・マネージメント　究極ホ乳類ニシイ』って（笑）。そうすれば話もふくらむし」

瀧「こいつを改造人間ってことにして、無理難題をふっかけて、『できんだろ？』『できますよ』っつうコーナーなんだけど――」

卓球「何やらせたっけ？」

瀧「棒で川を渡るとか、向こうから走ってくる車を素手で止めるとか（笑）」

卓球「それをやる時のこいつの格好が、素っ裸

5 体操30歳：瀧の30歳を記念して制作された映像作品。瀧が西井を引き連れ、いろんな場所でひたすら体操をする……と書くと健康的なビデオだと思えるかもしれないが、全篇で瀧がイッちゃっているので、観ていると不健康になる。

6 ＹＯＵ：元フェアチャイルドのヴォーカリスト。今やタレント・女優として超有名だが、もともとはバンドをやっていた。というのはそこそこ知られているが、そのさらに前からタレントをやっていて、宮沢章夫が主宰、いとうせいこう・シティボー

にパンティと大学帽（笑）」
瀧「で、足元は（リーボックの）ポンプフューリーのスニーカー。あと、ゴム手袋とマフラー（笑）」
一同「（笑）」
瀧「それでテキーラ飲めとか（笑）、熱いおでん食わしたりとかさあ、顔にせんねん灸やったりとか（笑）。あと低周波治療」
卓球「ハハハハハ！　いじめだよな（笑）」
●ちなみにそれまで何やってたんですか？
西井「電器屋さんやってました」
卓球「でも１年前に辞めたんだよな。で、１年間その退職金でパチプロをやってて。その間にあった収入が『ＣＯＭＩＣ牙』の出演料」
瀧「それが３万円で、３本撮りで３ヶ月分だから月１万（笑）」
卓球「年収12万（笑）」
道下「大抜擢（笑）」
卓球「シンデレラ・ボーイだよ。でも昔から電気グルーヴのマスコット・ボーイだからね。打ち上げには欠かせないメンバーだもんな（笑）。一時期、西井のＴシャツとかもあったし」
瀧「あったねえ」
卓球「こいつの顔がプリントしてあって、『世界のケン・ニシイ』[9]って（笑）。イシイくんに怒られるっつうのなあ（笑）」
●（笑）。
卓球「だってもともと『オールナイトニッポン』のリスナーだもん。そもそもが、10年前ウチらが『オールナイトニッポン』やってた頃に、ウ

イズ・竹中直人が出演していた劇団「ラジカル・ガジベリビンバ・システム」の舞台に立ったりしていたのを知る人は少ない。

7 Ｖｉｅｗｓｉｃ：ソニー・ミュージックエンタテインメントが立ち上げたＣＳの音楽専門チャンネル＝ＭＵＳＩＣＯＮ！ＴＶは、最初の数年間はこういう名前でした。

8 ＣＯＭＩＣ牙：瀧がＶｉｅｗｓｉｃでやっていた番組。

9 イシイくん：ケン・イシイのこと。

チらがゲームやって負けたほうが、罰ゲームでリスナーの家に1人で泊まりに行くっていう企画があって。で、瀧が負けたのね（笑）」
瀧「で、泊まりに来て欲しい奴は応募しろって感じで言ったらこいつが送って来て」
卓球「『こんなおもてなしをします』みたいなのを書いてきて」
瀧「家でこんな料理を作って待ってますからって書いてあって、こいつんち行ってみるかってなって。でも行く日になったらものすごい嫌になっちゃって」
一同「(爆笑)」
瀧「いざ行くとなったらものすごい嫌だなぁ～って感じになって、当日家で居留守を使って行かなかったのね（笑）」
卓球「それでディレクターが謝りに行ったんだよな」
瀧「謝りに行ったら、お前の母親がカンカンだったんだろ。『この料理どうしてくれんだ！』って（笑）」
卓球「友達とかも集まっちゃってな。『歓迎！ピエール瀧様』って（笑）。ディレクターが言ってたもん、戻って来て。『あんなに長い時間、人んちの玄関のサンダルを眺めてたのは初めてだ』って（笑）」
瀧「で、結局それはそれで終わって、その次の回のオンエアの時に『お前行かなかったらしいじゃん』『そうなんだよね』つって。それは病気ってことになってたんだけど、ただ行かないのもなんだから、もう1回募集するわっつって。で、別の奴が送って来て、そいつの家に結局行くことになったんだけど。それで、別の奴の家に行くことになったから、そういえば西井って奴が結局宙ぶらりんになってるから、あいつも連れてこうってことになって（笑）」

卓球「そっからお前の巻き込まれ人生が始まったんだよな（笑）」

瀧「それで、そん時が初対面だったんだけど、俺とこいつとふたりで団地に住んでるリスナーの奴[10]の家に『おじゃましま～す』って感じで。でも俺はいいじゃん、別に」

卓球「こいつの立場！（笑）。しかもその家の奴が高校生とかだったんだよな。で、こいつは大学4年で（笑）。なぜかついてってるっていう」

瀧「恐縮しっぱなし（笑）。朝ご飯も一番最後に箸を持つ感じ（笑）」

卓球「そっからだもんな」

瀧「それからことあるごとに呼ばれてたけどな」

西井「呼ばれてましたね。ジェットコースター乗ったり」

卓球「そうそう。ラジオで、罰ゲームでジェットコースターに乗るっていうのがあって。じゃありスナーも集めようっつって、俺とその時来たリスナーとで乗ったのね。そしたらひとり余っちゃって、じゃあ西井を別の便でっつって。ウチらだけ先に乗って、その後西井ひとりで（笑）」

一同「（笑）」

10 団地に住んでるリスナーの奴：この瀧と西井を泊めた高校生は、この番組がきっかけでテクノを好きになり、卓球のイベントに足を運ぶようになり、やがて自らもDJになり、ドイツにわたり、ベルリンでDJ LYOMAとして活躍中。

卓球「みんな機材とかバラしちゃってんのに『何やってんだあいつ?』って(笑)」
瀧「だいたい巻き込まれてるね。打ち上げになるとまたパンティでな」
西井「いや、最初はトランクスでした」
卓球「顔だけでここまでのし上がってきた男だからな」
瀧「昔から言ってたよな、『お前の顔は』――」
卓球・瀧「『金になる!』」
一同「(笑)」
卓球「FMのとき[11]ゲストで呼んだりしたもんな。1時間こいつゲストだよ? で、1時間ずーっと顔の話!」
瀧「『気持ち悪いなあ、お前の顔は』って。で、前、こいつ肉屋に行って、『ひき肉200グラムくださ い』って言ったら、店員の女の子が爆笑(笑)」
一同「(爆笑)」
瀧「それでこいつ、『僕なんにもおもしろいこと言ってないんですよ?』って(笑)」
西井「3年ぐらい前なんですけど、まだ彼女がいた時に一緒にひき肉買いに行って、大爆笑されちゃって。なんで笑ってんだろう?って。ひき肉って言葉が間違えてたのかと思ったんですよ。でも絶対ひき肉だと思って。ミンチとか言わなきゃいけないのかな?って」
瀧「こいつがひき肉って題材がおもしろいんだよ」
卓球「ひき肉っていうのもおもしろいし、量を指定してるのもおもしろい(笑)。何作るんだろう?って思うよな」

11 FMのとき:電気グルーヴが96年から97年の間、TFM『ドリルキングアワー』という番組のパーソナリティを務めていた際に、西井がゲスト出演したことがある。

瀧「『ひき肉!?』って感じ（笑）」

卓球「『もちろん生で食べるんでしょ』って（笑）」

瀧「『え！　顔に塗るの!?』（笑）」

卓球「アハハハハハハハ！　『顔に塗るの!?』だって（笑）。でもラジオん時もこいつがたまに口にした言葉がすごくおもしろくて。モナコとかな。モナコ・グランプリって言うだけでおもしろかったんだもん（笑）」

道下「言ってましたよね、何回も『もっかい言って』って（笑）」

瀧「ちょっと言ってみろ、モナコ・グランプリって」

西井「モナコ・グランプリ」

●ハハハハハハッ！

卓球「（笑）誌面じゃ伝わんないよなぁ。活字メディアの限界だよな（笑）」

瀧「おもしろいでしょ！　なんだろうこのおもしろさはっていう」

卓球「この前こいつと飯食ってさ、『でも芸人さんとか笑わしてんじゃないですか。僕の場合は笑われてるんですから！　そこはプライドあります！』って（笑）。一緒にしないで欲しいみたい（笑）。あと、なんだっけ？　西井のキャッチフレーズ山ほどあったよな」

西井「〝ぬかるみ〟とかいっぱい言われました」

卓球「〝ぬかるみ〟！（笑）。人じゃなくて状態とかに喩えられるよな（笑）」

●なんか芸はあるの？

卓球「芸はないよ！　存在がもうインスタレー

ションだから（笑）。顔のダダイズムだもん（笑）」
瀧「もっと自然的なもの。グランドキャニオンとかに近いからね（笑）」
卓球「ハハハハハハッ！　グランドキャニオンに『芸ないっすか？』って言えないもん！」
瀧「存在するだけで素晴らしいと。ンフフフフ」

4月号

●BUZZでの『メロン牧場』は今回[1]が最終回ということなんで、編集長から一応ご挨拶を。
中本[2]「あのー……ほんと申し訳ないです」
瀧「いえいえ」
卓球「とんでもないです」
●迷惑でしょう？
卓球「え？　全然。ね？」
瀧「うん。むしろよかったぐらい（笑）」
卓球「ま、次回から『メロン牧場』スヌーザーだから（笑）」
●その相談をしたいなと思って。BUZZは復刊するし、俺的にはどんな形でも続けたいなと思ってるんだけど。
卓球「いや、こちらこそ。単行本の第2弾を出して、そのあたりで話し合うぐらいで。もったいないもんねえ」
●だからどこの雑誌で続けるかだよね。ロッキング・オン、ジャパン、H、Cut、SIGH[3]Tとかいろいろあるけど。
卓球「まずSIGHTはないよね、どう考えて

1 今回が最終回：BUZZが不定期刊となったため、BUZZでの『メロン牧場』は、この回が最後となった。

2 中本：当時のBUZZ編集長だった中本浩二。どんなに土砂降りの雨でも傘を差さないという奇癖の持ち主であった。

3 SIGHT：ロッキング・オン発行の季刊の総合誌。編集長はロッキング・オン代表取締役の渋谷陽一。

も（笑）。表紙がエリック・クラプトンとかジョン・レノンなのにさ。誰が読むって話だよ」

●ただ小泉首相とかも載る雑誌だからね。メインはそういう男性誌だよ、あれ。

卓球「読んだことあるお前？　後半のほうとかはもう、建築家の家自慢とか高い車とか不倫用の温泉紹介とかだよ」

瀧「30代金持ってる奴の雑誌ってこと？　そこでクソの話聞かされてもなあ（笑）。30代で金持ってんのに」

卓球「だから消去法でいくとSIGHTはないじゃん。で、H？　Hはクソして読むにはデカすぎるんだよね、本が」

●そういう観点かよ（笑）。

卓球「便所の友にはなり得ないもんな。美容院に置いてある感じだもんね」

●でもマーケティングって考えると、逆においしいかもよ。

瀧「マーケティング考えてもしょうがないじゃん！（笑）。どこにマーケティングしてんのさ？　クソとゲロの話で」

卓球「マイナス・プロモーションの可能性があるよな（笑）」

●ところでCUTiEの連載って続いてるんだっけ？

道下「終わりましたよ」

卓球「だってこのおっさんふたりつかまえてCUTiEもないでしょ！（笑）。ヤバいよなあ、それ。女子高の文化祭にちゃっかり忍び込んでる変態オヤジって感じだもんな」

●で、Cutもないでしょ？
卓球「Cutって映画だっけ？　そうだ、俺Cutと H間違えてた。Cutがデカいんだ。あれが便所向きじゃないんだよね。松本人志の一人ごっつが載ってたやつでしょ？あれ、便所で読む用の内容なのにさ（笑）。でもまあ、そのふたつはちょっとねえ……」
瀧「あとは何？」
●ジャパンかロッキング・オン。あとbridge[4]か。あれはでも年に2回しか出ないよ。だからロッキング・オンかジャパンかっていうのは難しいところだよね。
卓球「でもBUZZが一番ベストフィットだったのになあ。ちょうどよかったのにねえ」
●休刊のお知らせした時もやっぱまず「メロンはどうなるの？」って声が多かったからね。
中本「レコード会社の洋楽セクションを挨拶回りしてて、『メロンはどうなるんですか⁉』っていうのが第一声だったりした時は、ちょっと悲しかったですけど」
卓球・瀧「（笑）」
卓球「その受け入れられ方もどうかと思うけどな。あそこの商店街がなくなるけど、あのお肉屋さんはどうなるの？みたいな（笑）」
瀧「名物オヤジはどうなるの？だよな。いつも角に立ってたあのおじさんどうなるの？」
一同「（爆笑）」
瀧「プリクラいっぱい貼ってたあのおじさんどうなるの？ってなあ（笑）」
卓球「ははは！　プリクラ貼ってるって（笑）」

4 bridge：ロッキング・オン発行の季刊の音楽雑誌。これも編集長は渋谷陽一。

●ただ月刊化から部数は伸びてたんだよね。
卓球「でもみんなそれ知らなかったら、売れなくて休刊だと思うよね」
瀧「普通休刊とか廃刊ってそれだもんね」
●だからかなり悔しいけどね。
卓球「でも、休刊は1年ぐらい？」
●まだ見えてないね。ちょっと体制を立て直して。フェス[5]もやってんじゃん。
瀧「コントロールしきれないって感じ？」
●だんだんいっぱいいっぱいになって。フェスがデカいね。12万人来んのね、フェスって。それって普通のイベント会社が1年かけてやるような大イベントじゃん。
卓球「出版やめちゃえばいいじゃん、もう（笑）。興行一本に絞ったらいいじゃん」
●……こんなこと言ってるよ。
卓球「ほんと。イベンターになっちゃえばいいじゃん。もう雑誌とか全部メールマガジンにしてさ。そしたら印刷も金かかんないし」
瀧「全部まとめて『フェス』って雑誌にすればいいじゃん」
卓球「ははははは！　1年間そこだけに向けてやるっていう。年刊『フェス』（笑）」
瀧「んふふふふ」
●（笑）。で、まあ先月は西井くんの初登場ってことでしたけど、それ以降何かありました？
瀧「『体操36歳』を作ったよ。今月はその撮影をしてた」
●それは売りもので？
卓球「DVD出すんだよ」

5 フェス：ロッキング・オンが企画制作してるロック・イン・ジャパン・フェスティバルのこと。00年からスタートした。

瀧「『COMIC牙』ってやってるじゃん。あれの西井のコーナーの『究極ホ乳類ニシイ』をまとめたやつを出すのね。それの特典映像で『体操36歳』が入ってて。出ます、DVDが。税込2940円。安くしないと売れないとか言って（笑）」

●『体操36歳』って、要するに『体操30歳』と同じことをやってるわけ？

瀧「うん。あれの6年後って感じのやつ。それの撮影でこないだ伊豆に行ってて。次の日は千葉行って、空撮」

●空撮したんだ（笑）。

卓球「崖で手術台に西井が寝てんだって（笑）。で、その横で瀧がオペの格好して」

瀧「それを海からヘリで空撮して。崖をガーッて登ってくと、手術台の横に俺が立って西井のオペしてるってやつなんだけど。すごくてさ、そこが。最初そこに着いて『ああ、いいロケーションじゃん』『じゃあ下行ってヘリの人と打ち合わせしましょう』って言って。打ち合わせ終わって『じゃあそろそろスタンバイしましょう』って、西井がパンティはいて、俺は手術着を着て。で、上にパーッて上がってったら、そこにさっきは無かった花束が（笑）」

一同「（爆笑）」

瀧「真新しい花束と缶コーヒーが置いてあって。『ああ、やっぱりなあ……。このロケーションなら行く奴は行くよなあ』っつって（笑）」

●犬吠埼の手前んとこ？

瀧「そうそう。で、そこで若えスタッフの奴に

『おい、その花束どけろ！』って（笑）」
卓球「ハハハハハ！」
瀧「『え！ 僕がですか!?』『当たり前だろ！』『わかりました……』って感じで。で、こいつがパンティ穿いて俺が手術着でウロウロしてたらさ、普通にそこを見物する人がパーッて来て、見つけてギョッ！て」
一同「（笑）」
瀧「そりゃそうだよな、自殺の名所で手術着着た奴がウロウロしてたら向こうはなんだ？と思うじゃん。かたやパンティだしさ。何やってんだ!?って感じ（笑）」
●しかし売りもんなんだ。ヤバそうだなあ。
瀧「曲も作ったよ、久しぶりに。打ち込み始めようと思ってやったらさ、もうわけわかんなくて。自分の機材なんだけどもう電源入れた瞬間にまったくわからないの」
一同「（笑）」
卓球「そういえば俺、知らなかったんだけど、おぎやはぎとヤンキーにビンタはってて警察が来たってな（笑）」
瀧「俺がさ、『マルガリータ』[6]ってテレビやってるじゃん。あれでおぎやはぎと一緒に茨城のヤンキーをニューヨークに連れてくっていうのをやってるんだけど、いよいよニューヨークに行けることになったからっていうのを伝えに行くってロケをやってて。河原でやってんのね、あれ。河原にヤンキーの奴らが『おはよ～ございま～す』って特攻服着て来て。で、流れで矢作がヤンキーに『わかってんのかお前！』って

6 マルガリータ：当時、瀧がYOUと共に司会を務めていた、テレビ東京月曜深夜の番組。おぎやはぎとかカリカとか出てた。

ビンタはるシーンとかあってさ。そんなんをゲラゲラ笑いながら回してたら、しばらくしたら土手のほうからパトカーがファンファンファンファンって来て。で、中から警察が出てきて、『今河原で暴走族が集団で大ゲンカしてるって情報があって来たんだけど、おたくら？』って」
一同「(笑)」
瀧「こっちは『えー!?』って感じで、『いや違います違います！　撮影してただけです！』『何？　ケンカしてるんじゃないの？　もう応援頼んじゃって白バイが50台こっち向かってんだよねえ』って」
卓球「(笑)」
瀧「で、土手の上のほうパッて見たらオヤジが3人ぐらいヒソヒソヒソヒソヒソって感じでさ。どうやらそのジジイが通報したらしいんだよね(笑)。で、『ここ茨城と埼玉の県境だから、ウチ埼玉県警なんだけど茨城県警にも応援頼んじゃってねえ』とか言われて、今度は茨城県警がパーッて来たのね。で、そっちも『じゃあ誤報ってことで、とりあえずいいですわ』ってことになって。で、そいつがパッて無線とって『もういいから』みたいに言ったらさ、土手の向こう側から白バイ隊の警官みたいのが5人ずつザッ！て出てきてさ。隠れてたんだよ」
卓球「はははは」
瀧「そいつらがザッ！て『ないの？』って感じで。ショッカーの戦闘員が『あ、本郷[7]いねえんだ』って感じで『じゃあ帰るか』ってバーッて帰ってってさ」

7 本郷：本郷猛。初代仮面ライダーが人間の時の名前。赤いマフラーが正義の印。

●あの土手のシチュエーションってほんと仮面ライダーって感じするもんね。
瀧「確かに上のほうから見たら、俺らもスーツ着てヤンキーの奴ビンタはったりしてるから、ヤクザとヤンキーが大ゲンカしてんのかなって思われてもしょうがない部分もあるんだけどさ、白バイ50台ってなんだよっていう（笑）」
●そういえば卓球はどうなの？　その後。
卓球「やってるよ、いろいろ。特にとりたててトラブルもなく、静かに進んでますよ」
●電気の新作はまだ全然わかんないの？
卓球「うん」
●今まゆげがビクビクーッて動いたね（笑）。何言い出すんだこいつ!?って？
卓球「（笑）ま、いろいろありますよ」
瀧「山崎さんはどうすんの？　BUZZなくなったらどうなるの？」
●俺は変わらず[8]。そういや、こないだの単行本って、何回分で1冊作ったんだっけ？
瀧「5年分ぐらいあったよ、多分」
●60本ぐらいか。先は長いね[9]。
卓球「でもこないだ瀧と話してたんだよ。対談の量が少なくても水増しして単行本にする方法は瀧がいっぱい知ってるからって（笑）。『屁で空中ウクライナ』とか、検便の写真で2ページとかやってたもんな（笑）」
瀧「全然大丈夫」
卓球「なあ、まかせとけ！（笑）」
●でもあの単行本、じわじわ売れてんだよね。
瀧「まだ売れてんの？」

8　俺は変わらず：この当時、山崎はロッキング・オンの編集長だった。

9　先は長いね：こうして『メロン牧場』の単行本の第2弾が出るまでには、本当に長かった。その間、山崎はロッキング・オン・ジャパン編集長となり、今日に至る。

中本「また増刷しなきゃって感じですね、品切れで」

卓球「ああ、バンバン刷って。なあ？」

瀧「うん。[10]便所の数だけないとおかしいから、正確にはさ」

一同「(爆笑)」

卓球「全部の便所に完備だよな」

●じゃあ、BUZZの読者に最後の挨拶を。

卓球「ま、二度と会うことはないと思いますが(笑)、またね。ああ、でもドンピシャだったのにな、惜しいなあ」

●瀧さんも読者に。

瀧「ええ、何ひとつ盛り上がるところなく——(笑)」

卓球「お前それ好きだな、[11]日出郎の挨拶(笑)。日出郎のおかまバーでショウが終わった後の挨拶って、必ずそれで始まるんだよ。『はい、本日も何ひとつ盛り上がることなく』って(笑)」

——というわけで、次回からメロン牧場はロッキング・オン・ジャパンにふたたび引っ越します。これからもよろしく。

5月号

※この回から『電気グルーヴのメロン牧場』は、BUZZ休刊に伴いJAPANに戻ってきました。なお、この5月号の回は兵庫慎司(当時ジャパン編集部)が、続く6月号と7月号の回は鹿野淳(当時ジャパン編集長)が司会をしていま

10 便所の数だけないとおかしいから…『メロン牧場』の最初の単行本のコンセプトは〝便所文庫〟だった。

11 日出郎：85年頃『天才・たけしの元気が出るテレビ!!』出演がきっかけでブレイクし、しばらく人気があった新宿2丁目のオカマダンサー。90年代の最初の頃、よく2丁目で遊んでいた電気は日出郎と親交があり、初の渋谷公会堂ワンマンの時、最後に日出郎率いるオカマダンサーズがステージに登場した。91年11月17日のことでした。

す。8月号から山崎に戻ります。
卓球「鹿野さんはどうなったの?」
瀧「編集長が来るべきだよな、まず。『今月から始まりますけども』っつってさ」
●挨拶しに。
卓球「そう、出戻りに。ウチらが出戻りだから、奴はちょっとなめてるよね」
瀧「『ほっときゃしゃべんだろ、あいつら』ぐらいの感じだよな」
卓球「『いいでしょ、枯れ木も山の賑わいだよ』ぐらいにしか思ってないよ、この連載も(笑)」
●そんなことないです。ではですね(手帳を開く)――。
卓球「すごい!『メロン牧場』で手帳を開いたのはあなたが初めてです!」
一同「(爆笑)」
卓球「長い歴史の中で初めて! 其田[1]でもしなかった!(笑)」
瀧「キャバクラ嬢との会話で手帳開くようなもんだよな。『今日は何を話そうか』って感じ(笑)」
卓球「その時点でもうおもしろくなりそうなムード半分なくなったよ(笑)。チャイルドマシーン[2]のネタって感じだよな」
瀧「ンフフフフ」
●…(閉じる)…で、ちなみに……。
卓球「言われたら閉じちゃってるよ(笑)」
瀧「いいよ、開いてて」
卓球「あ、こないだ――フジテレビの衛星放送

1 其田:㈱ロッキング・オンに入社、ジャパン編集部に配属になった途端に山崎の代わりにこのコーナーに送り込まれ、悲惨な目に遭った編集部員。『メロン牧場』第一弾の巻の、97年12月の回にその模様が掲載されています。

2 チャイルドマシーン:吉本興業のお笑いコンビ。04年に解散。状況設定を口で説明してからコントをはじめる。ボケの桜野太紀は現在放送作家。ツッコミの山本吉貴は、電気の〝Nothing's gonna change〟のPVに出演していた。

あるじゃん。あれで『かりあげクン』[3]をやってて、ものっすごい観てて腹が立ってさあ」

瀧「別にいいじゃん！　観ないよ『かりあげクン』は普通（笑）」

卓球「何が腹立つって、あのかりあげのおとぼけぶりっていうかさ、人間味のなさっていうかさ」

瀧「小悪魔ぶり？」

卓球「小悪魔ぶりと、自分勝手さ」

瀧「それに腹立ってるんだ？（笑）」

卓球「昔読んだ時、こんなことなかったのになと思って。もうとにかく腹が立って腹が立って。俺こんな奴いたら絶対殴ってるわ！とかさあ」

瀧「（笑）『かりあげクン』観てそんなこと思う奴のほうが珍しいわ」

卓球「腹が立つんで観ちゃうっていうかさ。田嶋陽子[4]がテレビ出てるのに近いよね。どんなこと言って今日は腹を立たせてくれるんだろうっていうさ。『さあ、つっこむぞ』っていうさ。つっこみたいんだけど、ブラウン管の向こうに自分の声が伝わらないもどかしさも含めて、マゾヒスティックな楽しみっていうかさ」

瀧「一般視聴者じゃん！（笑）」

卓球「そうだよ、一般視聴者だもん。でもそういうのあるでしょ？」

●ありますねえ。ハンパにおもしろいもんよりもよっぽど一生懸命観ますね。

卓球「そう。腹が立つから観ちゃうっていう」

瀧「そこが多いんだろうな」

3 かりあげクン：80年開始、08年3月現在も連載が続く、植田まさしの四コママンガ。いたずら好きのサラリーマン、かりあげクンが主人公。80年代末期にはテレビアニメにもなった。卓球が観たのはこの再放送。

4 田嶋陽子：元法政大学教授。01年の参院選で初当選。ここで語られている通り、神奈川県知事選に出馬するため、辞職。で、落選。

5 RIKACOとかさ、デーブ・スペクターとかさ、あ

卓球「狙ってるんだろうな、あれは」
瀧「とにかくチャンネルを止めさせたら勝ちっていう」
卓球「[5]RIKACOとかさ、デーブ・スペクターとかさ、あと飯島愛とかさ。田嶋陽子立候補するんでしょ、神奈川県知事に」
瀧「マジで!?」
卓球「逆におもしれえから、なったらいいと思うんだけど」
瀧「[6]横浜市長の奴はどういう感じなんだろうね。横浜市長いるじゃん、[7]さかなクンそっくりの」
卓球「あれさかなクンそっくりだな! 似てる! 横浜市長とさかなクンと[8]あぶらだこのヒロトモ」

●ははは!
瀧「すげえとこに落とし込んだな」
卓球「グラデーションかかってるんだよ。[9]18KINってお笑いの奴知ってる? あれの片っぽのすごい顔のほうと、あぶらだこヒロトモと、横浜市長とさかなクンって感じ」
瀧「頂点はさかなクン?(笑)」
卓球「そうそう。で、はじとはじは比べても全然似てないの。だからだんだんこうグラデがかかってく感じ」
瀧「ンフフフフ、家系図って感じの」
卓球「な。神奈川県知事って、ほかはどんな立候補者がいんの?」
●他はまあまともですね。真面目に怒ったりしてますね。

と飯島愛とかさ：08年現在、RIKACOはあんまりテレビで見かけず、飯島愛は引退。デーブ・スペクターだけは今でも出まくっている。

6 横浜市長の奴：中田宏。02年4月に就任、08年3月現在も現職。

7 さかなクン：魚に詳しいことが売りのタレント。元々イラストレーター。売れるのと比例して「東京海洋大学客員准教授」「水産庁水産政策審議会特別委員」などの肩書きがどんどん増えていった人。

卓球「他の人が田嶋に対して怒ってんの？」
●茶番にもほどがある！みたいな。
瀧「社民党時代のこともケリついてねえじゃんって話だしね」
卓球「そこそこ票集まるんだろうな。東京都知事は他に誰か出てんの？」
瀧「裕次郎のそっくりさんの奴が出ればいいのに」
卓球「はははは！」
瀧「『じゃあ俺も！』って感じで。東京都知事だけなの？　一斉にやったりするんでしょ？」
●区議会議員の選挙もありますね。
卓球「……出るか、瀧も」
一同「(爆笑)」
卓球「にわか映画監督[10]の次は(笑)」
道下「どっから行きます？　区議会から？」
瀧「……都からかな」
●でも、妙に票が入っちゃったりしそうじゃないですか？
卓球「ふざけんなだよ、それこそこんな奴(笑)。田嶋どころの騒ぎじゃないよ。裏付けなんにもないもん、プロフィールとかあって。『COMIC牙』とかさあ。『91年、石野卓球らと電気グルーヴを結成』(笑)」
瀧「『インディーズ・バンド人生を結成』。えー!?って感じの(笑)」
卓球「『静岡県立東高校卒業』『高卒かよ！』って(笑)」
瀧「『しかも静岡なの!?　東京じゃないんだ！』」

8 あぶらだこのヒロトモ：83年結成、現在も活動を続けるパンク・バンド。後続のバンドたちに多大な影響を与えた。ヒロトモはヴォーカリスト。

9 18KIN：ワタナベエンターテインメント所属のお笑いコンビ。すごい顔のほうはボケの大滝裕一。

10 にわか映画監督：中野裕之プロデュースの下、複数の監督にショート・ムービーが撮る『Short Films』という企画で、この年、瀧は監督デビューした。『県道スター』という20分

卓球「『地元ですらねえじゃん！』（笑）。『草野球チーム、ピエール学園主宰』。公約は一夫多妻制（笑）。あと死刑制度廃止（笑）」

瀧「フフフフフ」

卓球「世田谷区に国際空港を。とんちんかんなことばっか言ってな。選挙演説も自分で作った宇宙語で（笑）」

瀧「スペース・インベーダーの格好でな（笑）」

道下「子供集まっちゃって（笑）」

卓球「選挙権のないね」

瀧「『トーキョートニ告グ』（笑）」

●でも少しテレビ仕事増やしてって、3年後とかに区議会に出たらわかんないですよ？　ほんとに当選しそう。

卓球「イメージでね。あとはだから、関西芸人によくあるパターンで、テレビやって映画やってボクシングやって」

瀧「書があるからね、その前に」

卓球「関東芸人そっちに行くよな。鶴太郎[11]とかそういう感じで。で、必ずもめたりするんだよな（笑）。タイアップした飲み屋とかで。で、何年か経って思い出したように『やっぱり僕には音楽が！』とか言いだしちゃってな（笑）」

瀧「いけしゃあしゃあなんでしょ。ジャケットを書でって感じ」

卓球「『自分の原点はここなんで』って映画をやって、『体操52歳』だって（笑）」

一同「（笑）」

瀧「でもそこに落ち着くんだったらアリ。おもしろいもん、だって（笑）」

の作品で、主演はライターのゲッツ板谷。

11 鶴太郎：片岡鶴太郎。元々物真似芸人の片岡鶴八の弟子だったのでこの名前。弟さんは太田プロの偉い人。『ひょうきん族』でマッチのものまねをしながらいじめられたり、熱いおでんを食わされてのたうち回ったりする、元祖リアクション芸人としてのおもしろさは誰しもが認めるところだったので、現在の画家やったりボクサーのセコンドやったりしているさまを残念に思う、かつてのファンは多い。

卓球「西井とかもちょっと老けちゃってな（笑）」
瀧「白髪混じっちゃって」
卓球「昔パンティだったけど、今はズロースで。見てて痛々しくなっちゃって（笑）。初老のふたりがふざけてるって」
瀧「裸体を出してな（笑）」
卓球「観てる奴に老いを感じさせちゃって」
瀧「哀れみを感じさせちゃってな」
卓球「画面の瀧の老いを感じることによって、観てる自分の老いも」
瀧「『ふけたなあ……』なんてな。ストーンズと一緒に年とってく感じ」
一同「（爆笑）」
卓球「ストーンズと一緒に年をとるってあるよなあ。ミック・ジャガー、うちの母親と同い年だもん」
瀧「マジで!? 同級生？（笑）」
卓球「同級生だもん。あと最近思ったのがさ、バカボンパパの歌あんじゃん。♪枯～れ葉ち～る」
瀧「♪41歳の春だから～」
卓球「ってさ、バカボンパパ6つ上だぜ、今（笑）」
瀧「そうだな。もうすぐ36だから」
卓球「ウチらが小学校1年の時に中1だったんだぜ、バカボンパパ。すごくねえ？ で、田代まさしがバカボンパパの5コ上」
瀧「年上なんだ？」
卓球「うん。古尾谷雅人が45歳だから4つ上。

だから古尾谷が『金八先生』でキキーッて桜中学にバイクで乗りつけた時、バカボンパパとかいた感じだもん、在校生に（笑）」
瀧「ンフフフフフ」

6月号

卓球「あ、そういえばブライアンから喜びのメールが来たよ、『ピエール学園初勝利！』って」
瀧「『やったー！』って？　こないだピールアウト[1]のチームと野球したんですよ、ピエール学園で」
卓球「毎月『STERNE』に来る、ブライアンっていうドイツ育ちのアメリカ人のお客さんがいるんだけど、野球やってたって言うのね。で、ピエール学園でやりたいなあって言うから、俺紹介したのね。それでこの前そのブライアンが入って初試合やったんだよな」
瀧「で、『一応ユニフォーム持って来たんだけど』ってってパッて出したら日本ハムで（笑）。ユニフォーム持って来るのもあれだし、なんで日本ハム!?　っていうさ。『いや、僕、日本ハムのファンクラブ入ってるんだよ。小笠原[2]最高！』って（笑）」
卓球「『絶対日本ハムのファンクラブで外人はブライアンだけだよ』『え、そうなの？』って」
瀧「日本のプロ野球のファンクラブ入ってるってこと自体、もうおもしろいからな」
卓球「そういやこの前テレビ見てたら、芸能人がこんなもんにサインをしたことがあるって話

1 ピールアウト：3ピースのロック・バンド。05年のフジ・ロック・フェスティバルでのライヴを最後に解散。ヴォーカル&ベースでピアノも弾くフロントマン、近藤智洋は、バンド結成以前は東芝EMIのディレクターだった。

2 小笠原：小笠原道大。96年入団、首位打者やホームラン王を獲得し大活躍するも、06年暮、FAで巨人へ移籍。

してて、割り箸の袋にサインしてくれって来てしたんですよって話をしてて。それ考えたら俺もっと全然上があってさ。それこそヨーロッパのクラブ行くとバキバキにぶっとんでる奴がさ、もう絶対に持って帰んねえだろっていうようなのにさ——札とかパスポートとかいろいろあるんだけど、一番すげえのはタバコのこのセロファン(笑)」

一同「(笑)」

卓球「セロファンに水性マジック持って来て、サインしてくれっつって。あと背中にサインしてくれとかさ」

●パンツとかないの?

卓球「あるよ、パンツも。っていうか、ひと通りしてると思うよ。してないところないんじゃないかってぐらい。とりあえずクラブに持ってってるもんにはほとんどしてるね、タバコから何から」

●怒らないの?

卓球「怒ったってしょうがないもん、バキバキにぶっとんじゃってるんだからさ。相手は日本人だとウケ狙って『こんなのにしてくれ』って来るから、それにはちょっと付き合ってらんねえよって感じだけどさ。例えばぶっとんじゃって盛り上がって、でもサインが欲しいっていうんだったらさ、それはしてもいいじゃん。どうせ捨てちゃうんだろうし、なくすんだろうけどさ」

●瀧は?

瀧「でも今言ったようなやつあるよ、全部ひと通り」
道下「前にリキッドルームでKAGAMIと話してるときに、ファンの子がKAGAMIに『サインください』って来て、『さっき瀧さんにももらったんですよ!』って言うから見たら、『坂本龍一』って書いてあった(笑)」
一同「(爆笑)」
道下「『瀧さんのサインはもらえなかったんですけど、瀧さんに書いてもらったんですよ!』って」
瀧「『瀧さんが書いた坂本龍一のサインをもらいました!』(笑)。そういうのあるよね~」
●外国ではサインって英語で?
卓球「いや、漢字で書くよ」
●そうすると喜ぶ?
卓球「うん、喜ぶね」
●スパイス・ガールズ[3]とか「女力」って彫ってるしね。
卓球「ガールズパワーだっけ。1回スロベニアで女の子が来てさ、『日本語の刺青入れてんのあたし!』ってここ見たら、『女』って字が鏡文字になっててさ。俺もそん時酔っ払ってたから、『あ、これ反対だよ』って言った後に、『あ、しまった! 言わなきゃよかった……』と思って。しょんぼりしててさ、その子(笑)」
瀧「んふふふふ。タトゥー屋に『あの野郎……』って感じだよな(笑)。間違ってる奴結構いるよね」
卓球「刺青で一番痛いっていうか、これはすげえ!って場所知ってる?」

3 スパイス・ガールズ:01年に活動休止したが、07年に活動再開。「女力」の刺青をしているのはスポーティ・スパイスことメラニー・クリスホルム。

●内腿？

卓球「亀頭。なんでかって言うと、勃起した状態じゃないとダメじゃん。縮んでるときにやってもさ」

瀧「風船の絵と同じだよ」

卓球「そうそう。風船も膨らました時に絵描かないとダメでしょ。だからまず勃起させてからやるの。でも勃起すると血が溜まってるから、刺すとピューッて血が出てくるから、いっぺんにあんまできないのね。しかも痛くて縮んじゃうじゃん。だからものすごい時間と手間と根性がいるのね。だから亀頭に入ってる奴を見たら、もうそいつは相当な根性の持ち主」

瀧「亀頭に何を入れるんだろうな」

卓球「目じゃん（笑）。アメリカの戦闘機みたいに」

瀧「目と口だよな。そんなに苦労して目を入れてるのがおもしれえよ。ンフフフフ」

卓球「しかもチンコの先の刺青なんか人に見せらんないしな」

瀧「そもそもそこに入れようっていう思考回路がすごいよな」

●刺青入れたいとは思わない？

卓球「痛くてやだとかじゃないけど、結局ここまで入れてないから。入れようかなと思ったことは何度もあるけど」

●何を入れようと思ったの？

卓球「それがないからやめたの。さて何入れるかな？って」

瀧「一生それと付き合ってくっていうな」

卓球「それを瀧に昔聞いたことがあって、『瀧、刺青入れるとしたら何入れるの？』って、こいつ即答してさ」

瀧「俺はここ（腕）に『瀧』って」

一同「（笑）」

瀧「首を切られてもわかるようにね（笑）。名前書いとくって感じ」

●卓球も卓球って入れればいいじゃん。

卓球「やだよ。卓球って入っててもなんだかわかんないよ。『あ、そうですか』って感じ。何をアピールしてんだって感じじゃん」

瀧「絵柄と一生付き合ってくんだもんな。ずっと自分の価値観が変わらないってことはないよ」

卓球「俺、でも、パスポートの番号って変わらないもんだと思ってたから、それ入れようかなって思ってたことがあったんだよ。でもパスポート更新したら番号変わってて、『よかった〜、入れなくて！』って（笑）」

瀧「国民総背番号制だっけ？　12桁入れときゃいいんだよ（笑）。そういやこないださ、ケツにできもんできたって言ってたじゃん。で、病院行ったらさ、先生が『これは内視鏡検査で全部1回診たほうがいいですよ。診て何もなかったらあなたも安心でしょ』って言うから『そうですね。じゃあお願いします』って、前の日から絶食してやってさ。病院で点滴打ちながら、ケツから内視鏡の管を90センチぐらい入れるんだよ」

卓球「気持ち悪！」

●うわあ。痛い?

瀧「痛くなくて、モニター見ながら『へえ！ おもしろいっすねえ、もうちょい奥行ってみましょうか』とか言って。ガンガン入れて普通に鍾乳洞って感じで」

道下「あ、ライヴで見れるんだ?」

瀧「ライヴで見れる。で、全部診察が終わってさ、おばさんの看護婦さんが、『瀧さんて、あの瀧さんなんだって?』って言われてさ（笑）。『あ、まあ、そうです』『ほんとに!? やっぱそうだってさ！』とか言ってたら、先生がジジイの先生なんだけどさ、『なんだ、瀧さんは有名なあれなの? 何やってるの?』とか言うから、『いや、まあバンドをやってて』とか話したら、『あ、そうなんだ！ じゃあ、せっかくだからみんなもっと顔をよく見せてもらったほうがいいな！』って（笑）」

一同「（爆笑）」

瀧「お前、人のケツの穴から腸の中見ておいて何を言ってるかって感じでさぁ（笑）。そっちのほうが全然レアじゃんっていうさ」

卓球「（笑）。それでなんだったの?」

瀧「なんでもなかった。ケツんとこにちょっと傷があるから、それだけ座薬でやっときなさいって」

●それでそこまでやんなきゃいけないんだ?

瀧「そうなんじゃない? 俺もそこまでする必要あるのかなと思ってて、その内視鏡検査をする日にそこに行って、今日やるなあと思ってパッて見たらさ、医学用のポスターの上に1枚証明書みたいなのがあってさ。どうもその先生が、内視鏡検査の写真で賞をもらったらしくてさ（笑）。多分すごい名誉なんだと思うんだけどさ」

●何かを発見したからなの？

瀧「いや、写真が上手だっていうだけ（笑）。クリアで鮮明で、病巣が一発でわかるように撮ってるから上手いっていう。要は、鳥の写真が上手いみたいなことらしいの」

●アサヒカメラ賞と同じようなもんなの？

瀧「そうそう、そういうやつ。で、その先生のところに、医学なんちゃら協会から、あなたの写真はコンテストで賞をもらいましたっていう賞状みたいなのが来て、それが貼ってあってさ。だから、撮りたかったんじゃないの、単純に」

卓球「プリクラと一緒なんだ（笑）」

7月号

●先週お台場の温泉[1]に行ってきて。あそこはいいですよ。

瀧「どういいの？」

●芸能人が入ってる。

瀧「（笑）誰いたの？」

●アイドルグループとかがわんさかと、チンチンぶらぶらさせて入ってて。それ見て思ったんだけど、若者はチンチンの形が変わってきてるでしょ。

瀧「（笑）わかんない。そうなの？」

1 お台場の温泉：江東区青海の温泉施設『大江戸温泉物語』のこと。この頃オープンしたばかりだった。

●なんか、先細りしてる。

瀧「それたまたま見た奴がそうだったんじゃないの？」

●違う違う。4時間ずーっと浸かってたんだけど——。

瀧「浸ってんなよ、チンチン半勃ちにさせながら（笑）。でも、そんなことないでしょ。気のせいだって」

●いやいや。でも芸能人ってああいうとこ行くのも大変だと思った。見られるじゃん。どう？

瀧「あんま気にしてないけどねえ」

●俺、見られたことある。ライジング・サン・ロック・フェスに行った時、ライジング・サンの近くの温泉に行って——。

瀧「ライジング温泉に（笑）」

卓球「でも、銭湯入っててもし一般人とタモリが入ってきたら、タモリのチンポ見るよな（笑）」

瀧「そりゃそうだね」

●自分が風呂から立ちあがった瞬間に、みんなの目線が自分の股間だったりしない？

瀧「……あんまりこう、全員を見渡しながら立つわけじゃないからねえ（笑）。『さあいくぞ』って感じで」

卓球「見られるとしたら、瀧が去勢されてるっていうところが（笑）。『ねえじゃん！　瀧、去勢されてんだあ』」

瀧「ははは」

卓球「『ピエール瀧（去勢済み）』（笑）。『念願の去勢をはたしたピエール瀧だが——』」

瀧「近況って感じの（笑）」

卓球「『去勢後、めっきり女性らしさに磨きがかかったと評判のピエール瀧の最新ＤＶＤ』（笑）」

●そこが女性と違うなあと思った。そういう話しないじゃん、女は。

卓球「だって女が『ヒダがねえ』とか（笑）、そりゃ話しないよ」

瀧「男は別人格みたいになってるからね、そこが。もてあそぶこともないしね、女は。皮を伸ばして全部包んだりとか（笑）」

卓球「時間がある時に」

瀧「（笑）そう、時間がある時にちょっとね。新幹線を待ってる間とか（笑）。喫煙所の横で」

卓球「チンチンは笑えるけど、マ×コは笑えないからね。マ×コは二つ役目があるから――おチンチン入れるっていうのと、子供が出てくるっていう。だからあんまり笑いものにできないんだよね。そこで笑いものにしちゃうとさ、出てくる子供にも影響するっていうかさ。不謹慎って感じなんじゃないの？　チンチンは別に、差し込んじゃえばどうでもいいっていうかさ（笑）」

瀧「マ×コは中が主役だからね」

●ぬくもりとかね。

卓球「（笑）ぬくもりだって。〝ふれあい〟[2]とかね、中村雅俊の（笑）」

瀧「だから、外見はどうでもいいんじゃないの？」

●でもさ、人に見られるところに行く時って、

2 〝ふれあい〟とかね、中村雅俊の…74年の青春学園ドラマ『われら青春』の挿入歌で、大ヒットした。このドラマとこの歌で中村雅俊はデビュー。

ちょっと大きくさせたくない？
卓球「そりゃそうでしょ。ウチらも昔よく人前でチンチン出したけど、出す前にむいてたもん。エチケットじゃん、それが（笑）」
瀧「どうせかぶるんだけどな、すぐ。つかみだけでも（笑）」
卓球「ナメられちゃいけねえって」
瀧「ネクタイ締め直すみたいなもんなんだよ、感覚的には」
●ははは。そういえば、卓球ヨーロッパ行ってたんでしょ？
卓球「今回おもしろかったよ、すごいおもしろかった。どこもおもしろかったんだけど……俺はドイツ人のマネージャーとふたりでいたんだけど、ベルギーからオランダへ向かう時、電車で移動したんだけどさ——向こう、個室じゃん？　1等車。で、ある駅に止まったらさ、外から日本語がきこえてきて——『いや、あっちに行ったから！』とかって、すごい緊迫してんのね。で、『サムバディ！　ストール！　マイ・バッグ！』とか言ってんのね。ああ、泥棒に遭ったんだと思って見たらさ、いっこ置いて隣の部屋の、日本人のビジネスマン——上司と部下って感じのふたりが、大慌てで車掌に話してんのね。で、そのデッキのとこまで行って、煙草喫いながら話をきいてたのね。そしたらなんか、要はそのサラリーマンふたりがいた部屋に、駅に止まった時にドカドカドカッて3人の白人が入ってきて、ひとりがバーッて話しかけてる間にトランク持ってかれちゃったんだって。で、パッて気づいたらトランクがなかったみたいで。で、『バッグとられちゃったんですか？』って言ったら向こうも『日本人だ！』っていう感じでさ、『そうなんですよお！』って、きいてもないのにベラベラ話し始めて、こりゃおもしろいやと思ってさ。野次馬根性丸出しでさ」

瀧「ふふふふ」

卓球「『何入ってたんですか？』『いや、ラップトップと携帯と……ああ、あれも入ってたあ！』とか言っててさ。部下のほうがとられてんのね。で、『これからどちらか行かれるんですか？』『いや、これからもうスキポール（アムステルダムの空港）から日本に帰るところだったんですけど、帰る直前だったから、ちょっと気がゆるんでましたあ』って言っててさ。もう大慌てでなんだ（笑）。で、部下が英語話せなくて、上司がずっと英語で説明してんだけど、車掌に。そこに別の家族連れが、車掌に『すいません、この車両どこですか？』って寄ってきたら、その部下のほうが『うるさい！』みたいな感じでその家族をつき飛ばしちゃってさ（笑）」

●ははは。

卓球「全然パニクッちゃってんの。『でもこれ、保険は下りるでしょう』『あ、保険の書類もバッグの中だ！』とか言ってて。『でも、警察に行って盗難届をもらわないと』『じゃあここで降りて、盗難届をもらいに行きましょう』なんて部下が言ってて、上司もそれにつられて荷物持って降りようとしててさ。でも、そんなとこで降りたって、飛行機に間に合わないってことにパッと上司が気づいて『あ、ダメだダメだ』って、もう何やってんのかわけわかんないのね。で、電車が走り始めて、俺も自分の部屋戻って、マネージャーに『いや、日本人がバッグとられててさ』ってゲラゲラ笑っててさ」

●非国民だねえ（笑）。

卓球「関係ないじゃん、全然。『おもしろいからもうちょっとしたら様子うかがってくるよ』つって、30分ぐらいしてからその部屋覗いたらさ、上司がひとりで煙草喫ってたから『トントン、すいません、僕んとこ禁煙なんで、ここで煙草喫わしてもらっていいですか？』ってさ」

瀧「取材にね（笑）」

卓球「『いやあ、大変でしたねえ』とか言って。上司は結構落ち着いてんだ、自分の荷物じゃないから。そしたら部下が汗だくで戻ってきて、『いやあ、全部の車両のトイレ見たんだけど、どこにもないっすねえ！』って、あるわけないじゃん（笑）。で、『大変でしたねえ』なんて話してたら、上司も上司でさ、『いや、もうしょうがないよ。貧しいヨーロッパ人に恵んでやったと思ってさあ』なんて（笑）、まったく他人事だしさ。『全部とられちゃったんですか？』『そうなんですよ。荷物それだけだったんで』って、見たらほんとに手ぶらで。この人、日本の自宅まで手ぶらで帰ると思ったらおっかしくてさあ。近所にハガキ出しに行って帰ってきた感じじゃん（笑）、『ただいまー』って。で、スキポールの駅に着いてさ。俺たちはアムステルダムまで行くからまだ乗ってたんだけど、窓からパッと顔出したらさ、上司が両手にバッグを抱えて、そのうしろから手ぶらでこう歩いてて（笑）。大爆笑だった。おかしかったねえ。『おみやげとか入ってたんだろうなあ』とか、『何しにこの人出張に来たんだろう』とかさ、『仕事で撮ったビデオとか書類とか、全部なくなっちゃったんだろうなあ』とかさ」

瀧「でも、手口がすごく『そりゃ盗られるわ』っていう手口だね」

●そういう目に遭ったことは？

卓球「俺はないけど——とある日本人のDJの人が、スペインで強盗に遭ったんだって。ひとりで歩いてたらいきなりうしろから羽交い締めにされて、腕時計、財布、上着——結構身ぐるみはがされたに近くて。っていうのがあって、その話をもとにしてそのあとから勝手に俺がアレンジ加えて作ったネタがあって（笑）。実はその時に、身ぐるみ全部はがされて、靴だけ残ったっていう話で。ホテルに戻るにもホテルのキーもとられてたから、靴を前（チンチン）とうしろ（ケツ）にこうやって当てて（笑）、フロントで『カギがないんだけど』って」

●ははは。

卓球「まあそれは俺の作りなんだけど（笑）」

8月号

卓球「……先週、ボラれてさあ」

瀧「ボラれたねえ」

●どこで?

卓球「歌舞伎町の居酒屋で」

瀧「リキッドルームでフミヤとまりんがパーティやってるから行こうっつって、着いたら12時ぐらいで『まだ早えなあ』『一杯飲んでから行くか』って、居酒屋入って。したら客、だーれもいないんだあ」

卓球「ウチらだけなの」

瀧「誰もいないくせに、一番奥まった所に通されて。そんなふたりとも腹減ってなかったから、2〜3品つまめるもの頼んで。そしたら何回も『ご注文いいですか?』とか、ババアがアプローチかけてくんのね」

卓球「ババアが『アワビのバター炒めがおすすめですよ』って」

瀧「しつこいから『じゃあそれください』っつって。何のことはない、アワビをバターで炒めただけのやつで。で、1時間ぐらいいたのかな?『すいません、お勘定』つったらさ、『えーと、1万8千円です』とか言って。『えーっ!?』って感じでさ」

卓球「ビール3本ずつぐらいかな、飲んだの。あともう一皿ぐらいで」

瀧「『アワビいくらですか?』ってきいたら、『6300円です』『えーっ!?』って。『値段言ってくださいよ!』とか言ったら、『おっほっほっほ』とか笑ってさあ(笑)。『おっほっほじゃねえよ!』っていう」

卓球「そのままヘリがバラバラバラバラって来て[1]、縄梯子に乗って『おっほっほっほ』(笑)」

1 ヘリがバラバラバラバラって来て:漫画とかの悪者が逃げ去る時の定番。鉄砲とかで撃ち落せば簡単なのに、なぜか誰もやらない。あるいは、撃っても全然当たらないのがお約束。

●ははははは。

瀧「トランプが1枚ヒラヒラッて」

卓球「で、『いいよ、おもしろいからいいよ！　領収証ちょうだい』ってさ、瀧がおごってくれたんだよ」

瀧「一応『ここにするか』って俺が言った手前さ、そこで『ワリカンにしようぜ』とも言いにくくて」

●暴れようとは思わなかったの？

卓球「向こうのあまりの簡単なボリ方に、暴れるって感じでもなかったんだもん。『おっほっほっほ』だもんなあ。『ボラれて何言ってんの』ぐらいの感じだったもん」

瀧「まあ、場所も場所だしさあ」

卓球「前も鉄板焼き屋入ってボラれたじゃん。リキッドのライヴ前に」

瀧「その近くのビルにある、ちっちゃい店で。したらカウンターがあって、その真ん中にコックがいて。で、『はい、レアの方、ミディアムの方』って、食ってたらババアがご飯と味噌汁持ってきて。『何の味噌汁ですか？』つったら『えーっと、シジミ、かな？』って（笑）。『かな？』って何だよ？　っていうさ」

卓球「ものっすごい高かったんだよねえ」

道下「ライスと味噌汁を付けると1500円プラスだったんですよ。6人で行って、8万円」

●うっわあー、それはすごいわ。

卓球「でも、今までの飲食の最高金額——43万円。何人？　あれ」

道下「全部で5人」

卓球「5人で。焼肉屋」
瀧「マジで？」
●ボラれたの？
卓球「ボラれたというか、どちらかというとボッたに近いんだよ（笑）」
道下「すっごい高いワインをガンガン飲んでる感じで」
卓球「っていうのも、仕事の打ち上げみたいな感じだったんだ。会社の中でもすごい偉い人が招いてくれた席で。『今日はどんどん頼んでいいから』って言われて、どんどん頼んだんだよね（笑）。まさかそんないくとは思わなかったもんねえ、43万円」
瀧「すごいねえ……俺もこないだ、キャバクラで24万円っていうのはツラかったけどなあ（笑）」
●嘘ぉ？　なんで？
瀧「俺と、天久[2]と、西井もいたか……5人ぐらいで行って、そしたら結構いい店で。おもしろくて。４時間ぐらいいたのかなあ。大丈夫かな、でもテレビ局の人が『ここいいよ』って教えてくれた店だからな、と思って。そしたら店の人が、『えー、かなり料金いってしまいましたので、焼酎２本空いてるんですけど１本はタダで』って。タダでって言ってるけど、焼酎１本１５０００円なのね（笑）。『鍛高譚（たんたかたん）』ってあるじゃん？　紫蘇焼酎のやつ」
卓球「（笑）知らねえけど」
瀧「普通に買ったら３０００円なんだけど。『あと一応、細かい端数は勉強さしていただきまし

2 天久：天久聖一：この本に名前が出てくる頻度が極めて高い漫画家。電気との付き合いは長く、PVを手がけたこともある。詳しくは04年4月号の回を。

て、24万円です』って。『えーっ!?』って」
卓球「で、おまえ払ったの？」
瀧「しょうがないから俺払って」
卓球「すごいよねえ！」
瀧「割ろうとは言えないじゃん、だってそんなのさあ」
●それって、キャバクラの相場としてはめちゃくちゃ高いほうなの？
瀧「高いねえ。まあでも、クラブとか行ってる人だったらもっと払ってるだろうけどねえ」
卓球「銀座とか？」
瀧「銀座とか赤坂とかだと、座って4万円みたいな話だろうけどさ」
卓球「立って8万円だ（笑）」
瀧「（座る）12！（立つ）16！　わっしょいわっしょい！って感じの」
卓球「チャリーン、チャリーン……チャリーンじゃないよな、ドサッ！　ドサッ！　だよな（笑）」
●はははは。そういえば——新宿ゴールデン街の店って、文壇バーとかそういう匂いあるけど、4軒に1軒ぐらいほんとのぼったくりバーが混じってるらしいのね。
瀧「ふうん」
●そこの手口は——終電過ぎた頃に、新宿駅の構内を女の子が歩いてんだって。そうするとサラリーマンとかナンパするじゃん、「もう電車ないよ、飲みに行かない？」って。「いいですよ、じゃああたしの知ってる店があるから」って連れてくっていう。よくあんのかな？

卓球「俺やられたことあるそれ、20代前半ぐらいの時に。みっちゃん[3]と今さん[4]と3人で」
瀧「マジで？」
卓球「連れてかれて、行ったら『ヤバい！』って感じの店で。ホッピーさん[5]そっくりな女が横に座って（笑）。明け方6時とかそれぐらいで、ウチらもまだもの欲しそうな顔してウロウロしてたんだあ。今のキューンの社長と」
全員「はははは」
卓球「で、レジのとこで、明らかにカツラってわかるオヤジがクレジットカードで払ってるとこに、俺たち入ってきたのね。ほいで『さっきのオヤジなんか絶対すげえボラれてるぞ』って。1杯だけ飲んで『もう帰る帰る』ってさ。その時点でヤクザみたいな奴が出てきてさ。『3万いくらいただきます』『うわー……』って。1杯1万って感じで。みんなあんま金なくて、金出し合ってやっと出て。『うわあ、やられたなあ』って言ってて、朝の7時ぐらいに。『このままじゃ収まりつかねえわ、ヌキに行こう！　いくら持ってる？』つったら、ふたり分しかなかったの。2万円ぐらいしかなくて、『じゃあジャンケンして、負けた奴は車の中で待ってる！』って（笑）」
瀧「はははは！」
卓球「で、今さんが負けて（笑）、俺とみっちゃんで行って。よく行ったじゃん20代前半に、明け方の新宿のヘルスとか」
瀧「うん」
卓球「で、行って、待合室にパッて座ったら、さっ

3 みっちゃん：中山道彦。電気グルーヴが所属するキューン・レコードの代表取締役。電気のデビュー時から現在まで電気と共に仕事をし続けている、おそらく唯一のスタッフ。

4 今さん：今利光。電気のライヴ制作担当のスタッフ。

5 ホッピーさん：ホッピー神山。元PINKのキーボーディスト。現在はプロデューサー／セッション・プレイヤー。

きのカツラのオヤジがいて」
一同「(爆笑)」
卓球「20代前半の、青春の思い出だよ。それが今や社長だよ(笑)」
●でもそういうどうしようもない損したとかさ、何万も払って大失敗した時ってさ、すごい性欲がビョーンって高まる時あるよね(笑)。
瀧「少しでもいい思いをして、今日の思い出はそれに変換したいっていう。プロレスラーが試合で負けたあとに、ちょっと乱闘っていう(笑)。腹いせに、若え奴らをぶん殴って」
●そういえば俺も――俺は普通に入って飲んでたら、終電後に捕まったサラリーマンと女の子が店に入ってきたの。カウンターの中にいるおばあちゃんが「そういうシステムになってるのよぉ」とか言って。で、連れてきた子が結構かわいい子だったの。それでそいつも「しょうがねえか」って感じで金を払おうとしてたんだけど、途中で「やっぱおかしい!」って――。
瀧「うん、納得いかないって」
●それで逃げようとしたんだけど、男が出てきて「お客さん、困りますよ」って。で、その男は苦肉の策として、ばあさんを指差して「じゃああんたとやろう!」って(笑)。
瀧「はははは! 起死回生の。『犯人はおまえだ!』と」
卓球「で、どうなったの?」
●いや、「あたしゃちょっと」――。
卓球「『あたしゃ参考商品だから』」
●ははは。ちょっと照れてたけどね(笑)。

瀧「そういえば最近ねえ、エロメールの手口がものすごいんだよ。メールのタイトルがもう秀逸でさあ、『お店決まったよー!』っていう」

卓球「ははは!」

瀧「『お店決まったよー!』『え、なんだっけ?』って開けちゃうじゃん。『昨日はごちそうさま』とか」

全員「ははははは!」

瀧「開けた自分に、ものすごい腹が立つんだよ(笑)」

9月号

●なんか死んでない?

卓球「遅れちゃってすいませんね、目が覚めたら3時だった」

●飲んでたんだ、昨日?

卓球「うん、昨日マスタリング終わって、ミックスCDの」

●へえ、打ち上げ?

卓球「ひとり打ち上げ(笑)」

瀧「ひひひひひ」

●ははは。

卓球「ところでさあ、ほんとにねえ、最近はナメられてんなあとか思わねえ?」

瀧「ナメられてんな」

卓球「ナメてんだって。つけてねぶってねぶってつけてだもんな(笑)」

瀧「ペロジュー[1]の裏に書いてあんだよな。子供相手にね、『ねぶる』って」

1 ペロジュー:袋に入っている粉末ジュースをキャンディにつけて、なめて、またつけて——っていう手順で味わう棒付きキャンディ。昭和40年代後半~50年代前半の小学生の大人気商品だった。

2 ナイフみたいにとがる:チェッカーズの"ギザギザハー

卓球「『ひらう』とか（笑）。落ちてるお金もひらうける、って感じだもんな。最低だろ、俺、今日。ちょっと酔ってる、まだ」
瀧「『落ちてるお金もひらうける』は、ちょっとおもしろい（笑）」
卓球「そんなナメてると、またナイフみたいに[2]とがるぞっつーの」
瀧「触るものみな傷つける」
卓球「最近なあ、サヤに入れといてやりゃあさ、ほんとに」
瀧「みんなべたべた触りやがって」
卓球「触りもしねえつーのな。ナイフの本体忘れちゃってるもん」
瀧「中で錆びちゃって、抜けなくなっちゃってな。『あれ、海で浸かったからだ！』（笑）」

卓球「裕次郎[3]かっつうの。タフ・ガイ[4]だって（笑）。それに対して、二谷友里恵の親父[5]、ダンプ・ガイだって（笑）。なんでもガイつけりゃいいのかっつーのなあ」
瀧「若大将[6]、青大将[7]的な」
卓球「そうそう」
瀧「青大将ってねえ、毒ねえじゃん」
一同「（爆笑）」
瀧「ヘビ界のスズメだもん、それ」
卓球「ヘビ界でのな。チェッカーズで言うと、『瀧くん！ 瀧くん！ 高杢[8]！』（笑）」
瀧「ははは」
卓球「昔ウチらＮＨＫでさ、チェッカーズと電気グルーヴでセッションっていうのをやったことがあって」

トの子守唄〟の一節。「ナイフみたいにとがっては 触るものみな傷つけた」っていう、要するに「すごくグレてました、俺」っていうことが言いたい歌詞。

3 裕次郎かっつうの：石原裕次郎の映画に『錆びたナイフ』というのがある。同タイトルの主題歌も石原裕次郎が歌った。

4 タフ・ガイ：石原裕次郎の愛称。

5 二谷友里恵のオヤジ：二谷英明のこと。石原裕次郎や小林旭と同時代の日活映画のスターだった。

瀧「デビュー直後ぐらいに」
卓球「〝スタンド・バイ・ミー〟のセッションを」
●マジに!?
瀧「うん。収録中、俺、立ってただけっていう」
卓球「な、いりゃあいいからな」
瀧「ふたつグループ合わせて、3人立ってたっていう」
一同「(笑)」
瀧「『多いなあ、立ってる奴!』」
卓球「[9]マサハル、高杢、ピエール(笑)」
瀧「立ってるだけ」
卓球「リストラ対象だよな」
瀧「二等兵って感じ(笑)」
卓球「はははは」
瀧「我々は立ってるであります!」
卓球「立ってるのも仕事であります!(笑)。で、チェッカーズ解散して、数年後に瀧が会って」
瀧「芸能人野球大会かなんかで会って。全然わかんないんだよ」
卓球「ヒゲもうそん時なくって。『瀧くん、久しぶり!』『え? 誰っすか?』『俺、俺! 高杢!』」
瀧「『ああ!』だって(笑)。『ああ! 久しぶりですねえ!』って」
卓球「いい人なんだよな」
瀧「そうそう、いい人いい人。でもなんでお前そんな酔っぱらってんの? ひとりで飲んでたの?」
卓球「ひとりで飲んでた。スタジオで」
瀧「この時間にこんなに酔っぱらうまで、ひと

6 若大将：加山雄三が主演映画で演じたモテモテ青年のあだ名。銀座のスキヤキ屋のボンボン。ヒロインに〝頑張って若大将!〟と声援を送られると、ピンチだったはずが、突然足が速くなったり、レースで優勝してしまったりする。

7 青大将：若大将にライバル意識を燃やす、全然モテない男のあだ名。田中邦衛が演じた。

8 高杢：高杢禎彦。チェッカーズのサイド・ヴォーカル、低い声担当。髭がトレードマークだった。解散後、自身のガン闘病体験と

りで飲んでんの？」
卓球「うん、吐いちゃって」
瀧「バカじゃねえの（笑）。こないだこいつと一緒にさあ、フミヤ[10]がパーティやってるから行こうぜとか言ってて。で、電話かかってきてさ、『ちょっと悪ぃ、俺行けなくなった』『なになに？ どうした？』『ちょっとスタジオでひとりで酒飲んでたら、酔っぱらいすぎてクソもらしちゃってさあ』って（笑）」
●ははははは。
瀧「で、『クソもらしたからクラブ行けないから、フミヤに言っといて』だって（笑）。なに言ってんだこいつ!?って感じでさ」
卓球「12時前で、まだ早いと思ってスタジオで飲んでて。テキトーにレコードとか聴いててさ。そしたら、屁かと思ったらクソもらしちゃって（笑）。どうしようかなあと思ってさ。1回家帰ってシャワー浴びてからリキッドルームっていう手はあるけど、それもなあって感じでな」
瀧「で、行って、フミヤがブースで回してたから、『フミヤ、文敏（＝卓球）が今日来るっつってたんだけど、あいつクソもらして来れないって』っつったら、レコード持ったままキョトーンって感じでさ。『ええ？ へえ、そうなんや』（笑）」
●しかし、どういう飲み方したらクソもらしたりゲロ吐いたりするんだろうね。
瀧「ひとりでだよ、しかも」
卓球「ひとりで飲んでレコード聴いててさ、屁

チェッカーズのメンバー内のドロドロした人間関係、特に藤井フミヤとの確執を綴った自叙伝『チェッカーズ』を出版。

9 マサハル：鶴久政治。チェッカーズのサイド・ヴォーカル、高い声担当。たまにキーボードも弾いていた。

10 フミヤ：この流れで読むと藤井フミヤに見えるかもしれないが、やっぱり田中フミヤのほう。

かなあと思って、ノックされたから開けたら、全然知らない人だったのな（笑）」
瀧「土石流がガラガラガラーッ」
卓球「あんだろ、でもそれは？」
瀧「俺もこの間クソもらしちゃったもん、家で。やっぱ俺も屁かなと思って、プチュッてやったら――」
卓球「プチュッてやったらって、その時点で確実じゃんなあ（笑）」
瀧「ちっちゃいマヨネーズをプチュッて開けた感じのが（笑）」
卓球「給食の？（笑）」
瀧「そうそう。こうやって見て、『あぁぁ……』っていう。そうだ、『27時間テレビ』ってあるじゃん、CXの。あれでさ、出演オファーがきてさ。なにやるかっていうと、『めざましテレビ』のスタッフが毎回企画でチャレンジものみたいなのをやってて、実験やるみたいなね」
卓球「チャレンジボーイ[11]だよな」
瀧「うん、轟二郎、三浦康一（笑）。前も1回出たことがあってさ、その時は小学生が巨大魚を釣るってやつで。あんまり役に立たなくてさ、ロケあんま行かなくて。今回はちゃんとやりましょうみたいなことになって、その企画が、渋谷の駅前で向こうから来る女の子をひとり選んで、その子の写真を撮って出身地と名前だけを聞いて、そのへんにいる男の子に『知ってる？』って聞いても、もちろん知らないわけじゃん。で、この女の子知ってそうな友達を

11 チャレンジボーイ：75年から10年間、日曜の夜19時から日本テレビ系列でやっていた、素人がさまざまな記録に挑戦する『びっくり日本新記録』という番組があって、その中で素人に混じって毎週記録にチャレンジしていたタレントが、三浦康一。この番組に出なくなってから、名前を轟二郎に改めた。

紹介しろって、もしかしたらこの人がっていう人を紹介してもらって、そこに行って写真見せて、知らないっつったら、じゃあ知ってそうな友達紹介してくれっつって――友達をどんどんめぐってって、最後ここに戻ってこれるかっていう。ガチンコの実験だったんだよ、しかも」
卓球「暇な芸能人しか受けれない仕事な（笑）」
瀧「そう。で、ガチならおもしろそうですね、やりますってやったら、結局拘束日数5日。しかも、渋谷でその男が最初に知ってそうな奴って言った友達が高松の奴で、そっから高松飛んで、高松で紹介してもらった奴が宮崎で、宮崎から鹿児島入って、鹿児島でウロウロ何ヶ所か回って、最後東京に戻って来て、結局辿り着いたんだけどさ」

●辿り着いたんだ!?

瀧「辿り着いて、自分たちも『よっしゃー！』って感じで、これはいいVTRができるに違いねえと思って、当日の『27時間テレビ』のオンエアの日になりました。で、その日俺ちょうど実家に帰ってて。姪っ子が遊びに来てて、4歳ぐらいの子なんだけど――みんなで家族って感じで、普通に日曜日に遊んでて。出かけるかってなったんだけど――俺その子にマーちゃん[12]って呼ばれてるんだけど（笑）、『もうすぐマーちゃんテレビ出るよ～』『ほんとに!? じゃあ見てから行くー！』って、そのコーナーが始まって。『次、マーちゃん出てくるよ』なんて、コマーシャル入って、そしたら全然違うコーナーが始まっちゃって（笑）」

12 マーちゃん：瀧の本名は正則。

卓球「『マーちゃんうそついた！』」
瀧「ずーっと横で、『マーちゃんいつ出んの？マーちゃんいつ出んの？』って、もうドヨ〜ンって感じで（笑）。うちの両親も『あんたいつ出んの？』って、『いや、ちょっとおかしいなあ』って。結局それ、オンエアなくなっちゃってさ」
道下「2時間コーナーがあったんですけど、『27時間テレビ』が1時間押しちゃって」
瀧「VTRカットに当たって、ザクッて切られて。5日間丸々なし」
●ひっどいね、それ。
道下「オンエアがまったくなくなっちゃうっていうのはねえ」
瀧「5日拘束はかなりだもんね」
道下「しかもレギュラーの番組じゃないので、もうオンエアするとこないじゃないですか」
瀧「姪っ子にはうそつき呼ばわりだし（笑）」
卓球「まいったね」
瀧「まいったねえ」

10月号

卓球「7HOURSやるんだよ、こいつ、リキッドで」
●え？　瀧が？
瀧「俺草野球やってんじゃん。で、リキッドルームがチーム持ってて、試合する度に賭けてて。ウチらが勝ったら、むこう何ヶ月はメンバー全員、リキッドルームのドリンクがタダ。で、俺は来店する度に、ウェルカム・シャンパンっていう（笑）。それで、ウチら負けたことなかったんだけど、この間初めて負けちゃって。で、『じゃあ7HOURSを』みたいなこと言ってたら——俺は半分冗談のつもりだったんだけど、次の日もうミッチーのとこに電話かかってきちゃって、『7HOURSなんですけど、いつ頃にしますか？』って（笑）」

●ははははは。

瀧「10月10日」

●中身は？

瀧「中身はこれから考えて。DJは一切やらずに7時間乗りきりたくてさあ、こっちとしては（笑）」

●大変じゃん、それ！

卓球「ビデオとか流すんだろ？」

瀧「ビデオとか流すけど、リキッドで深夜にビデオ流されても（笑）」

卓球「あと『ピエール瀧死亡シーン名場面集』。今まで出たVシネマとかの、お前が死ぬシーンばっか集めたやつ」

瀧「自らつっこんで？　んふふふ」

卓球「あと[1]狂人ドラム」

瀧「狂人ドラム、みんなからすごいリクエストあるんだよ（笑）」

●っていうか、卓球の態度に「手伝ってやろう」っていう気が全然見られないんだけど。

卓球「ないよ！　行く気すらないもん、だって（笑）。7時間こいつがやるの付き合ってられるかっていう」

道下「ちょうどいないんですよ。ヨーロッパ行っ

1　狂人ドラム：正しい名称は「狂人ドラム大会」。瀧が何年かにいっぺん見せるパフォーマンス。まあ、「狂人がドラムを叩くさま」としか説明しようがありません。なお、電気グルーヴ結成直後のインディーズ時代（多分90年頃）に、宝島から出ていたビデオマガジン「VOS」の中で持っていたコーナー「電気グルーヴ的こころ」の中で披露したのがおそらく最初だが、そのときは瀧に続き、卓球もやっていた。

てんですよ」

卓球「いても行かないよ！（笑）。っていうか、悪酔いしそう」

瀧「確かにな」

卓球「あれとかやんだろ？ マチャアキのテーブルクロスとるやつ」[2]

一同「（爆笑）」

卓球「かたっぱしからやっちゃえばいいじゃん、形態模写とか。DJじゃなく7時間ってすごいぜ」

瀧「すごいんだよ。どうしようかな」

卓球「餅はまくだろ？」

瀧「餅まくかな、また（笑）」

卓球「あと西井は絶対出るでしょ」

瀧「こいつはやるよ。生究極ホ乳類は絶対やる」

卓球「生究極ホ乳類、切腹に挑戦！『切腹できんだろ？』『あ、できます』（笑）」

瀧「『死なないらしいね』『あ、死なないですね』（笑）」

卓球「エンディングとか、腸をひきずりながら餅を投げるの（笑）」

瀧「腸で餅をひっかけて投げるって感じで（笑）。あとイボピアス」[3]

卓球「天久も出んの？ あ、それおもしろそうだなあ！ お前キンタマ出すだろ？」

瀧「キンタマ出すよ、もちろん。俺がレースクイーンのハイレグ・レオタードに、タレ目サングラスに銃っていうルックスで、ここ（レオタードの股間の部分）をグーッと上げて、両サイドにタマキンがはみ出してるっていう（笑）。そ

2 マチャアキのテーブルクロスとるやつ：堺正章が得意とするかくし芸の技。グラスが乗っかった状態のテーブルクロスを一瞬で引き抜く。確かに凄い技だが、一度見れば飽きる。

3 イボピアス：瀧と天久聖一のユニット。持ち歌は〝モテたくて…〟や〝大都会〟（クリスタルキングの）など。

れで〝大都会〟を熱唱するんだよ（笑）」
卓球「天久は金太郎の前掛けで、シャネルのマークっていう（笑）」
瀧「アタッシュケース持って、頭に兜」
卓球「違うよ！　兜の時は、バニーガールに兜にアタッシュケースで、アタッシュケースをパカッて開けるとボンボンが入ってんの（笑）」
一同「（爆笑）」
卓球「センスいいよなあ！」
瀧「んふふふふ。まあイボピアスはやんないとなっていう」
卓球「やるべきだよ。だってイボピアスで1時間もつだろ？」
道下「イボピアス、3曲でしたっけ、レパートリー？」
瀧「いくらでもあるよ」
卓球「カラオケに曲があるやつ全部だもん。〝N．O．〟とかやれよ（笑）。カラオケのセット持ち込んで、リクエスト募りゃいいじゃん」
瀧「客に適当に押してもらったやつを即興で歌うとか、そういうののほうがいいんだけどな」
卓球「おもしろそうだけど、ビデオでいいわ（笑）。絶対お前の衣装替えとかで、ダレるのうけあいじゃん。だって、ちょっとないでしょ、音楽じゃなく7時間やるってさ」
瀧「長渕（剛）の桜島のコンサート[4]と同じ時間だっけ？（笑）」
卓球「〝とんぼ〟[5]とか歌えばいいじゃん。あ、でも〝NAI・NAI 16〟[6]だろ、登場は（笑）」
瀧「ひとりでね。ものっすごいテンションで出

4 長渕（剛）の桜島コンサート：長渕剛が04年8月に桜島で行ったオールナイト・コンサートのこと。約7万5千人を動員した。

5 とんぼ：長渕剛の代表曲のひとつ。東京に対する愛憎が、やたらとドロドロ渦巻いている内容。

6 NAI・NAI 16：シブがき隊のデビュー曲。シブがき隊は、歌もダンスもド下手であったが、その親しみやすさによって人気者となった。

てくるべきじゃん。♪ナイッナイッナ〜イッ！『どうしたんだあいつ？』って（笑）」
卓球「いきなりフルスロットルで」
瀧「それしかないじゃん。でもフルスロットルで登場した後、落ちてく一方じゃん（笑）」
卓球「7時間はほんと長いよ」
瀧「そうなんだよねえ。DJもやっちゃいけないし」
卓球「いけなくはないけど」
瀧「やっちゃいけないよ、うん。おもしろくないもん、だって」
卓球「だから俺が行かない理由は、その途中のダレたムードにいたくねえっていうさ（笑）」
瀧「頭だけは観たいだろ、でも」
卓球「観たい。股間にガムテープだけで〝NAI・NAI16〟（笑）」
瀧「んふふふふふ。コンビニのビニール袋穿いてな」
卓球「はははは！ コンビニのビニール袋の底切って、ランニングシャツにしてな」
瀧「ここ（胸）に〝ローソン〟って。次の登場はセブンイレブンだって感じで」
卓球「般若の顔マネやるだろ？」
瀧「あるもの全部やるよ、もう」
卓球「全部出しきるだろ、アーティストの歴史を。瀧勝[7]も歌うだろ？」
瀧「もちろんやるよ。ほんと最後もうやることないと思うわ。『手術しま〜す！』とかっつって（笑）」
卓球「はははは！」

7 瀧勝：瀧は91年に演歌歌手〝瀧勝〟としてデビュー。同年死亡。プロデューサーは犬だった。

瀧「『これで終われる！』って感じで。『ダメだ！　病院送りにならないと終われない！　手術しま～す！』バッサー、ダラダラダラダラ、『あぁぁ～～！』（笑）」
卓球「はははははは」
瀧「『う～んう～ん……』」
卓球「『瀧さん！　大丈夫っすか!?　大丈夫っすか!?』」
瀧「『（小声で）大丈夫、大丈夫』、横から救急車が、『えー、ただいま5時半、患者収容！』（笑）」
●で、ようやくそこでパラッパラッパラ……って拍手がね。
卓球「いや～な気分で帰ってな」
瀧「余っちゃったもん、時間も。7時間やりきれなかったって（笑）」
卓球「あはは、7HOURSなのに」
瀧「『チキショー！』だって（笑）」
卓球「あははは！　キレちゃってな。ミッチーとかにあたっちゃって。ミッチーもミッチーで、『すいません……』（笑）」
道下「謝っちゃって」
卓球「空気読んで謝っちゃって。見てえ～、手術。伝説だぜ、マジで。7時間のお楽しみ会」
瀧「具合悪くなる奴いそう、ほんと」
卓球「なあ。みんな立ってんの？」
瀧「立ってるんじゃないの？」
卓球「っていうか、みんなが立ってなきゃいけないほど人入んの？」
瀧「そう、それもあるんだよな」

●……それ、お金とんの？

一同「ははははは！」

瀧「とらなきゃボランティアじゃんそんなの！ 慰問だもんそれじゃ」

卓球「お前、これから電話かけまくるだろ。それこそ、今までの知り合い総動員だろ」

瀧「だよね。こまっちゃん[8]とバンドやろうかなと思ってさ。そういうのとかいろいろやって、全部プロットも立てて、『これは何分』って考えるのね。でも、どう考えても3時間半より先に進まないんだよ」

卓球「あとは途中ゲストの演芸とか、ビデオ流しながらトークとか」

瀧「そのへんも全部使わないと」

卓球「持ち歌全部やるだろ、当然」

瀧「うん、持ち歌はやるべきだね」

卓球「〝富士山〟、あとなんだっけ？」

瀧「〝インベーダー〟〝ちょうちょ〟〝ドカベン〟〝お正月〟〝ポパイポパイ〟」

卓球「あははははは！ 忘れてたわ！ 〝お正月〟！（笑）。お前、天才かも！ 近すぎて気づかなかったけど、お前もしかしたら天才かも（笑）」

瀧「結構持ち歌あるんだよ、意外に（笑）」

卓球「〝体操30歳〟も生で」

瀧「〝体操30歳〟、〝36歳〟への生でのミックスで（笑）」

卓球「あとお色気もありだろ。ストリップとかもやればいいじゃん」

瀧「俺が？（笑）」

8 こまっちゃん…ブラボー小松。ギタリスト。東京ブラボー、マッスル・ビート、SEXなどのバンドで活動しながらセッション・ギタリストとしても活躍。電気グルーヴとの縁は、91年の2ndアルバム『UFO』とそのツアーから。

卓球「っていうか、もうオープニングの時点で裸だろ、だって」
瀧「すっごい普通のテンションで裸で出てくの。『はいっ、どーも、こんにちは～』って感じで」
●がんばってくださいね（笑）。
瀧「最悪、手術があるから大丈夫」
卓球「『手術しま～す』（笑）」

11月号

卓球「俺この前エゾの日、買ったばっかりのヒューゴ・ボスのジャケット、39800円也をなくしてさぁ。ちなみに着たのはその日で2回目。で、ミッチーの車に乗って家帰って、荷物全部持って『おつかれさまー』って言ってたら、『あれ？　上着がねえぞ!?』って。で、ミッチーに電話して、『車ん中ない？』って訊いたら『ちょっと待ってください』って見たらなくてさ。ものっすごいショックでさあ」
瀧「ふーん。こないだ着てたぜ、ミッチー」
一同「（笑）」
瀧「『瀧さん、瀧さん、これいいでしょう！』って（笑）」
道下「瀧さんの現場だけでね（笑）」
卓球「すっごい俺、物なくすんだよ」
●バクチとかで損するより、物をなくしたほうがダメージでかいよね。
卓球「そうそうそう。買うまでの手間とかさ、あともう悔しいからおんなじもん買いなおしたりするんだけど、たいていないんだよな。なんかもう、やり場のない怒りって言うかさ。あぁ、子供殺された遺族の気持ちってこうなんだなあって（笑）」

瀧「遠いよ！　遠い。全然遠いよ！　何てことを言うんだお前は（笑）。なんか、なくすと損な感じするけど、こないだお前がずっと貸してたビデオ、3年ぶりぐらいに返したりしたじゃん。ああいうの返ってくると、全然忘れてるから得した気になるんだよね。得してないのに」

卓球「こないだDVDもなくしたしさ。まいったなあ、あれ。『帰ってきたウルトラマン』[1]『ごっつええ感じ』[2]『クリスチーネ・F』[3]『高校大パニック』[4]。買いなおすのもしゃくじゃん、1回観たDVDをさ。中でもダメージでかいのは、『クリスチーネ・F』と『高校大パニック』なんだけどさ（笑）。そのどっちももう観てるんだけど、あえてDVDで所有したいっていうのだったのに、それをまたさらに買うっていうのはすごいショックだよね」

瀧「しかも、新しく買いなおしても観ないんだよな」

卓球「そう。で、買った時にほっとするんじゃなくて、買った時のまた怒りもあるじゃん。なんでこのDVD観てるのに2倍も金払わなきゃいけないんだっていうさ」

瀧「また買ってんのっていう（笑）」

卓球「あと買ったばっかの服とかに、穴が開くとかさ」

瀧「ああ、それはある。溶けたりとかな。車と

1 帰ってきたウルトラマン：『ウルトラQ』に始まった『ウルトラマン』シリーズの第4弾。ボディの赤い模様が初代とちょっと違う。

2 ごっつええ感じ：『ダウンタウンのごっつええ感じ』。91年から97年までフジテレビで放映された、ダウンタウンがメインの、コントを主体とした番組。かつてどんなにおもしろかったお笑い番組でも、時が経ってから見直すとおもしろくないものだが、この番組だけは今観ても衝撃的なまでにおもしろく、DVDがロングセラーを続けている。

か結構あんだよね。新車とか買って、1回こすると、もうなんかどうでもいいわって」
卓球「でも車はいずれ傷がつくもんっていうのない？ 俺、車持ってないからわかんないけど」
瀧「そう、かな？ でも1回傷ついちゃうと、もういいわって感じで、ドア足で閉めたりとかするね」
卓球「とは言いつつ、ちょっと加減しつつっていうのはあんだろ」
瀧「もちろんそうだよ」
一同「(笑)」
瀧「もちろんそうよ！」[5]
卓球「足で閉めるっていうのは、その傷がついたことに対する怒りなんだけど、蹴るともっとへこむしっていう」
瀧「もちろん触れるまではスローさ」
一同「(爆笑)」
瀧「触れてから、ドアと足が密着してからドンだよ、そりゃ(笑)」
卓球「怒りも入ってんだろ？ そのやり場のない」
瀧「そうそう。おのれへのな」
卓球「やり場のない怒りっていうのがいっちばんたち悪いんだなあ。逆に自暴自棄になって余計壊しちゃったりしてな。で、その後ハッとわれに返って、『やるんじゃなかった……』とか」
瀧「いきおいついてあげちゃったりとかな、人に。『もう傷ついたからあげるわ！』」
卓球「あげたらあげた奴が憎くなっちゃってな

3 クリスチーネ・F：ドラッグとか売春を描いたドイツの映画。過激な描写が多くて物議を醸した。

4 高校大パニック：石井聰亙監督の映画。元々は20分くらいの自主制作映画だったが、劇場用にリメイクされた。浅野温子のデビュー作。78年公開。

5 もちろんそうよ！：日本テレビ系『ダウンタウンのガキの使いやあらへんで！』で、ロケ現場

（笑）。『泥棒！』ぐらいの感じで。あげといて（笑）」
瀧「憎くなったりとか、自分からあげるって言ったのに、それから何年も、『お前、あげたじゃん！』（笑）。ずっと恩を売ったりとかな」
卓球「お前と俺の間でよくあるよな、『あれあげたじゃん！』（笑）」
瀧「『お前がくれたんだろ、だって！』（笑）」
卓球「お前には付き合い長いから言えるけど。あんま人には言えねえけどな。で、口には出さないけど思ってたりとかな。『こいつあん時あげたのに！』『あん時あれをあげたのに、これをくれない』っていうさ」
瀧「『言うこと聞かねえ、こいつ！』」
卓球「まいったなあ、DVD。なんかしゃくだよなあ……」
瀧「店にあるんじゃないの？　だって飲んでたんだろ？　昨日」
卓球「あとは考えられるのは、家かスタジオかどっちかなんだけど、一番最悪のパターンは、昨日自転車で帰ったじゃん、酔っ払って。そのままカゴに入れっぱなしでっていう」
瀧「ああ、マンションの下に？」
卓球「そうそう。今日見たら、カゴは空だった」
瀧「犯人は身近にいるってこと？」
卓球「それもまた腹立たしいんだよね。で、どう考えてもそれを喜ぶ奴が拾ったとは思えないじゃん。絶対ブックオフじゃん」
道下「まあダウンタウンぐらい抜いてって感じですかね」

に板尾創路が偶然を装って現れるとき連れている「板尾の嫁」（外人）が連発する台詞。この頃『ガキ』では「板尾」「板尾と板尾の嫁」「板尾と板尾の嫁と板尾の娘」などのパターンで、頻繁に放送されていた。

●『クリスチーネ・F』と（笑）。

卓球「あとはブックオフだね。『高校大パニック』と（笑）。だからもしブックオフで『高校大パニック』と『クリスチーネ・F』を見かけたら、俺のもんだから」

一同「（笑）」

●あと、タクシーとかに物を忘れてもさ、タクシーって結構めんどくさいじゃん、取り返すのが。

卓球「あったよ1回、すっげえひでえのが。タクシーに携帯忘れて。乗った時のそのタクシーの運転手との会話も憶えてんだよ。『あー、ちょうどよかった！ 僕ね、浅草のほうのタクシーでこれからちょうど戻るとこだったんだよね』なんつって。で、下北（下北沢）で俺降りたんだよ。で、『あ、忘れた！』って気づいて、領収証もらってたから電話したのね。『すいません、ちょっとそこに携帯あると思うんだけど』『いや、もう浅草のほうに戻っちゃうから』『こっち来てくれればそこまでの運賃払いますから』『いやあ、ダメダメダメ！』なんつって、全然取り合ってくんなくてさ。『じゃあ赤坂に来てよ、赤坂の交番に置いとくから』『そうじゃなくて、今下北沢にいるから、そっからここまで払いますから』『いや、ダメダメダメ！』って途中で電話切っちゃってさ。その後もう向こう電源落としちゃって。しょうがないから赤坂まで行ってさ」

●でもあったんだ？

卓球「あった。だから警察に預けてったの。あと、一番すごかったのがさ、ベルリンでアンディ（マネージャー）とタクシー乗ったら携帯電話が落ちてたから、運転手に『携帯電話あったよ』って渡したら、『うん』っつって、窓フーッて開けて、ポイッて（笑）」

瀧「マジで？　おもしろいじゃん」

卓球「『日本じゃ考えらんねえなあ！』って。『はなからそんなもんはここにない！』（笑）。ベルリンらしいよな」

瀧「財布とかだったらもらっちゃいそうだよな、ほんとに」

卓球「ないって言やあそれまでだもんな」

瀧「でもあんまねえなあ、物を落として青ざめたってことは……」

卓球「あ、お前昔あったじゃん。仕送り来て、立ち食いソバ屋にそのまま行って、山菜ソバ食ってる間に、７万円入った財布を持ってかれたんだよな」

瀧「ああ、そうだ」

卓球「７万円の立ち食いソバ（笑）」

瀧「まあ俺も悪いんだけどさ。横でサラリーマンがひとりで食ってたのね。で、ソバをもらう時に財布をポケットに入れないで、カウンターに置いちゃったの。で、ふたりしかいないんだよ、サラリーマンと俺と。そんでこっちのカウンターに持ってってズルズルって食って、店出て『あれ!?』って感じになって、あそこだ！と思って戻って、ソバ屋のおっちゃんに『ここに財布なかった？』って聞いたら、ないよって言われて。『あ、あのサラリーマンだ！』って感じで」
卓球「盗った奴の顔がわかるのがまたしゃくだよな。誰が持ってったのかわかんないならまだしも」
瀧「そうそう。『お兄さん、財布置いてあるよ』っていうのが普通っていうかさ。それを普通にもう狙って。しかもその日ちょうど仕送りで金が入ったばっかで、『よし、今日はうまいもん食おう！』――」
卓球「それが山菜ソバなんだ（笑）」
瀧「違う違う、うまいもん食おうと思ったんだけど、いや、待て待てと。こういうとこで調子にのって高いもん食っちゃうと、結局月末にひーひー言うから、ここはグッとがまんで山菜ソバだ、『なかなか俺先が見えてんじゃん』みたいなことをやってたら、きっちり全部落としちゃって（笑）」
●ははは。
瀧「10万円しか仕送りなかったから、そのうちの7万円だもん。こんなことなら高いもん食っときゃよかったっていう」

12月号

●7HOURS、おつかれさまでした。
瀧「ありがとうございます」
卓球「俺ヨーロッパにいて、夜だったんだよ。で、ミッチーに電話したら、『今やってますよー』『どう？』って言ったら、『ウヤーッ！ウヤーッ！』って声が横で聞こえんだよ。『なに？　今狩りかなんかやってんの？』『いや、狂人ドラムですよ』」

●ははははは。

卓球「『ウヤーッ！』って言って、客の笑い声があがって。『ウヤーッ！』『ゲラゲラゲラゲラ～』とかってさあ。で、今頃もう終わってるかなと思って、また電話して『どうだった？』って言ったら、『今ラーメン食べてるんですけど（笑）』」

一同「（笑）」

瀧「ラーメン食べてたよ。7HOURSのことあんま思い出したくないからさ（笑）」

●客の熱気はすごかったよ。

瀧「でね、昔に下北（下北沢）でやった時の狂人ドラムをビデオで――」

卓球「復習したんだ？（笑）」

瀧「どうだっけって感じで見たら、結構おもしろくてさあ（笑）。それで、『ああ、こうだったこうだった』って。で、当日思い出して『あ、そうだ、寝るギャグだ』、グー……」

卓球「ギャグって！『寝るギャグだ』だって（笑）」

瀧「で、下北の時は、そこで客から『寝ちゃダメー！』とか入るんだよ。でもグー、シーン……って。ああ、もうそれは入らないんだと思って（笑）。じゃあどうやって起きようかなあと思って。『どうしよう……あ、そうだ！　ビックリして起きよう！……うわあ！』って。で、自分で『あ、結構おもしろかったな』と思って、後でもう1回やろうとか思っちゃって（笑）」

1 ベートーベンの衣装：バンド〝ピエール瀧とベートーベン〟としてのライヴも行われた。どういうわけか、まりん（砂原良徳）もメンバー。

2 それはバッハ！：ベートーベンはボサボサしたヘアスタイル。

●ははは。
瀧「あと、ベートーベン[1]の衣裳をどうしようか？って、『揃える？』『いや、揃えなくていいよ。みんなそれぞれとんちんかんな違う格好してたほうがおもしろいから』って。で、まりんが『僕どうしようかなあ……あっ、じゃあベートーベンのライヴTシャツ着て、ベートーベンのカツラをかぶるよ！』って言うから、『ベートーベンのカツラ？　ああ、こうイギリス議会って感じで、クルクルクルってなってるやつ？』って言ったら、まりんが憤慨した感じで、『それはバッハ[2]！』って（笑）」
一同「（爆笑）」
卓球「『それはバッハ！』。出た！」
瀧「『それはバッハ！』って、キレ気味で言うって感じで」
卓球「墓石に刻んだほうがいいよ、『砂原良徳 それはバッハ！』」
瀧「『ケラさん[3]逃げて！』に続く、まりんの名言――」
卓球・瀧「『それはバッハ！』（笑）」
瀧「砂原良徳ニュー・シングル」
卓球・瀧「『それはバッハ！』」
●「ケラさん逃げて！」ってなに？
卓球「昔さ、まだまりんが電気にいた頃に、チッタ[4]で新宿ロフトの何周年かのライヴがあって、楽屋裏ですごいベテランのパンク・バンドの人が泥酔してて、ケラさんにからんでたの。『お前はいいよなあ、テレビとか出てよー、チャラチャラしやがって』とかってからんでて、そ

3 ケラさん：劇団健康→ナイロン100℃を主宰する、劇作家・演出家のケラリーノ・サンドロヴィッチ。ロック・バンド有頂天のヴォーカリストでもあった。80年代中期〜後期にケラの主宰していたインディ・レーベル、ナゴムレコードは、電気グルーヴの前身バンド人生や、大槻ケンヂの筋肉少女帯、田口トモロヲのばちかぶり、たま、カステラなど、数多くの才能を世に送り出した。

4 チッタ：川崎にあるライヴハウス、クラブチッタのこと。

のうち殴りかかりそうになったのね。そんでまりんが仲裁に入って、『ケラさん逃げて！』って。そしたらほんとにケラさん逃げちゃって（笑）」
瀧「見る見る小さくなってって」
卓球「外の楽屋口の階段のとこあるじゃん、そのドアもバタンッて。どこまで行ったんだ？っていう（笑）。逃げるケラ（笑）。『ケラさん逃げて！』と『それはバッハ！』」
瀧「でもわかんないから、『どんなの？』って聞いたら、なんか、『ツンツンこうなってて』って」
卓球「小泉首相だろ、それ？」
瀧「だから俺らも『それ小泉？』っつったらさ、『小泉じゃない！』とか言われて。で、当日スタイリストが『これでいい？』『違うよ、これじゃ小泉じゃん！　もっとこうだよ！』って一生懸命立てたりしてたんだけど、結局最後には寝ちゃって、かぶったら田原総一朗だった（笑）」
卓球「あはははははははは！」
●ははは。そういえば今、電気グルーヴってどうなってんだっけ？
瀧「んふふふふ」
卓球「こっちが聞きたいよな。っていうか、実は、まあ、今年レコーディングやったんだよ」
●そうなの!?
卓球「一応少しは作りました。でもこれからは、資本主義社会に対するアンチテーゼとして、売らないっていうね（笑）」
瀧「あるはあるんだよ」

●じゃあそろそろ？
卓球「うん、まあ、わかんないけど。自分のが終わってからだから」
●そうか。でも瀧はそろそろあれでしょ、自分的にやることも……。
瀧「尽きてきて？」
●尽きてきて（笑）。
瀧「でも電気が始まると、そっちにかかりっきりになっちゃうからさ」
卓球「かかりっきりって、よく言うよ。毎日スタジオにこもってるような発言しちゃって（笑）。どうせロビーでテレビとか観てんだろ」
瀧「食玩のおまけ開けたりな」
一同「（笑）」
瀧「おまけ開けるのにかかりっきりになっちゃって。カード集めたり」
卓球「ははは」
瀧「もうそれやってたら他のことできないからさ、夢中で（笑）」
●でも7HOURS終わったら、次なにやろうみたいなのはないんでしょ？
瀧「うん。だけど、ベートーベンでみんなも盛り上がって、ツアーに行きたいって話をしてるのね（笑）」
卓球「それが電気グルーヴでいいじゃん、お前」
瀧「お前がいなくてな」
卓球「うん、それありだよ。俺は気が向いたら行くっていう。もう人前で歌なんか歌えねえよ、恥ずかしくて（笑）。前に台もなにもなくて全身見られちゃうんだよ。どうしていいかわかんないよ、もう」

瀧「んふふふふ」

卓球「やってられるかって感じだよ、ほんと。いい年こいてコンサートなんかやってられるか！（笑）」

瀧「コンサートなんて開いてられるか！（笑）」

卓球「ステージ狭しと歌い回れるか！（笑）。20代までだよ」

瀧「マイクってなに？って感じ」

卓球「恥ずかしいと思っててライヴやっちゃいけないじゃん、だって」

瀧「棒をつかんで歌うんだよ？」

●ははははは。

卓球「でもその瀧のバンドが電気でもいいような気もするんだけどなあ、ほんと、正直」

瀧「マジで？ なんだよそれ（笑）」

●単に逃げてんじゃん、それ。

卓球「まあ、口出しはするけど」

●とりあえずでも、もう一発やらないとしまらないよ。

卓球「ベスト盤[5]って手があるからね。ベスト盤出して、電気グルーヴの〝ヴ〟を〝フ〟に点々にするとかして、瀧が引き継いでくっていう。そうすっと今までのもやれるじゃん」

●でもベスト盤出したら、一番恥ずかしいベスト盤ツアーみたいなのやんなきゃしまんないじゃん。

卓球「やりたくねえ。……（小声で）怖いなあ」

●前のツアーでも結構昔の曲やってたしね。あれがまた妙に盛り上がっちゃったもんね。

5 ベスト盤って手があるからね：結局04年に本当にベスト盤『SINGLES and STRIKES』が出た。新曲も収録。これをきっかけに音楽面での電気グルーヴはようやく復活した。

卓球「いいんじゃねえの、あれで」
瀧「あれで（笑）」
卓球「あれでなあ。次なにやれっつうんだよ、もういいじゃん！　じゃあ辞めろよって話だよな（笑）」
瀧「うん。お前が言うセリフじゃねえよ、それ（笑）」
卓球「ただ、辞めたかないんだよね」
●あはははははは！
卓球「正味な話。やりたいんだけど、やりたくねえっていう」
瀧「シャッターが閉まってるだけで、店は建ってるっていう（笑）」
卓球「潰れてるわけじゃない、営業はしてるけど、通販のみっていう」
●たまにシャッターちょっと開いてて、中から光は一応もれてる。
卓球「制作するのはそんな苦じゃないのね。けど、作ったものをどういうふうに——ライヴもやんなきゃいけないしさ、プロモーションもしなきゃいけないとかさ、それがまったく想像がつかないんだよね。こんな間も空いちゃってさ。状況も違うじゃん。特にここ2～3年すごい移り変わり激しいじゃん。知らない人ばっかりだもん……街歩いてると」
一同「（爆笑）」
卓球「俺のことを（笑）」
瀧「じゃ、プロデュースって方向で」
卓球「ものは言いようでな。でもお前はラジオとか毎週できんじゃん」

瀧「なんで『お前は』って、全部俺に（笑）」
卓球「俺はだから、たまにゲストって形で出るけど、一応番組は『ピエール瀧の』だとあれだから、『電気グルーヴの』ってお前がひとりで言ってるっていう感じ」
瀧「じゃあ俺が芸名を電気グルーヴにすればいいんじゃん」
卓球「そうすりゃいいんだよ、ほんとに。だって電気グルーヴのプロデュースを俺がしても別におかしくないじゃん。お前が電気グルーヴに改名すれば、すべて丸く収まるんだけどな、俺的には（笑）」

2003年　ボーナストラック

1月号

●最近って何かありました？

瀧「最近？　何やってたっけ……あ、『いいとも！』とか出てたんだ」

卓球「あ、『いいとも！』見たよ。普通につまんなくて、それがすごかった。前に出た時は、なんとかしようってしてるんだけど、どうしていいのかわかんないつまんなさだったじゃん。今回は普通にさ、男の役者とかが出て趣味の話する感じのつまんなさ、あるじゃん。落ち着いちゃってる感じ。それだったもん」

●それ、俺の友達も同じこと言ってた。異物が出てるっていう感じもなく、普通になじんでたって。

瀧「なんか自分でもさ、パアッと出てって、あそこに座ってパッて見るとお客さんがいてっていうのがあるじゃん。それ見て『あ、ちょっと慣れてる』と思って。前は『うわあ！』って感じだったんだけど」

卓球「慣れてる自分に爆笑って感じなんだ（笑）」

瀧「『何慣れてんだよ、おめえ！』って自分につっこみが入る感じ（笑）」

●誰から来たんだっけ？

道下「清水ミチコ[1]さんです」

●で、誰にいったの？

瀧「小日向しえちゃん」

卓球「俺、回ってくるかなと思って電話の前でジーッとしてたのに」

1 清水ミチコ：ユーミン、淡谷のり子、田中眞紀子、デヴィ夫人など、守備範囲の広いモノマネをレパートリーに持つ。声だけでなく顔マネも得意技。

2 KONISHIKI：ハワイ出身の元関取。80年代から90年代にかけて活躍し、大関にまで上り詰めた。引退後はタレントとなったが、“芸能活動に四股名

一同「（爆笑）」

瀧「ドキドキしながら？（笑）。テレクラって感じで」

卓球「『瀧なんでだよ！』だって、『ごきげんよう』とかやってるときにな（笑）」

＊＊＊

●（小室哲也の結婚式で）ミュージシャン席だったんだ？

卓球「KONISHIKI[2]もいるじゃん。あ、KONISHIKIプロデュースしたりしたのかな？」

瀧「なんかしてるのかもしれないよ。でもそうは言いながらさ、TRFとかあのへんの軍団はいたけど、例えば篠原涼子も見かけなかったし、鈴木亜美はもちろんだけど、そういう人もそんなにいなかったよ。あと古田とギャオスがいたのかな、小室プロデュースでCDを出したことがあるらしいよ」

卓球「ギャオス？」

瀧「内藤（尚行）。なんかあのへんのヤクルト芸能プロ野球軍団がCD出してるらしくて、そのことを言ってて。なんでもやってんだなって（笑）」

卓球「だってテレビ見てたらさ、力也さんがさ、〝ホタテのロックンロール〟[3]のイントロのキーボード弾いてるのもそうだって言ってた」

瀧「そうそう、まだ売れない頃。スタジオ・ミュージシャンだった頃」

卓球「バラされちゃってな、そこで（笑）。『え、あいつホタテやってたんだ！』って」

を使うのはけしからん！〟と日本相撲協会がゴネたため、「KONISHIKI」となった。

3 ホタテのロックンロール：安岡力也（現在は力也と改名）が『オレたちひょうきん族』の中の『タケちゃんマン』のコーナーにゲスト出演した際、「ホラ貝」を「ホタテ貝」と言い間違えたのがきっかけで、「ホタテマン」としてレギュラー出演することに。大人気となったためシングル〝ホタテのロックンロール〟もリリース。ホタテ味のラーメンのCMにも狩り出される程のホタテっぷりであった。

瀧「しかし、裕也さんがとにかくすごくてさあ。観た？ ルックス」

卓球「観た。金髪のね」

瀧「どんぐらいやってたの、テレビ中継？」

道下「2時間ですね」

瀧「え、2時間枠でやってたの？ すごいねえ」

●瀧、映ってないんだ？

道下「なんか事務所の子が隅から隅まで観たら、1回見切れてるとこが出たって言ってましたけどね。例のテーブルのところで」

卓球「岸本加世子[4]のハンドバッグにこういう感じで手を伸ばしてる瞬間な（笑）」

瀧「手堅いところに手を伸ばしてるのな（笑）」

卓球「（笑）。あ、でも安室（奈美恵）とかお前知ってんじゃん」

瀧「安室はとりあえず挨拶した。SAMと並んで座ってたよ」

3月号

瀧「年末は家にいた。普通に家にいて、年明けて実家帰って。で、あー、あれ行ってたわ。ニューメキシコ[1]に。テレビの取材で。なんか透視能力を持ってる人がニューメキシコにいるらしくて、アメリカの軍が、透視能力のことをリモート・ヴューイングって言うらしいんだけど、透視部隊を作ってて、そこに所属してたって人が透視能力を教えてるっていうのがあるんで、それはどうなのよ？って、『特命リサーチ』[2]のノリの番組のレポーターみたいな感じで行って、

4 岸本加世子：数々のドラマや映画に出演している女優。昔からCMでも実力を発揮。フジカラーCMでの樹木希林とのコンビネーションはもはや伝説。

1 ニューメキシコ：メキシコではなく、アメリカの州。

2 特命リサーチ：正式タイトルは『特命リサーチ200X』。世界中の怪奇現象を科学的に究明する番組。テレビ版「ムー」とも言える。

そのおっさんに会って。ちょっと話したり、実際にやってるの見せてもらったりとか」
卓球「当たんねえんだろ？（笑）」
瀧「すっごい期待するじゃん、そういう学校も開いてる人だし。で、ロズウェル事件[3]の起きた近くのとこで、ニューメキシコの砂漠みたいな、UFO出そうな不思議っぽいとこに住んでてさ、で、『じゃあお願いします』って見せてもらったんだけど、全っ然当たらないんだ（笑）。6枚の封筒があって、それぞれ別の写真が入ってて、封をして、さらにそれをランダムに番号をふって、サイコロふって選んで、見てもらうんだけど。『そうですね……透明な高いビルみたいなもの、高くて四角くて、ガラス張りですかね？　ガラス張りで、多分ここの階には秘密のことをやってる部署があって、上のほうは展望台、このへんにはレストランがあって、こういうビルですね』って言って、『わかりました。開けてみましょう』って、パリッて開けたら、氷の壁を登ってるおっさんの写真だった（笑）」
一同「（笑）」
瀧「『全然違うじゃないですか！』っていう。フフフ。『ちょっとうまくいかないんで、もう1回やらせてもらっていいですか？』って、もう1回やって。またパーッと見て、『ああ、これはあれですね……水辺ですね。水があって、なんですか、これは祭みたいなことやってますね。ザワザワした歓声が聞こえますね。音楽が聞こえる感じがしますね。ザワザワして、

3 ロズウェル事件：ニューメキシコ州ロズウェルで47年に起こったUFO騒動。軍が「UFOを回収した」と発表したもののすぐに撤回。真相に関して未だに様々な憶測が飛び交っている。

祭にすごい人が集まってて楽しそうな気分ですね。そうですね、僧侶みたいな服を着てる人がいますね』って感じで、『じゃあ封筒の中を見てみましょう』、パリッて見たら野原の写真（笑）」

一同「（爆笑）」

6月号

●ほんとテレビ観てるよね、卓球。

卓球「最近すっごい観てるよ、暇だからさ」

瀧「こいつの最近のお笑いの掘り下げっぷりはすごいよ」

●お笑いとかそういう趣味なかったじゃん。

卓球「好きだよ。最近デジタルハードディスク・ビデオ買ってさ、先週。真っ先にやったの劇団[1]ひとりのコンパイルだもん（笑）」

●最近お笑いどういう感じなんですか？

卓球「全体のシーンは知らないけど。テツandトモ[2]も俺、ずいぶん前から言ってたよな」

瀧「そうそう、テツandトモとゲッツはすげえ早かったよな、お前な」

卓球「そうそう」

瀧「テツandトモはなんとなくわかるんだけど、ゲッツ[3]は俺わかんなかったんだよね。何『ゲッツ！ ゲッツ！』言ってんだこいつ、っていう（笑）。もう今やみんな『ゲッツ！ ゲッツ！』言ってるもんね」

●俺全然知らないんだけど、卓球の趣味って他に何があんの？

1 劇団ひとり：本職はお笑い芸人だが、最近は俳優や小説家としての活躍が目覚しい。

2 テツandトモ：この頃人気だった、アコギに合わせて"♪なんでだろ〜"と、日常に潜む素朴な疑問を歌い上げるお笑いコンビ。赤と青のジャージがユニフォーム。

3 ゲッツ：こちらもこの頃人気だった、お笑い芸人ダンディ坂野のキメ台詞。芸名よりも「ゲッツ」と呼ばれてしまうことのほうが多い。

瀧「こいつの趣味？　テレビ、お笑い」
卓球「それも趣味って言うようなもんじゃないじゃん。みんな観るでしょ、お笑いぐらい」
●俺テレビ観ないからわかんないんですよ。
瀧「あ、読書」
●ほんと？　ジャパン最近読んでくれてる？
卓球「インタヴューは全然読まないね、昔っから。一切読まない」
瀧「でもジャパンをパラパラパラッて見てて、今回の分厚くなったジャパンの中で、何が一番笑ったかって、くるり[4]の写真でメガネがひとりになってたのがすごい笑ったんだよ（笑）。ふたりからひとりに！って感じで」
卓球「それこそニュースに載せるべきじゃない？」
瀧「『くるりのメガネがひとつに！』（笑）」
卓球「え、3人だっけ？」
瀧「3人のうちふたりしてたんだよ。で、こいつ[5]がなぜしないのかっていうのが俺はずっと疑問だったの。それがひとりになったのね（笑）」
卓球「目が10個あったのがなあ（笑）」

＊＊＊

●ドイツ人ってロックのTシャツとか着てる人いないの？
卓球「ロックすっごい盛んじゃん、ドイツは」
●どういうの着てんの？　ニルヴァーナとか着てる？
卓球「いるよ。いっぱいいるよ」
瀧「アメリカのロック、結構好きな人いるよね」
●卓球のTシャツを着てる人とかって、街中で

4 くるり：京都出身のロック・バンド。

5 こいつがなぜしないのか：くるりのギタリスト、大村達身（07年に脱退）はメガネをかけていない。ヴォーカル&ギターの岸田繁はかけている。ベースの佐藤征史はメガネをかけていないが、一時期はかけていた。つまり、佐藤がメガネをかけなくなったので、メガネがひとりになったということ。

いないの？
瀧「卓球のTシャツっていうか、卓球の刺青を彫ってる奴ならいたよな（笑）。Tシャツどころじゃねえよ。ふふふふ」
卓球「『throbbing disco cat』[6]のジャケットを」
道下「あれはビックリしましたよ」
卓球「よく行くイタリアンレストランがあるんだけど、そこの店員がさ、お前のジャケットの刺青したすっげえファンの奴がいるから、今から呼ぶわって。で、そいつが来てさ。『見てくれ！　見てくれ！　ほら！』『うわっ!!!』」
道下「みんなで写真撮っちゃって（笑）」
瀧「『何やってんだよおめえ！』って感じだよな（笑）」

道下「緊張してましたよね、明らかに（笑）」
瀧「あいつすごいよな。こんなデカく入れてんだよね、しかも（笑）」

＊＊＊

卓球「キュアー[7]観た、去年」
瀧「どこで？」
卓球「ベルリンで」
道下「全曲やるってやつでしたっけ？」
卓球「そうそう。1stアルバムから順に全部やるっていう」
瀧「それすごいなあ（笑）」
●8時間ぐらいやってんの？
卓球「休憩入るもん、だって。で、2日間だか3日間やってて、初日は1stアルバムから3枚目までとかで。アルバム1枚やるごとに休憩が

6 throbbing disco cat：卓球が99年にリリースしたソロ・アルバム。おっぱいの大きいムキムキした美女のイラストがジャケット。

7 キュアー：78年に結成されたイギリスのロック・バンド。毒々しいメイクや逆立てた髪型をいち早く導入したため、ヴィジュアル系のルーツと言われている。07年のフジロックで23年ぶりの来日を果たし、日本のファンを歓喜させた。

8 メカニカル娘：91年にリリースされた電気の2ndアルバ

入って。DVDとか出すんじゃない、あれ」

●キュアー・フェスティヴァルなんだ。

卓球「そうそう」

●それやろうよ！　電気グルーヴで！

卓球「えー、いいよ、やりたくないよそんなの」

瀧「『それやろうよ』って（笑）」

卓球「冗談じゃない、〝メカニカル娘〟[8]なんか歌えないよ」

一同「（爆笑）」

卓球「冗談じゃないっつうの」

瀧「〝東京クリスマス〟[9]とか（笑）」

卓球「捨て曲いっぱいあるもん。歌詞も覚えてないし。パッてタイトル言われても曲も覚えてないっつうの」

道下「〝東京クリスマス〟久しぶりにタイトル聞きましたよ（笑）」

卓球「こっちも久々に言ったっつうの！（笑）」

●見たい見たい！

卓球「それが成り立つバンドってあるじゃん。『KARATEKA』[10]の曲なんて恥ずかしくて歌えないよ！　いくら積んでも無駄だよ！　金の問題じゃないって感じだよなぁ（笑）。間奏とか、どういう佇まいを見せていいものやら」

瀧「下向いちゃってな、間奏の時（笑）」

卓球「引っ込むっつーの、間奏の時。歌う時だけ出てきて（笑）。下手すると楽屋で歌いたいって感じ、どうしてもやらなきゃいけないんだったら」

道下「どうしてもやらなきゃいけないって、どういう状況ですか、それ（笑）」

ム『UFO』の収録曲。歌詞によれば、この娘の主食はウランとガソリン。右手がドリルで足はキャタピラ。

9 東京クリスマス：こちらも『UFO』の収録曲。レンタカーの真っ赤なポルシェ、ホテルの部屋の予約、女性を昏睡状態にするための目薬など、入念なクリスマスの準備を重ねた男の悲劇を、ストーリー仕立てで描いている。

10 KARATEKA：92年にリリースされた電気の3rdアルバム。ハゲ、デブ女、ブスに関する曲が目立つ1枚。

●だから人前に出てくるのが恥ずかしい曲だけは楽屋で、それがずっとスクリーンに流れてんの。

卓球「やらなきゃいいじゃん、そんなんだったら。誰のためにやるんだよ」

●ニーズは死ぬほどあるって！

卓球「ないよそんなの」

瀧「『VITAMIN』終わるまで出てこないって感じだよな。最後までついに出てこないとか（笑）」

卓球「『FLASH PAPA』[11]『UFO』[12]では一度も姿を見せず、当時のビデオクリップでお茶を濁し、『ファンキートマト』[13]などの映像を（笑）」

道下「おもしろそうじゃないですか、それ（笑）」

卓球「コンサートじゃないじゃん！ それこそhide[14]のコンサートって感じだもん、CD流して」

9月号

卓球「7HOURS……おもしろそうだな（笑）」

瀧「怖いもの見たさでってことだろ（笑）。瀧がテンパっててておもしろいっていうおもしろさだよな」

卓球「それが終わったあとの、お前が家に帰ったあとを想像するとおもしろい（笑）。そのテンションで」

瀧「なあ」

11 FLASH PAPA：91年にリリースされた電気の1stアルバム。マンチェスターでレコーディングが行われた。

12 UFO：91年にリリースされた2ndアルバム。校庭に並べられた机が〝UFO〟という文字を描いている写真がジャケット。

13 ファンキートマト：テレビ神奈川で放送されていた音楽情報番組。デビューした頃の電気が頻繁に出演していた。

14 hide：X JAPANのギタリスト。彼がソロ・ツ卓球「寝れねえよなあ（笑）」

瀧「寝れないねえ」

卓球「7時とかな」

瀧「すっごい終わった時テンション高そうだもん。終わったってことが一番テンション高そう。『終わった〜!』（笑）」

卓球「そうだよ、24時スタートだから7時までやるんだもんな」

瀧「そうだよ」

卓球「はははは。ラジオ体操とかやりゃいいじゃん、6時に。客と一緒に。会場がひとつになる瞬間（笑）」

道下「唯一（笑）」

瀧「客はさ、もうミステリー・ツアーに近いじゃん」

卓球「向かうは銀河鉄道999[1]だもん（笑）」

瀧「ほんとそういう感じだもん。4時ぐらいとか、『はい、食事の配給で〜す』って感じ（笑）。おにぎりをみんなにひとつずつ」

卓球「寿司握るとかやりゃいいじゃん、1個ずつふるまうの」

●はははは! でも最後はそういう1対1のサービスがないと収まりつかないよね。やるほうもそういうテンションになってるかもよ。「ありがとう!」っていう（笑）。

卓球「泣いたりとかしてほしいもん」

一同「（笑）」

瀧「泣きかねないわ、でも最後（笑）」

卓球「どっかマラソンしてるの撮っておいて、瀧の様子を追ってけばいいじゃん（笑）。ロケ

アーを控えて98年に急逝した後、彼のバンドSPREAD BEAVERのメンバーがツアーを回った。演奏はステージ上に映し出されたhideの映像に合わせて行われた。

1 銀河鉄道999：宮沢賢治の『銀河鉄道の夜』を元ネタにした松本零士のマンガで、70年代末期〜80年代初頭にアニメと映画になって大ヒットした。鉄郎少年が謎の美女メーテルと、機械の体を手に入れるために銀河鉄道999に乗って宇宙を旅する話。

行ってくりゃいいじゃん、釜山とか」

●それを7時間ってこと？（笑）。

卓球「『じゃあちょっと観てみましょう。釜山の瀧さ〜ん！』、釜山をほんとに走ってるとこかさ。撮ったんだ!?っていうさ（笑）」

瀧「そうだね。『リオ・デ・ジャネイロの瀧さ〜ん！』。なに行ってんだよっていう（笑）。そういうのやりたいね、でも」

卓球「通しでなにか、裏で別で動いてるっていうのやってさ」

瀧「それもいいね」

卓球「俺、舞監（舞台監督）やってやろうか、じゃあ」

瀧「天久と言ってたのが、募金は絶対すべきじゃないかって（笑）」

卓球「ああ、募金は絶対にやったほうがいいよ」

瀧「募金持ってきてな、コーラのビンに入れたやつとか（笑）」

●あと7時間ってさ、リキッド食い物あるっけ？

道下「食い物あります」

卓球「たこ焼きとかあるんだよ」

道下「でもなんか用意したほうがいいですよね、食べ物」

●食い物をなんか組み込んだほうがいいかも。ほんとに焼きそば焼いたり。

瀧「屋台の時間もあるんだ」

卓球「瀧の炊き出し？　あはははは！」

●いいかもしんない（笑）。

瀧「『フルチン寿司職人〜！』（笑）。寿司握っ

2 コマネチ：ビートたけしの代表的ネタ。レオタードの股間のVラインを両手で表現し、「コマネチ！」と叫ぶ。コマネチとはルーマニアの美少女体操選手の名前。

3 ダンカン：たけし軍団の最古参のひとり。お笑い芸人だけでなく、放送作家、映画監督など、幅広く活躍している。元々は立川談志の弟子で立川談かんという噺家だったが、たけしに預けられ、そのまま現在に至る。

4 サンペ〜です！：02年頃に瞬間風速的に人気となったお笑い芸人、三瓶の一発

て声かけんの。『ハイ！　ハイ！』」
道下「『ハイ！』じゃないっつーの（笑）」
卓球「なにが『ハイ！』だっつーの（笑）。落語の題目とかやればいいじゃん。[2]コマネチとかもやるだろ？　『じゃあ次は、コマネチで。……コマネチッ！』（笑）」
瀧「『[3]ダンカン、この野郎！』（笑）」
卓球「『[4]サンペ～です！』（笑）」
瀧「[5]小林繁、[6]大平総理」
卓球「全部やってやれよ。『まあこの～』（笑）」
瀧「それ[7]角栄じゃん（笑）」
卓球「『こんばんわぁ、[8]森、進一です。続いて、[9]アントニオ猪木！』（笑）」
瀧「『なんだこの野郎！』」
卓球「ペラッだって、西井が（演目書いた紙）めくっちゃって（笑）」
道下「早くめくっちゃったりしてね」
瀧「怒られちゃってね」
●ああ、全部やるっていうのいいかもね。
瀧「全部やる。全部やらないともたないもん、だって」
卓球「『えっ、コマネチとか猪木まであり!?』っていうさ（笑）」
瀧「まあな。客が『今のこの時間はなんなんだ？』っていうな（笑）」
卓球「夜中にな」
瀧「『あたし、なに？』っていう（笑）」

ギャグ。来日したブリトニー・スピアーズが『ブリちゃんです～！』と無理やり真似をさせられていた。

5 小林繁：元阪神タイガースの投手。元々はジャイアンツの選手だったが、ドラフト会議で江川の交渉権を引き当てた阪神にトレードされてしまい、世間から大いに同情された。この因縁のふたりは07年に日本酒のCMで共演。

6 大平総理：70年代末に内閣総理大臣だった大平正芳。しゃべる前によく「あー」とか「うー」とか言っていたの

11月号

●（笑）。そういえばどうすか、瀧さんのライヴ。

瀧「ライヴは今リハやってて。昨日こいつ見にきたよ、リハ」

●基本的にもうプログラムは決まったんだ？

瀧「ああ、やる曲目？」

●曲目？　ライヴなんだ？

瀧「ライヴ・コーナーもある」

卓球「一応そこがメインだろ？」

瀧「そうだね」

●それはバンドなの？

瀧「バンド。ピエール瀧とベートーベン[1]っていう（笑）。メンバーが、えーっと、ギターがブラボー小松、ベースがジニームラサキっていう、東京ロッカーズ[2]の頃からやってる、52ぐらいの女装のベーシスト。で、キーボードがまりん。ドラマーがDMBQ[3]のよっちゃんっていう女の子。で、ヴォーカルが俺で」

●なにをやるの？

瀧「俺が歌うような曲、電気の（笑）」

●あ、電気なんだ？

瀧「電気のバンド・アレンジと、あと人生の曲（笑）」

●じゃあ全部バンド・アレンジなんだ？

瀧「バンド・アレンジ。まりんがリハで〝俺が畳だ！　殿様だ！〟[4]とかやりながら、『うわー、ここまで遡ると思わなかったわ』って（笑）。まさかステージであいつが人生の曲を——まあ電気の〝ちょうちょ〟[5]とかもそうなんだけど

で、そこを集中的にものまねされることが多かった。在任中の80年6月、心筋梗塞のため死去。

7　角栄：元首相の田中角栄。マリリン・マンソンに似ていることで知られる田中真紀子の父。苦虫を噛み潰したような表情で「まあこの〜」といった調子で喋る。かつてはものまねの定番だった。

8　森進一：66年にデビューして以来、演歌界のトップを走り続けてきた歌手。ハスキーで、常にどことなく悲壮感が漂う歌声は、ものまねの恰好のターゲットとなった。

さ、『まさか〝ちょうちょ〟をもう1回やるとは……いやいや、待って、人生の曲とかやるとは思わなかったなあ。だって僕関係ないもん』（笑）」

一同「（笑）」

瀧「アレンジとか考えちゃって、一生懸命」

卓球「小山田[6]、ゲスト来ないの？」

瀧「小山田その日からロンドン行くからダメだった」

卓球「そうなんだ。小山田ゲスト来たらなあ、値段が上がったのに（笑）」

瀧「〝力医師[7]〟の間奏でテルミン[8]をやらそうと思ってたんだけど（笑）」

卓球「もうすぐじゃん。あとなにやんの？　準備」

瀧「イボピアスで始まり」

道下「あと芸人2組ゲストで呼んでるんですよ。それから、三者トークですよね」

●なに、三者トークって？

道下「これは瀧さんとリリー・フランキーさんと大槻ケンヂさんで」

瀧「なんかやるっていう（笑）」

道下「だから音ものと音ものじゃないのが交互にある感じですかね」

●ふーん。これでこんな時間いけるんだ……。

瀧「いけるいける」

卓球「しゃべりとかで延ばしたり縮めたりできるもんな」

道下「三者対談は1時間ぐらいいくと思うんで」

9 アントニオ猪木：60年代から活躍、98年に現役を引退した後も、なんやかんやとプロレス界・格闘界をにぎわせ続けているプロレス界の重鎮。

1 ピエール瀧とベートーベン：この年の10月10日に行われた『ピエール瀧7HOURS』のために結成された特別ユニット。詳細は本編03年12月号の回へどうぞ。

2 東京ロッカーズ：70年代末に東京のライヴハウス・シーンで起こったパンク・ムーヴメント。

●（タイムテーブルを見ている）……「餅投げ」って、なに？
瀧「餅をまいて最後終わろうっていう。餅まきゃ終わるんだろっつって（笑）。めでたい感じがするじゃん」
道下「強引に終わるって感じで（笑）」
瀧「そうそう」
●狂人ドラム、そんな長くないね。
瀧「狂人ドラムそんなできないもん！（笑）。やれないって」
道下「マックス10分ですよ。これ何分になってます？ 10分か」
卓球「10分もつかね？」
瀧「10分もたないよ」
卓球「頭から血とかかぶりゃいいのに。『ギャーッ!!!』って（笑）」
●狂人ドラムって、続ければ続けるほどまた別の、なんか異様なグルーヴが出るでしょうね。
卓球「あとはでも、明らかにお前が考えながらやってるわけじゃん、様子を見ながら。それもまた今となってはおもしろいよな（笑）」
瀧「そうだね」
卓球「即興だもんな」
瀧「どうしようかなあ……」
卓球「どうしようかなと思ってんだけど、どうしようかなって態度見せちゃいけないもんな」
瀧「どうしようかな……いいや、寝とこう！って感じ。寝ながら考えて、どうしよう……って（笑）」
一同「（笑）」

3 DMBQのよっちゃん：吉村由加。04年にDMBQ脱退。現在は多くのバンドやセッションで活躍中。

4 俺が畳だ！ 殿様だ！：瀧の人生時代のソロ・ナンバー。

5 ちょうちょ：電気の『UFO』収録曲。瀧が作詞作曲をしている。

6 小山田：言わずと知れたコーネリアスこと小山田圭吾。

7 力医師：94年にリリースされた企画ものアルバム『ドリルキングアンソロジー』に収録されている瀧の曲。

●チケットはどうですか？

道下「即完です」

瀧「即完なんだって。30分即完なんだって（笑）」

●なにを期待してるんだ!?（笑）。

瀧「知らないよ俺も。こっちが聞きたいよ（笑）」

道下「中身なにも言ってないのに（笑）」

瀧「客層が全然見えないんだよね。どんな人が来るのか」

卓球「まあ、熱心な音楽マニアでないことは確かだよな」

瀧「あと年齢層が高いことも確か」

●意外とアッパーな奴、少なそうだね。

瀧「うん、そうかもね」

●お題拝借方式なんだ、三者トーク。

瀧「まあ一応お題用意しとくけど、そのへんは流れ見てって感じ」

●まあでもいけそうかもな。金曜日だ。

瀧「金曜日だね。このいい時間にね（笑）」

道下「ジェフ・ミルズとかぶってるんですよ」

一同「（爆笑）」

瀧「へへへへへ。そうだよね、ジェフ・ミルズとこれがあって、『うーん、瀧かな』っていう連中だもんね、来んの」

12月号

●『7HOUURS』、当日楽屋はどんな感じだったの？

卓球「楽屋にいないだろ、お前」

瀧「うん、ほとんどいなかったからね。途中で

8 テルミン：アンテナに手をかざして音程や音量をコントロールする電子楽器。

10分15分ぐらい間があって楽屋に入ったら、知り合いのオカマがいるんだけど、そいつがずっとおぎやはぎに説教しててさあ。『あんたたちおもしろくないのよ！』『はあ、そうですか』って（笑）。あとなんかあったかなあ？　いろいろあって、わけわかんなくて、ひとつひとつ覚えてないんだよ。大槻も〝踊るダメ人間〟[1]とかね。俺全然知らなくてさ。トーク終わって、『じゃあせっかく来たんで、ワンフレーズだけ』って大槻が言って、え、なに？と思ったら、いきなり〝～ダメ人間〟のカラオケがジャーンッてかかって、ひとりでステージで〝踊るダメ人間〟やって、最後ステージから、『ダメ人間とはお前らのことだ！』って客を指差して帰ってった（笑）。おもしろかったよ。『ダメ人間っていう単語を考えたのは僕なんです』って」

卓球「どんな客層だったの？」

瀧「客層は……」

●20代中盤ぐらい。

瀧「もうちょっといってるんじゃん？　中盤から30代前半ぐらいのところだよね」

●女の子が多かった。いい客層だった、マジで。

瀧「（笑）」

●だから、電気グルーヴのファンでもいるじゃん、わりとバラエティ方向に来たがるのが。そういうのと違ったね。良質な部分が集結してた。

瀧「そうなんだ？　全然わかんなかった」

●ミーハーっぽい感じじゃなくて、サブカルっぽい感じ。

1　踊るダメ人間〟：91年にリリースされた筋肉少女帯のシングル曲。

卓球「電気グルーヴのミーハーな客なんているかって感じだよ（笑）」

瀧「確かにね。どこに対してって感じだもんな」

卓球「ミーハーになりようがないもん、だって。『キャー！　ステキ！』なんてあり得ねえし」

瀧「『メロン牧場』がキャー！　ステキ！だもんね（笑）」

卓球「どうやったらミーハーになれるか聞きてえぐらいだよな（笑）」

瀧「ほんとに。〝オールナイトロング〟[2]もそうだし、〝俺が畳だ！　殿様だ！〟も普通に知ってて（笑）。よく知ってんなあ」

卓球「しかし、10代の時の持ち歌があるっていうのもすごい話だよなあ（笑）」

●10代ん時なんだ？

卓球「高校生ん時だもん」

瀧「18歳ん時だよな、あれ作ったの」

卓球「夏休み、勉強部屋でレコーディングだもん（笑）」

●それすごいね、今でも普通に歌えるもんね、キャラ変えずに。

卓球「あれ、未だに著作権登録がなされてないよね。ってあれ、♪ぱっきゃまらどぱっきゃまらどって[3]、他人の曲だっつうのなあ。著作権登録されてねえとか言って（笑）。で、今回のがDVDとかになって初めて登録されるんだもん」

●DVD？

瀧「一応撮ってあるからさ」

卓球「5・1[4]で（笑）」

2 オールナイトロング：人生の代表曲。キンタマが右に寄っちゃったことについて歌われている。

3 ぱっきゃまらど：ぱっきゃまらど：〝オールナイトロング〟のサビのメロディと歌詞は、〝クラリネットをこわしちゃった〟。原曲はフランス民謡。

4 5.1：正式には5.1ch。臨場感溢れる音声を実現するサラウンド・システムに対応しているAVソフトのこと。

一同「(笑)」
瀧「[5]〝さびしがりやの瀧〟とかな」
卓球「[6]〝バカ正則〟とか。自分のことばっか歌っちゃって(笑)。『俺が畳だ！　殿様だ！』[7]『俺ガリガリ君』(笑)」
瀧「全部自分のことだよ」
●そうだね、そういや(笑)。
卓球「全部自分だもん(笑)」
瀧「間奏にセリフ言ったりとかさ」
卓球「自分のことしか歌ってないもんな(笑)。『伊代はまだ、16だから』とか、そんなレベルじゃねえよな」
瀧「♪さみしがりやの」
卓球・瀧「♪瀧〜(笑)」
卓球「あと、♪バカ正則〜。自分で言ってんの。しかもバカのところ、他の人のコーラスも入るからな。より強調しちゃって(笑)。♪バカ！正則〜」
瀧「前の曲が〝さみしがりやの瀧〟で、その次が〝バカ正則〟じゃん。ピエールはどこいったんだよって感じ。ンフフフフ」

5 さびしがりやの瀧：瀧の人生時代のソロ・ナンバー。

6 バカ正則：これも人生時代の瀧のソロ・ナンバー。この辺りの曲は超マニアックなので、DVDで手に入りやすくなったことは、マニアにとって非常に意義深い。

7 俺ガリガリ君：電気のアルバム『A』に収録されている〝ガリガリ君〟の一節。

2004年

DENKI GROOVE no
MELON BOKUJO－HANAYOM INIGAM
2004

1月号

卓球「こないだ、キューンで打ち合わせがあって、その後韓国料理屋に瀧と西井と3人で行ったんだよ。で、結局7時から12時までいたんだよ、あの店に」

瀧「そんないたっけ？」

卓球「そうだよ。だって7時に打ち合わせ終わって店出たの12時半だもん。その時点でお前すごい酔っ払っててすごいハイテンションでさあ。で、アゲハ[1]行って、そこでまた飲んだんだよ。お前どっかからボトル持ってきたじゃん。どうしたの、あれ？」

瀧「置いてあった」

卓球「はははは！」

道下「それ置いてあったんじゃないですよ！」

卓球「さすがに俺ももう飲めなくてさ。でもお前、結構飲んでたよな」

瀧「飲んでた」

卓球「帰りの車もお前、後ろからハンドルとったりクラクションをリズムにのせて鳴らしたりとか、大はしゃぎしてな。で、俺、家まで送ってもらって帰ったら、俺の袋の中にこいつの車に積んであったCDが間違って入っちゃってたから携帯に電話したら、まだすっごいガンガン車ん中で音鳴ってて。『はい！　もしもし！』『お前のCDちょっと持ってきちゃったわ』『ああ、じゃあ今度持ってきて！　今ちょっとほぶらきん[2]を聴いて盛り上がってて、それどころじゃねえから！　じゃあ！』って」

1 アゲハ：新木場にある、日本最大級規模のクラブ。卓球も何度もプレイしている。

2 ほぶらきん：70年代末期〜80年代初期に関西で活動していたカルト・バンド。

●ほぶらきんで盛り上がってるって（笑）。

瀧「そんなこと言ってた？　マジで？　全然憶えてない、その会話（笑）」

●なんでそんなテンションだったの？

瀧「わかんない。多分拾ってきた、っていうか、あったボトルが、ウォッカかなんかだったんだよ」

卓球「うん。アブソリュート[3]」

瀧「気づいたらボトル空でさ」

卓球「すっごい飲んでたもん。そういえば、裸で家の外に出たとかいうのはなんなの？」

瀧「ああ！」

卓球「俺、人づてに聞いたんだけど」

瀧「それから家に帰って、まだもんのすごい酔っ払ってて、家でべろんべろんになって、玄関で寝たりとかしてて。かみさんに起こされて、服脱がされて、パンツ一丁になった瞬間に、『うひゃ～～～～！』って玄関から出てってた（笑）」

一同「（爆笑）」

瀧「マンションの廊下のところから外に向かって、『お～～～い!!』って（笑）。後ろから手引かれて家に戻ったよ。なんか楽しくなっちゃって。その後もそのままキッチンで寝たりとか（笑）」

卓球「で、次の日俺リキッドでＤＪだったのね。こいつ、『明日行くわ！』って言ってて。でも次の日俺すっごい二日酔いで、３時からとかだったのに、まだ全然酒残ってる感じでさ。で、自分の出番の30分前ぐらいにリキッドに行った

3 アブソリュート：ウォッカの商品名。アルコール度数は50度くらいある。

ら、もうこいついてさ」

一同「（爆笑）」

卓球「『うわっ、お前よくきたなあ!?』って」

瀧「『頭痛ぇんだよ』って言いながら。頭痛ぇから飲んじゃえって感じで。普通にキャッキャ踊ってた」

道下「朝方、上着を着たり脱いだりしてましたよ」

瀧「そうだっけ？」

道下「『帰るんですか？』って言ったら、『まだ帰んない』って。『上着なんで着てんですか？』って言ったら、『わかんねえ！』って（笑）」

瀧「西井が『昨日瀧さんすごかったですよ』『どうすごかったの？』『はしゃぎっぱなしだし、後ろからハンドルはとるし。でも何かリアクションしたら負けると思って、ずっと無視してました』って（笑）」

卓球「しかしお前のその日の行動って（笑）。打ち合わせ↓韓国料理屋↓アゲハで泥酔↓車で大騒ぎ↓ほぶらきん↓自宅に帰って裸↓外に飛び出る↓寝て起きて↓リキッドルームに遊びに行く。……週末満喫してるよなあ（笑）」

瀧「楽しいね～。頭ズキズキしながらリキッドまで歩いてっちゃった。行きてえのか、行きたくねえのかどっちなのか？って思いながら」

卓球「あ、そういえば話変わるけど、昨日夜NHK観た？」

瀧「深夜なんかやってたね」

卓球「新人演芸大賞」

●観てるねえ（笑）。

4 飛石連休：身長差が著しく激しい漫才コンビ。「隕石顔」と表されるボケ・岩見の顔面が強烈。

5 山藤章二：風刺画を得意とするイラストレーター。お笑い好きとしても有名。阪神ファンとしても有名。

6 浜村淳：独特の語り口で、場の空気を一気に演歌くさくしてしまう司会者。

瀧「[4]飛石連休をちらっと観て、その後に落語が始まって、普通に落語まで観ちゃったよ」
瀧「飛石連休のネタの後に審査員の人の第一声が『名前がいい！』ってさ（笑）。[5]山藤章二が」
卓球「だって審査員が、山藤と[6]浜村淳と[7]山本晋也だぜ？　なんだよそれ？　そんで浜村淳がさ、『やっぱりね、お笑いっていうのはマジメにやらんといかんのですよ。例えばね、過去のをあげたら、チャップリンなんかも』って」
●はははははは！
卓球「21世紀のお笑いの審査でチャップリンって言われても！っていう、みんな苦笑って感じでさ（笑）」
瀧「トーキーの時代かよ（笑）」
卓球「一番ダメじゃん、そういうのって。バンドのコンテストとかで、『やっぱりビートルズは……』とか言っちゃって逆になめられる審査員って感じでさあ。昔ウチらもあったけど、最初のディレクターがデビューぐらいの時に、『お前らもうちょっと積極的にアピールしてこないとダメだよ！　俺が昔エコーズのディレクターをやってた時は、夜中の何時だろうと[8]あいつは〝詞ができた〟っつって、それを電話で聴かせたりしたんだ！』って。『ヤバ！』て感じでさ（笑）」
一同「（爆笑）」
卓球「それやれってこと!?っていうさ。夜中の3時に起こして、『詞ができました、〝富士山〟』（笑）」
瀧「『高いぞ高いぞ、富士山。どうすか？』」

7 山本晋也：映画監督ではあるが、タレントとしてのほうがおなじみ。監督作品はポルノが大半だが、欽ちゃんの映画など、それ以外のジャンルも少し撮っている。意外なことに、元々はドキュメンタリーや教育的内容の映画で有名な羽仁進の映画で助監督を務めていた。

8 あいつ：エコーズのヴォーカリストであり、後に小説家となった辻仁成。中山美穂の夫としても有名だが、そのことに『はなまるマーケット』出演中に触れられて不機嫌となり、生放送中のスタジオを凍らせた。

卓球『『明日にして！』。ガチャンッ（笑）。『だって言ったじゃ～ん』』

瀧「ンフフフフフ」

卓球「しかも辻仁成だしな。そういうのあるよな、説教して上からもの言って逆になめられちゃうっていうパターン」

瀧「『こいつ違うな』（笑）」

●ははははは。

瀧「そういうのに呼ばれることないの？　コンテストみたいなのとかさ、審査員として」

●あ、あるよ。そういう時はもう当り障りのないこと言って。

卓球「まだでも現場感あるでしょ。一応昔も知ってりゃ今も知ってるってとこあるじゃん。でも昔で止まってる人とかいるじゃん。山城新伍[9]が未だに昔の東映の話をするようなさ（笑）。知らないっつーの。世間はタランティーノ[10]とか言ってんのに」

瀧「ふふふふふふ」

卓球「ロボコン[11]って知ってる？」

瀧「知ってる」

卓球「ロボット戦わせるやつ。あれもおもしろいよなあ。あの寒々しい感じ。応援団とかきちゃってさ。今時マンガの応援団って感じで、袴に下駄みたいなので、フレェ～！　フレェ～！とかやってんだけどさ、もうなんの盛り上がりもないじゃん、あれ。その声だけ響いちゃって、体育館の中に。で、やってんのはロボット戦わせてるだけじゃん」

瀧「高専の奴らが唯一注目される場だよな。そ

9 山城新伍：テレビドラマ『白馬童子』の主役として子供たちのヒーローとなったが、後にヤクザ映画に多数出演。スケベトークも得意とし、ダーティ路線を着実に歩んで行った。女性関係のスキャンダルの達人としても知られる。

10 タランティーノ：クエンティン・タランティーノ。『レザボアドッグス』や『パルプ・フィクション』などで有名な映画監督、俳優、脚本家。梶芽衣子の大ファン。念願の対面を果たした時は手を握ったまま離さず、梶芽衣子を困惑させた。

んなの観てんだ？　それがおもしろいんだ？（笑）」
卓球「決勝戦とかまでいっちゃうと普通に盛り上がっちゃうじゃん。予選がやっぱおもしろい。1回たまたまつけたら、結構とりこになっちゃって。その応援団がエールの交換とかまでやってるしさ。フレェェ～！とかやってて、相手のチームはチアリーダーみたいなのがいるしさ（笑）。その対比もおもしろいなと思って。あと、ロボットがやってる間も、ドンッドンッドンッドンッて、寒々しいんだよ、すごい」
瀧「ロボットを応援してる感じな（笑）」
●はははははは！
卓球「あとメガネ率すごい高いし。あ、そういやお前、ミスコンの審査員やったんだろ？」
瀧「あ、やったやった。遊びで」
卓球「遊びでって、当たり前だろ。本気でやってどうすんだよ。品定めしちゃって（笑）。でも出てる女の子も、なんでこんなC級タレントに審査されなきゃいけないの？って感じだろうな（笑）」
瀧「なんか水着で俺とリリー（・フランキー）さんの間にキャバクラみたいに座ってさ。寒ぅって感じで。でもリリーさん、プシュッて缶ビール開けてさ、べろんべろんに酔っ払いながらやってた（笑）。だったら俺も『指名する順に』（笑）」
卓球「将来性とかどうでもいいもんな」
瀧「どうでもいい。イス取りゲームとかして。『じゃありリーさんと瀧さんも』って言われて」

11 ロボコン：ロボット・コンテスト。日本では高専同士の大会が有名。映画『ロボコン』には長澤まさみや小栗旬が出演。しかし、実際にあんな美男美女がロボコンに出場することは極めて稀。

卓球「小躍り？（笑）」
瀧「もうさっさとやめようって思ってたら、1回目でうっかり座っちゃってさ（笑）」

2月号

卓球「お前この前デジスタ[1]出てただろ」
瀧「出てた」
卓球「あれ、たまたま観てさ、ツッコミどころ満載だったお前（笑）」
瀧「マジで？」
卓球「田中さん[2]と。あの人とふたりで、若いクリエイターの評価してんだよ。で、まずなんでこいつが評価してるんだ？っていう、そこがツッコミ入るじゃん。で、『じゃあすいません、最後に総評を』とか言って、瀧が『いや、やっぱね、自分をカテゴライズしないことだと思うんですよね』って（笑）」
●ははははは。
卓球「『自分はミュージシャンだとか、映像作家だとか、そういうのはカテゴライズしないほうがいいと思いますよ』って、それおめえのことじゃねえかっていう。『それでね、表現していくのが一番いいと思います。なるべく下品に』（笑）」
●自分を一生懸命正当化しようとしてる（笑）。
卓球「総評を聞かれてんのに、なにおめえ人生論語ってんだっていう。しかもみんな下品になる必要ないのに。で、おもしろいのが、『下品に』って言ったときに、パッて客席のヌキの

1 デジスタ：NHK-BSの番組『デジタル・スタジアム』のこと。視聴者から寄せられた動画作品を審査する。
2 田中さん：アート・ディレクターの田中秀幸。瀧とプリンストンガというVJユニットをやっている。

シーンがあって、みんなキョトーンとしててさ（笑）。腹かかえて笑ったわ、あれ」

瀧「きついんだって、言うほうも。なんで俺、ここに座ってんのかな?っていうのもあるし（笑）」

卓球「で、どう考えたって選ばれてる奴はさ、おめえに言われたくねえよって感じなんだよ（笑）」

瀧「俺に用ねえんだもん、だって、基本的には（笑）。『なんか言ってください』『はい』って」

卓球「よっぽどまだミスコンの審査員のほうが据わりがいいよな（笑）」

●でも、見てる分にはツッコミたくなるけど、いざその場に立つとどうしてもああなっちゃうよね。

卓球「審査員とかやるんだ? バンドの?」

●うん。

瀧「なんで俺はここに座ってんだろう?っていうのと、あと空気に飲まれてくよね（笑）。なんか言ってふざけるのも可能だけど、でもものすごい浮くしなあっていう恐怖感と」

●で、出てる奴がほんと真剣だったりするからさ、傷つくこと言っちゃいけないって思っちゃうんだよね。俺、[3]『イカ天』の審査員だったもん。

卓球「やってたっけ?」

●やってた、たまにね。あと自宅審査員っていうのがあって。

卓球「ああ、FAX送ってくるやつでしょ」

●審査の現場って、妙にさ、必要以上にマジメだったりするよね。

3 イカ天:89～90年にかけて放送されていたTV番組『三宅裕司のいかすバンド天国』。アマチュア・バンドが毎週出場し、勝ち抜き合戦を繰り広げる。たま、FLYING KIDS、BEGINらを輩出。アシスタントだった相原勇の〝次はこのバンドだいっ!〟という定番フレーズはちょっと流行った。

瀧「するね。前に審査員やってくれって言われて行ってさ。ヤじゃん、上下決めるのって。だから全部7点って書いてはいって渡して、これで俺の役目はもうすんだなと思ってタバコ吸いに行って、カップラーメン買ってズズーッとかやってたら、スタッフが血相変えて来てさ、『ああ、よかった～。今別室で審査した結果、ふたつのバンドがちょうど同票になってしまいまして、残りは瀧さんで決まるんですよ！』って言われて、『えぇーっ!?』って感じでさ（笑）」

一同「（笑）」

瀧「『マジですかあ!?』『早く早く！』って言われて、もうカップラーメン置いてさ（笑）。『えーっとですねえ……』ってふたつバーッと見て、どっちでもいいんだけどなあってのがあったよね、1回。それヤだよね、自分のせいにされちゃうの。じゃあ俺じゃん！　俺ひとりでいいんじゃん！っていうさ（笑）」

道下「『ゑびす温泉』[4]でしたっけ？」

瀧「『ゑびす温泉』か、その前の」

卓球「『ゑびす温泉』やってたな」

瀧「『ゑびす温泉』は審査員じゃないよ、茶々入れる役」

道下「でも石野さんも1回ありますよね、ポーランドで」

卓球「ああ！　ポーランドのDJ審査員ってやつ。あったあった！」

●なに？　審査するの？

卓球「なんかストリート・パレードでやぐらが組んであって、DJが10人ぐらいいて、それを

4 ゑびす温泉：イカ天終了後、94～95年にかけて放送されていたバンド勝ち抜き合戦番組。イカ天と似たような感じだったが、あんまりパッとしなかった。

聴いて点数をつけてくれとかってさ。そんなの聴いてらんないじゃん、10人も」
道下「ブーブー文句言いながらやってた（笑）」
卓球「ジャンケンで決めろよって感じだよなあ。それかみんな優勝で」
瀧「観るのはおもしろいんだけどね。異常なテンションで出てくるじゃん。ここ一番！って感じの、甲子園感覚で」
卓球「自分の中では伝説の1ページなんだよ。出る奴も出る奴だけどな。審査される側に出るってとこがもうわかんないよね」
●でもああいうのに呼ばれるメンツっていうのも、なんか同じ匂いがあるよね。だから嫌なんだよね。
卓球「あと、お前（瀧）が呼ばれるのはカドが立たねえからだろうな。やっぱなんかの専門家とかだと、結構あるじゃん。でもきついこと言ってもカド立たねえしさ、言われたほうもダメージ受けないっていう」
瀧「貴乃花[5]とかそういう感じの（笑）」
卓球「あと紅白歌合戦の高橋尚子[6]とか（笑）。そういえば、前スタジオに西井が来たんだよ。で、『最近瀧なにやってんの？』『いや、今日はゴルフで』って言ってたら携帯が鳴ってさ、『あ、ちょっとすいません……はい、はい、あそうですか？ カウボーイハット？ ない？ じゃあお伝えしてあった、あのロシアの帽子かシルクハットの方向で。はい、じゃあお世話になります』。なんだそりゃ!?っていう（笑）。『なにそれ？』『いや、瀧さんがテレビに出るんで、

5 貴乃花：65代横綱。現在は貴乃花部屋の親方。現役時代のインタヴューでの口癖は〝がんばるだけです〟。そのあまりにものボキャブラリーの貧しさは、モノマネの恰好の餌食となった。

6 高橋尚子：00年のシドニー・オリンピックで金メダルを獲ったマラソン選手。愛称はQちゃん。その笑顔は〝Qちゃんスマイル〟ともてはやされたが、実はそんなに可愛くないことにみんなが少しずつ気がつき始め、今日に至る。

帽子を用意してくれって言われてて』って、しばらくしたら、西井がロビーで電話かけてて。『あ、もしもし、ピエール瀧マネージャーの西井です。あの、明日ピエール学園の試合があるんですけども、出欠をとってるんですけども』って。その仕事（笑）」

一同「（笑）」

瀧「ゴルフ、仕事、野球（笑）」

卓球「『忙しい』だって（笑）」

●ははははは。

卓球「シルクハット被ってゴルフボールで野球やりゃいいんだよ。で、その日が、そこのスタジオ最終日だったんだよ。機材を全部運ばなきゃいけなくて、朝6時ぐらいに終わったのね。それで、『今日仕事なんなの？』『今日9時に集合して、瀧さんと湯河原にロケで』『へえ、なにやんの？』『クイズです』（笑）。

瀧「『パフィーの番組のクイズの回しです』（笑）」

卓球「ゴルフ、シルクハット、クイズ、野球。お楽しみ会って言ったほうが正しいよな」

一同「（笑）」

卓球「誰が出んの？って言ったら、パフィーと、ロバートっているじゃん、お笑いの。それと瀧っていうから、俺てっきり瀧も答える側だと思ったら、そのお笑い芸人を回す役目だった（笑）」

瀧「あと山田花子とドランクドラゴン」

卓球「お笑い芸人がミュージシャンを回すならわかるけどさ、ミュージシャンがお笑い芸人を回してるんだよ（笑）」

7 ローリー、大槻、デーモン：ROLLY、大槻ケンヂ、デーモン小暮。タレントとしてもお茶の間に浸透しているミュージシャンの代表格。3人とも同年代…と言いたいところだが、デーモン小暮だけは悪魔なので10万歳ちょっと他のふたりより年上。

8 クワマン：ラッツ&スターのメンバー桑野信義。『志村けんのバカ殿様』などでおなじみだが、本職はミュージシャン。トランペットはもちろん、歌もかなり上手い。

卓球「ローリー[7]、大槻、デーモンとかは回しはできなかったじゃん、いじられるほうで。クワマン[8]とかも回さないじゃん」
●確かに（笑）。
卓球「新しい」
瀧「仕切りまくっちゃってね。んふふふふふ」
●でも考えたらすごいね（笑）。
道下「いつの間にか身についちゃって（笑）」
卓球「ここ数年のレコーディング・スタジオからの遠ざかりぶり（笑）。その一連の並びはほんとすごい、ゴルフから野球までの。クイズだもん。仕事でクイズはないぜ」
瀧「ははははは」
道下「今日もａｎａｎの取材でしたよ」
卓球「なに？」
瀧「ベッキー[9]とモデルのコと話をするの」
卓球「クール・トランス[10]の対談ってまだやってんの？」
瀧「やってる」
道下「ＹＯＵさんと一緒に対談してます」
卓球「ＹＯＵはよく一緒にセットになってる感じするよな（笑）。使いやすいんだろうな、それは。押さえやすくて使いやすいっていう」
瀧「特集が終わった最後の２ページにある感じ」
卓球「ははははは」
道下「視点を変えて見るって言う」
卓球「確実に場所作ってるな、お前」
道下「最近すごいくるんですよ、ａｎａｎの取材依頼が」

9 ベッキー：イギリス人の父と日本人の母を持つ女性タレント。

10 クール・トランス：田舎の中高生が背伸びをするために読むファッション誌。買ったこともないブランドの名前を、これを読みながら必死で覚える様は涙ぐましい。

瀧「ananおもしろいから全部受けてるんだよね。来年こそは……」
卓球「抱かれたい男に（笑）」
瀧「抱かれたい男に。28位とかで」
卓球「28位って中途半端な！……って言おうとしたけど、それに入ろうとしてることが図々しい！　28位だって！　図々しいにもほどがあるよ！（笑）」

3月号

●どうでしたか、年末年始は。
卓球「すごかった、年末。ずっとレコーディングやってて——やっと先週終わったんだけどさ。んで、年末のさ、20日にアゲハでＤＪ、で翌日アムステルダム、で日帰りで妹の結婚式っていうさぁ（笑）。んでその2週間後にばあさんの葬式あって。結婚式と葬式が正月はさんで2週間の間にあって。結構ギャップがすごくてさ、その時期。アゲハって結構でかいハコじゃん？　結構華やかじゃん。で、終わって1回家戻ってシャワー浴びてすぐ成田行って、飛行機乗ってアムステルダム着いて——アムステルダムのやつが、アヤックス・スタジアムのすっごいでかいレイヴで。ほんで、朝終わってホテル戻ってまたシャワーだけ浴びて、寝ずに飛行機乗って戻ってきて、で、静岡行って実家行って、うちのばあさんと父親と親戚のおばちゃん——老人3人を新幹線で浜松まで連れてってさあ（笑）。そこのギャップがすごかった」

●その時にはおばあちゃんはまだ元気だったの？

卓球「その時は元気だった。その2週間後ぐらいにばあちゃんが死んで。で、御通夜の日、孫一同でさ――（線香の）火を絶やしちゃいけないからみんなで集まってばあちゃんの生前の思い出とか語って、しんみりした感じになってさ。『まあいいや、飲もうよ。しんみりしすぎてるよ』ってみんなでがんがん飲み始めてさ。そしたら宴会になっちゃって（笑）。俺、夜中に木魚を股間に入れて叩いて歩いたりとかして（笑）」

瀧「ははは！」

卓球「それを親戚のおじさんに見つかって、ものすごい怒られてさ」

瀧「おまえ、まだ親戚の間でそれやってんの!? その歳で!? ははは！」

卓球「♪チーン、ポクポク、チーンとかいって」

瀧「それは……（絶句）」

卓球「親戚の奴に股間に入れた木魚を『ここ叩け』とか言って叩かして、俺は鐘を♪チーンとかやって。あっちではカウベル風に♪チワッチャッチャ、チワッチャッチャとかやっててさ（笑）」

瀧「セッションだ（笑）」

卓球「ばあさんの顔んとこで♪チーンとかやったりさ」

瀧「ははは。お前のその、親戚の中での立場！（笑）。周りの親戚も、『まあフミ[1]くんじゃしょうがない』ってことで見てんだろ？」

1　フミくん：卓球の本名は石野文敏なのでフミくん。

卓球「ほんで途中からさ、ばあさんの息子にあたる――俺のおじさんが来てさ。『じゃあ俺も一緒に飲むわ』って飲んでさ、結構それで盛り上がっちゃってガンガン飲ませてさ、そのおじさん次の日起きれなくて（笑）。葬式行ったらいないんだよ。で、結局、葬式の挨拶も代わりに俺がやってくれってことになって」

瀧「お前が？　ははははは」

卓球「で、その後お寺でみんなで食事して、終わって家に戻ったら――薄暗い離れみたいなところで、おじさんがひとりで寝てんだよね。『おじさん、大丈夫？』『やっちまったなぁ』なんて言って、パッて見たら頭から血ぃ出てて（笑）」

●はははは！

卓球「『この家系……』って感じでさ。で、俺の親父が一応喪主だから家から棺を出す時に、家の前で挨拶するじゃん。で、親父がそういう挨拶全然ダメなんだよ。うちの妹が全部原稿書いて、フリガナもふって渡したんだけど――でも家族みんなヒヤヒヤで。実は妹の結婚式でも結構やらかしててさぁ。部屋に入って新郎新婦の家族で会って、お互いを紹介するじゃん？　で、うちの父親そういうのできないから、妹が旦那さんの方と話して、『自己紹介にしましょう、それなら大丈夫だ』って話になって。ところが向こうのお父さんが、『えー、家内の○○です』って、ちゃんと紹介し始めちゃったんだよ、自己紹介って言ってたのに。その瞬間もう親父が固まるのがわかってさ（笑）。『ヤベエ！』って感じで。向こうがひと通り終わって『じゃあよろしくお願いします』『えー……あのー……えー……』って、ばあさんを指して『俺のおふくろです』」

瀧「ははは！」

卓球「で、隣に父親の妹がいて、『えー……俺の……娘じゃないや、えーと……おふくろの娘です』（笑）。もうしっちゃかめっちゃかになっちゃってさあ。ほんで、もう向こうも笑っていいやら悪いやらって感じでさあ。俺も職業柄、全部終わったとこで『すいません、ポンコツで』とか言って場を和ませてさ（笑）」

瀧「ははは。気ぃ配っちゃって」

卓球「結婚式でそういうことがあったから、それが結構、葬式前日から懸案事項って感じでさ。そうだ、結婚式の前の日も——俺が『親父、スーツ1回着といたほうがいいよ』って言ってんのに『いいよいいよ』なんて前の日まで着なかったんだよ。で、『いいから1回着なよ！』ってみんなに言われてやっと着たらさ、ズボンのチャック閉まんなくてさ（笑）。『いいよ、上着着りゃあわかんねえよ！』なんて言ってさ。でもさすがにそれまずいじゃん（笑）」

瀧「新婦の父親がチャック全開で出席してちゃなあ。ははは」

卓球「で、もう夜だったから急いでいろんなところに電話して、『黒いズボン売ってるとこないか？』って探して、やっと買ってきたりしてさあ。そういう親父だから、葬式の時も俺と妹で両脇を固めて『なんかあったらすぐ助け船だ』って感じでさ。で、挨拶始まって、『……えー……』なんて言ってたとこに、ちょうど『♪た～けや～さお～だけ～』って来てさ（笑）。そこでゴニョゴニョゴニョって言って終わって。たけやさおだけに助けられて（笑）、一同『ホ～ッ』って感じでさ」

●はははは。

卓球「で、葬式終わって家に戻ってきて——親父も落ち込んでたから、親戚のおじさんに『俺まだ片付けあるから、親父の話し相手してやってよ』『ああ、いいよ』ってさ。でもそのおじさんってすっげえ酒乱で有名な人だったんだよ（笑）。で、片付けして戻ってきたらいきなり『あんた俺の言ってることわかってんのかよ！』ってうちの親父に説教してんの。『何、どうしたの？』『いやね、言ってやったんだよ！』『何を？』『う～ん……わかんね！』（笑）」

瀧「『えーっ!?』（笑）」

卓球「『えーっ!?』って感じでさ」

瀧「ははははは。止めようもないって感じ」

卓球「で、そこで俺も入って3人で飲んでてさ。おじさん、もうすんごい酒グセ悪いんだよ」

瀧「家系だなあ」

卓球「家系でさあ、こっちもこっちで酔っぱらってきて、それにまたからんで、からみ酒になってさあ」

瀧「おもしろいからあおったりして」

卓球「あおったりしてたらさ、そのオヤジがものすごい荒れちゃってさあ、もう最後『帰れえ！』とかなって（笑）、葬式の晩にだよ!?『い

お手数ですが
62円切手を
お貼りください

POST CARD

150-8569

東京都渋谷区桜丘町20-1
渋谷インフォスタワー19F
(株)ロッキング・オン
『電気グルーヴの続・メロン牧場——花嫁は死神 上巻』
愛読者カード係行

住所〒

名前　　性別　　年齢　　職業

■本書についてのご意見、ご感想をお聞かせ下さい。

あなたのご意見を小社の出版広告やホームページ等に
☐ 掲載してもよい
☐ 掲載しないで欲しい
☐ 匿名なら掲載してもよい

ご購入ありがとうございます。
今後の出版の参考に致しますので、下記のアンケートへのご協力をお願い致します。
なお、お答えいただいたデータは編集資料以外には使用致しません。

■ 本書購入日（　　年　　月　　日）
■ 本書購入書店名（　　　　　　　　　　　　　　　　　　　　　　）

■ 本書をお求めになった動機は？（複数回答可）
□電気グルーヴのファンだから
□書店で実物を見て
□小社の自社広告を見て：雑誌名（　　　　　　　　　　　　　　）
□小社のホームページを見て
□書評・記事などを見て：媒体名（　　　　　　　　　　　　　　）
□知人の勧めで
□その他（　　　　　　　　　　　　　　　　　　　　　　　　　）

■ 好きなアーティストは？（複数回答可）

■ 小社刊行の書籍・雑誌をご存知ですか？
□知らない
□知っているが、購入したことはない
□購入したことがある：書籍・雑誌名（　　　　　　　　　　　　）
□毎月購入している：雑誌名（　　　　　　　　　　　　　　　　）

■ あなたのよく読む雑誌は何ですか？

■ 今後小社からどのような出版物を希望しますか？

ご協力ありがとうございました。なお、抽選で10名の方に2000円分の図書カードをプレゼントいたします。当選は発送をもってかえさせていただきます。

や、俺は帰らねえ！』『今からタクシー呼ぶから帰れ！』とかなってさ、タクシー呼んで『俺は帰らねえ！』って言うのを羽交い締めにして」
瀧「ははははは！　マジで？」
卓球「で、『はあーっ、帰ったあ』って。……すごかった、葬式は」
瀧「何だよ、お前んち（笑）」
卓球「俺、そのおじさんにエレキギターもらったことあるんだ、中学ぐらいん時。『お前あれだな、音楽やってっけど、俺も音楽やってて……お前、まだまだだな！』とか言ってさ（笑）」
瀧「はははは。『そっすか』って」
卓球「『まだまだだよ、ほんとに。わかってねえ』とか言われてさあ」
瀧「一応知ってんだ？　親戚のおじさんは、文敏は何やってるか」
卓球「知ってるよ。知ってるけど、そんな詳しいわけじゃないじゃん。だからおばさんとかも、『最近あれねえ、一緒にやってる大きい方はよくテレビ出てるけどねえ』（笑）」
瀧「ははは。ピエールとかいう人は」
卓球「『テレビ出てる＝売れてる』じゃん、親戚のおばさんとかは」
瀧「ははははは。『おまえももっとがんばんなきゃ』っていう」
卓球「そう、しかもちょっとこう、腫れ物に触るようにさあ（笑）」
●傷つけないように（笑）。
瀧「はははは。『一緒にやってるほうは売れてきてるけど、文敏は大丈夫かな』っていう」
卓球「本心を言えば『あんた、最近テレビに出てないで、仕事全然ないんでしょ？』っていうさあ（笑）。その気遣いがこっちもヤでさ、でもムキになって説明してもしょうがないじゃん（笑）」
●一方、瀧は親戚内では？
瀧「『ピエールがうちに来るらしい』って、親戚の家行っても普通に携帯3台ぐらいで撮られて（笑）。でも、テレビでふざけてるところがオンエアされたりすると、真面目なおじさんとかは顔を見るなりいきなり『お前、中途半端なことしてたら承知しないぞこの野郎』って（笑）」
卓球「はははは。中途半端なことで食ってんのになあ（笑）。中途半端じゃなくなったらおまんまの食い上げだよなあ？（笑）」
瀧「まあ『がんばってるよお……』って感じで（笑）」

4月号

●（アンケートハガキの結果を見ながら）前回の話題は、いきなりリアクションがボーンと跳ね上がりましたね。やっぱり昔とは読者がかなり入れ替わってるから、ああいうわかりやすいエピソードだとウケるんだよね。以前のようなキンタマの裏みたいな話だと、今いちウケが悪い。
卓球「そうなんだ？　ウチらはもうてっきり常

に人気投票ナンバー1を独走中と思ってたんだけど（笑）」
瀧「そうか、ああいうのだとみんな身に覚えがあるっていうか」
卓球「このおもしろいおじさんは誰？っていう」
瀧「お前ほんとでったらめだよ、改めて活字で読み返したけど（笑）」
卓球「だってあれ、四十九日が終わって東京戻ってきたらジャパンが置いてあって、パッて見て、そのまま捨てたもん（笑）。そんな気分じゃねえっていうかさ」
瀧「はしゃいでる場合かっていう」
卓球「ちょっと反省しちゃった……」
瀧「んふふふふふ」

●今はソロ・アルバム[1]の取材中？
卓球「うん、プロモーション」
●久々でしょ、プロモーション。
卓球「そうそう、まだ始まったばっかりだけどね。あ、で、電気のファンクラブの会員証がシングルCDなのね。で、ある期間で作り替えてて、そろそろまた作ろうっつって。それを一昨日作ったんだよな。ヤマハのポータサウンド[2]のみで（笑）」
瀧「くだらないよー。でもおもしろいよ、すごい（笑）」
卓球「〝電気グルーヴ・インフォメーションの歌〟っていうムード歌謡とゴスペルで。西井がナビゲーションなんだけど。歌詞がよかったね～、久しぶりに。『銭湯帰りに死体を見つ

1ソロ・アルバム：『TITLE#1』『TITLE#2+#3』。約3年ぶりのソロ・アルバムだった。

2ヤマハのポータサウンド：80年代中期～後期に人気があった、ちっちゃいキーボード。リズムマシン付き。

けたの　自転車置き場でこっちを向いてたの』（笑）」
●あはははははは！
卓球「『葬式帰りに人はねる』だって（笑）」
●はははははは！
卓球「全部、負で」
●ああ、電気だねえ。ちょっと戻ってきつつある感じがありますね。
卓球「うん。あとさ、ビデオを作ってんだけど、今度出るシングル集[3]に入る〝Cafe de 鬼〟のビデオを天久と瀧で作ってんだけど、それが最高でさあ！」
瀧「アニメ（笑）」
卓球「一応、『電気グルーヴ』っていう架空の1970年代のアニメのエンディング・テーマになってて、まず次回予告から始まるのね。神谷明[4]さんにナレーションやってもらって」
瀧「予告編がバーッとあって『次週の電気グルーヴもお楽しみにー！』っつった後、曲が始まって、そっからずっと全編アニメなんだけど」
卓球「すっごいくだらない」
●絵は天久くん？
瀧「そう、絵は天久」
卓球「全部パクリだから。で、なにパクるかってとこから始めて（笑）」
道下「すごい会議でしたよね（笑）」
卓球「でったらめだったもん。まあ、結局採用されなかったけど、『なにパクるか？』『あ、〝銀河鉄道999〟でさ、汽車が〝きかんしゃトーマス〟[5]になってて、顔の部分が安部譲二[6]」

3 今度出るシングル集：『SINGLES and STRIKES』。04年3月24日リリース。

4 神谷明：『北斗の拳』のケンシロウ、『キン肉マン』のキン肉スグルなどを演じた声優。二枚目から三枚目までを巧みに演じ分けているのだからすごい。

5 きかんしゃトーマス：イギリスの子供向け絵本、映像作品。機関車のくせに顔があってしゃべる。

6 安部譲二：作家。元ヤクザ。87年、刑務所体験を書いた

一同「（爆笑）」

卓球「『それで999みたいに頭から空に上ってくんじゃなくて、ケツから上ってくの！』だって（笑）。あと『一休さん』[7]のエンディングで、一休さんが夜空にお願いをしてると、お母さんの顔が夜空にぽわ〜って浮かぶじゃん。そういう感じで、一休さん風の俺たちのキャラがお祈りすると、ぽわわ〜んってホルマリン漬けの赤ちゃんが浮かんで」

●ははははははは。

卓球「でさ、その次回予告が、『ついに死刑判決のくだった電気グルーヴ！』」

瀧「『一方、ピーター・フック博士は巨大ロボットを完成させる！　その巨大なロボットは、頭の部分に赤ちゃんを捨てることにより発動するロボットなのだ！』（笑）」

卓球「ピーター・フック博士って、腕じゃなくて頭にフックがついてんの（笑）。ここなんだ⁉っていう」

瀧「ハンガーにこうひっかかってんの（笑）」

卓球「はははは！　あと、ブルセラ番長（笑）。アゴがふたつに割れてて、そこにパンティをはいてんの」

瀧「目にブラジャーをはめてて」

卓球「眼帯風に片っぽはめてんの」

瀧「不知火[8]って感じの（笑）」

卓球「で、アニメのエンディングで、キャラクターが横に歩いてくやつあるじゃん。背景が流れてく感じの。それで途中『絵コンテ』とかっていうクレジットが出たりさ（笑）」

『堺の中の懲りない面々』がベストセラーに。

7 一休さん：とんちが得意な小坊主のアニメ。室町時代に実在した実在した、とても偉いお坊さんがモデル。

8 不知火：『ドカベン』に出てくる白新高校のエース、不知火守。左目が義眼で、帽子のツバで隠し、ツバの破れ目から右目だけが見えていた。

瀧「そうそう。作ってるよ」
卓球「天久も最初はこんな手間がかかると思ってなくて、あいつ全部1枚1枚手描きで描いてんのね」
●すげえかかるじゃん、それ。
卓球「うん。今も描いてんだろ?」
瀧「今も描いてる。昨日行ったら痩せてた」
一同「はははははは!」
瀧「痩せてて、作業机の前に劇団のチラシが貼ってあってさ、見たら麿赤兒[9]が海岸の波止場でポーズとってる写真が貼ってあって、『これなに!?』っつったら、『いや、ちょっとこないだもらってきたんですけど、今の気分にちょうどいいんで貼っておきました』だって(笑)」
●暗黒舞踏(笑)。
瀧「天久は炸裂中、今」
●でもパクっても絵が下手だから絶対訴えられないよね(笑)。
瀧「訴える気にもならないと思うよ。あ、一休さん今日できてたよ」
卓球「え、一休さんできた?」
瀧「うん。お前てるてる坊主になってた。眉毛描いてあって、そこに俺が母親の顔でふわ~って(笑)」
一同「(笑)」
卓球「あとこいつがメーテル[10]になってて、鉄郎[11]の俺が飛んでるやつとかな(笑)」
瀧「天久が描いたコンテ見たんだけど、俺が全部女なんだよ。ワンピースの水着に手にベルトを持って、ふたつに折って重ねてパチーンッパ

9 麿赤兒:舞踏家、俳優、演出家。山崎が彼を指して「暗黒舞踏」と言っているのは、今の「映画やドラマによく出ているコワモテ俳優」としての麿赤兒ではなく、暗黒舞踏を確立した土方巽の弟子としての「舞踏家・麿赤兒」を指してのことだと思われる。息子は俳優の大森南朋。

10 メーテル:『銀河鉄道999』で主人公の少年と旅をする謎の美女。

11 鉄郎:『銀河鉄道999』の主人公、星野鉄郎。アニメや原作漫画ではブ男なのに、映画版では凛々しい顔立ちになる。

チーンッてやるのが武器なんだよね」
●はははは。
瀧「で、こいつは赤鬼の格好してて、こう手にコーヒーの豆を挽くやつを持ってて、横にハンドルがあってグルグル回すっていうのが、こいつの武器」
卓球「片足にティッシュの箱を履いてんだよな（笑）」
瀧「常に（笑）。で、なんか怪獣を出そうっつって、『瀧さん、怪獣描きました！』とか言って、送られてきたやつが、なんか蟻みたいな怪獣の顔してるんだけど、それがエプロンを着て、頭に角隠しをかぶって、手に焼けたクッキーを持ってるっていう（笑）」
一同「(爆笑)」
瀧「それがビルの谷間から出てくるっていう（笑）」
一同「ははははは！」
瀧「で、昨日行ってそれ見て、『天久、これさあ、ギャグと怪獣の比率が逆になってると思うんだけど』っつって（笑）。7が怪獣で3がエプロンとかそういうのだったらわかるんだけど、それが逆になっちゃってるから。で、『わかりました。じゃあ、えっとー……角隠しだけ消しときます！』（笑）」
一同「(爆笑)」
瀧「消すのそこなんだ!?っていう。クッキーはいかして？（笑）。たのもしいよね」
卓球「おもしろいよなあ……」
瀧「それで全部手描きで描いてるからね。んふふふふふ」
卓球「話変わるけど、ウチら飲みに行ったことないね。一度もね」
●ないねえ。電話番号とかも知らないもんね。
卓球「知らないよね。前にまりんがいた頃に、あいつてっきり俺と山崎さんしょっちゅう飲みに行ってるもんだと思ってたらしくてさ」
瀧「でもそう思ってる奴結構いるんじゃないの？」
卓球「な。でも気持ち悪いんだよな、そういうの。癒着って感じで。あ、じゃあ今度、一緒に下品パブ行こうよ！」
瀧「んふふ、いいターゲットだなぁ」
卓球「ターゲット探してたんだよ！」
瀧「ちょっとね、誰もが乗れる船じゃないから（笑）」
道下「でも乗ったら引き返せないって感じですよ（笑）」
瀧「山崎洋一郎がターゲットになってるとこ、すっごい見たいよな」
卓球「見たい！」
瀧「ジャーナリズムの目で見てる時と、ターゲットになってる時の、その違いを（笑）」
●ちょっと行ってみたいですね。
卓球「決まり！」
●じゃあ今度は『メロン牧場』の時間をちょっと遅めにしてもらって、そのまま行く？
瀧「いいね。行こうよ。んふふふふ」
卓球「本当の自分に出会える場所に」
瀧「ほんと。お通し感覚でマ×コが出てくるからね」
●（絶句）。
卓球「初めて一緒に飲みに行くのがあそこっていうのもすごいよな」
瀧「ふふふ、楽しみ」

5月号

●正式に『メロン牧場』単行本の7刷目が決まりましたので、よろしくお願いします。
瀧「ほんと？　息長いねえ。便所に落とす奴が続出してるからじゃないの？」
卓球「はははははは」
●卓球は今プロモーションやってんの？
卓球「プロモーションとツアー」
●瀧さんは？
瀧「軍服を着てる。映画の撮影やってて、軍服着て、ギバちゃんの顔を至近距離で見たり」
卓球「（柳葉敏郎の顔マネをする）」
瀧「それモノマネ!?　似てないなあ、全然（笑）」
卓球「原口（あきまさ）がやるモノマネ（笑）」
●しかも活字になんないから。
瀧「それで、東宝スタジオに通ってるね。なんか、東宝の潜水艦映画で――」
卓球「潜水艦役で？（笑）」
瀧「毎日、全身黒に塗って」
卓球「『プハ――ッ!!』（笑）」
瀧「『カットー！　ダメダメー！　もうちょっと長い間潜ってないと!!』（笑）」
卓球「『すいません！　[1]体がもちましぇん！』」

1 体がもちましぇん！：『オレたちひょうきん族』の『タケちゃんマン』のコーナーで、明石家さんまが連発していた台詞。たけちゃんマンとの勝負にゲームをやらされて、自分だけが走らされたり重いものを持たされたりして体力を使う羽目になり、「はいもう一回」ってなるとこの台詞を言う。

（笑）」

瀧「『酸素酸素～』」

卓球「『メイクさーん、黒いの落ちちゃってるから！』って、また黒く塗られて、ゴボゴボゴボゴボ……（笑）」

瀧「『プッ！』て感じで魚雷を（笑）」

卓球「口の中に魚雷に見立てた金魚を（笑）」

●なんの映画？

瀧「潜水艦の映画」

卓球「初の潜水艦役。『潜水艦役にチャレンジ！』。役作りから入っちゃって、押し入れでじーっとしちゃって（笑）」

瀧「『毎日風呂に沈んで訓練してます』（笑）」

●戦争もの？

瀧「なんか、第二次世界大戦の日本の潜水艦……役」

一同「（笑）」

瀧「『終戦のローレライ』っていう本がミステリーであって、それの映画化」

●へえ。監督は？

瀧「樋口[2]さんっていう『ガメラ3』で特撮やってた人」

卓球「ガメラ役でね（笑）。『ガメラ3』のガメラ役やってた人の初監督作品（笑）」

瀧「甲羅を脱ぎ捨て（笑）。すごかったよでも、本読みとかやるんだよ」

卓球「児童文学をな。『トロッコ』とか、『碁石を飲んだ八っちゃん』とか（笑）」

瀧「会議室みたいなところで役所広司[3]さんとか柳葉敏郎さんとか妻夫木[4]くんとか、そういう

2 樋口さん：樋口真嗣。『日本沈没』のリメイク版の監督もしていた。

3 役所広司さん：元々役所に勤めていたから芸名が〝役所〟という、冗談のようなエピソードを持っている。

4 妻夫木くん：妻夫木聡。後に織田信長に扮した瀧とCMで共演することになる。

のがバーッといる中で、もうこ～んな感じで、『きたきた、俺のとこきちゃった！　どうしよう！』って感じで本読みやったりとか（笑）」
卓球「『きたきた、俺んとこきちゃった！……ゴゴ――――ッ！』（笑）」
瀧「『ドカーンッ！』（笑）」
●じゃあセリフもちゃんとバッチリあるんだ？
卓球「潜水艦にしては（笑）」
瀧「大変だよ、撮影とか。ギバちゃんとか役所さんとか俺にまたがって、ブクブクブクブク……（笑）」
道下「くだらねえ～（笑）」
●いわゆる、東宝の王道映画なんだ。
瀧「そうそうそう。東宝ニューフェイス」
卓球「黒いニューフェイス（笑）」
●じゃあもう結構それにかかりっきりだ。
卓球「かかりっきりでふやけちゃってな」
瀧「足にスクリューつけなきゃいけないし、大変（笑）」
一同「（笑）」
●順調？
瀧「今んとこね（笑）。だからマジな話すると、軍服着てるよ、鬼軍曹的なキャラで」
卓球「『歯を食いしばれ～！』とかセリフがあんだよ」
瀧「『歯を食いしばれ～！』っつって、妻夫木くんをぶん殴ろうとしたりするんだよ」
卓球「スクリューで？（笑）」
瀧「（足のスクリューで殴るマネをする）」
一同「（爆笑）」

瀧「ヒッヒッヒッヒッヒッヒッヒ」
●でもそこまでベタな映画の世界は初でしょ？
瀧「あれがある、『RED SHADOW 赤影』[5]。あれは京都東映に行ってたから」
●ベッタベタだ。
卓球「時代劇だもんな」
道下「東映は僕行かないで、瀧ひとりで乗り込んでたんで」
瀧「そうそう、ひとりで来いっつって。雰囲気が全然もう違う。私語厳禁って感じだもん（笑）」
●ほんとに!?（笑）。
瀧「うん。なんかもう、裏方さんが、昔の時代からずーっといる人だから」
卓球「黒澤映画もやりましたみたいな」
瀧「そうそう。だから、殺陣ひとつとってもさ、今っぽい感じでやろうとすると、『あり得ないんだよね～』みたいなことを、監督もいるのにサラッと言うって感じで。怖え～！って感じで。でも今回の東宝はそんなことないから」
卓球「『まあ、潜水艦がしゃべるなんてあり得ないんだけどね～』、その横で顔真っ黒に塗ったお前が『すいません……』って感じで（笑）」
瀧「『トイレ行ってきます！』って走ってってて（笑）」
卓球「トイレで泣いちゃってな。目のライトのところをこう涙が流れちゃって（笑）」
瀧「トイレで潜望鏡をはずして泣いちゃって」
卓球「大便所のところから潜望鏡だけ出ちゃってな。外から『瀧さ～ん！ 撮影入りま～す！』

5 RED SHADOW 赤影：忍者映画。60年代末に放送されていた子供向け実写テレビドラマ『仮面の忍者 赤影』のリメイク版。01年公開。中野裕之監督。

（笑）」

瀧「『はい』（笑）」

卓球「お前昔、電気のライヴで潜水艦のかぶりものやったよな、そういえばな」

瀧「あれ野音（日比谷野外音楽堂）か？」

卓球「借りてきたんだよな、『（オレたち）ひょうきん族』から」

瀧「それと、その潜水艦の映画の話が来るって時に、ちょうどこいつと西井と3人で下北（下北沢）のプラモデル屋に買い物に行ってて。で、ずーっと俺、もう何年も前から、デカい原子力潜水艦のプラモデルが欲しいなと思って、行くたんびにずっと探してたのね。で、そん時も探したんだけどやっぱりなくて、ちょうど店出たらプルルルルル～って電話かかってきて、『瀧さん、潜水艦の映画の話があるんですけど』って（笑）」

卓球「探してたよな、あの話聞く前な」

瀧「潜水艦欲しいとは言ったけど、まさか乗ることになるとはっていうか、『なることになるとは』（笑）」

卓球「子供がよく、『大きくなったらなにになりたい？』『潜水艦！』っていうのあるけど、子供の夢叶っちゃったな（笑）」

瀧「ンフフフフフ」

●それはやっぱり海上自衛隊が映画に協力してるって感じなんだ？

瀧「そうそうそう。そうだ、撮影で、実は俺撃たれるんだけどさ、撃たれて、その後死ななくて、包帯巻いて医務室で寝てるとこがあるんだけど、明らかに俺、腹が戦時中の腹じゃないんだよ（笑）」
一同「（爆笑）」
瀧「包帯ぐるぐる巻いたらさ、ハムみたいになっちゃってさ、こんななっちゃって（笑）。『戦時中そんな肥えてる奴はいないよ～』『すいませ～ん』『すいませんって言ってもなあ』っていう（笑）」
卓球「それ言われたの？」
瀧「うん。『そんなのいないよ～』『そうっすよね～』って（笑）」
●じゃあ今後は役者のほうに。
卓球「飛行機役に（笑）。セスナ役をスタントなしで」
瀧「B29の役とかな（笑）。『着地のシーン撮りま～す』。ズザ——ッ（笑）」
卓球「それが遺作に（笑）」
瀧「そういえば、おとつい野球観に行ってさ、千葉マリン（スタジアム）に。ロッテ対日ハム観に行って、バックネットの付近でぼさーっと観てたら、パッて後ろ観たらマリーンズのマスコット、かもめをモチーフにしたマーくんっていうんだけど、いたから、『お！　マーくんじゃん！』って感じで、写真撮ろう写真撮ろうって感じで、携帯でマーくんと並んでこうやって写真撮ってたら、マーくんが俺見て、『あっ！』って感じで（笑）」
●ははははははは。
瀧「マーくんが『あっ！』って感じで俺のほう見たんだけど、しゃべっちゃいけないから、（D

Jがスクラッチしてるマネをする）こうやってやって、俺を指さして（笑）」
一同「（爆笑）」
瀧「違うんだけどなあ、まあ説明してもあれだから、『そうだよ！』っつって（笑）。ほんとびっくりーって感じでやってて。マーくんの俺のイメージはＤＪだって（笑）」
●でも、ちょっと嬉しかったでしょ？（笑）。
瀧「うん。ちょっと嬉しかったよ」

6月号

瀧「そういやさ、リリー（・フランキー）さんのところに藤井隆からメールが入ってて、それをリリーさんが俺に転送してくれたんだけどさ、『羽田空港でこんなものを発見しました』って藤井隆が送ってきた写真がさ、『こんなものを機内に持ち込んではいけません』っていうサンプルあるじゃん。カミソリとかハサミとかいろんなものが置いてあって。そん中にライターがあってさ、そのライターをよく見たら『S[1]INGLES and STRIKES』って書いてあって（笑）」
一同「（爆笑）」
瀧「お前がどっか行く時に没収されたのかなと思ってさ」
卓球「最高のプロモーションじゃん（笑）。あ、俺今持ってる。（ライターを出して）これ？」
瀧「それ（笑）」
一同「（笑）」

1 SINGLES and STRIKES：電気が04年に出したベスト・アルバム。電気グルーヴはプロモーション・グッズで必ずライターを作る。

●で、どうですかその後、潜水艦のほうは？
瀧「潜水艦やってるよ～」
●まだやってんだ？
卓球「しかもその後も続々きてんだよ、映画撮影の依頼が」
瀧「あ、そうなの？　ほんとに？」
道下「ふたつぐらいね」
卓球「ふたつきたらすごいよ、だって1ヶ月ぐらいでしょ、あの記者会見から」
瀧「知らなかった。へえ、そうなんだ？」
卓球「『リング3』だよ、貞男役で（笑）」
瀧「そんなチープな脚本なのかよ。貞子と貞男って、ほぼ『毒々モンスター』[2]じゃん（笑）。『貞子ニューヨークへ行く』」
卓球「『貞男ハリウッドへ行く』（笑）」
瀧「引き受けちゃってな（笑）」
卓球「でもやっぱあるんだな、ああいう記者会見の効果」
瀧「どうなんだろうな？　記者会見ねえ、独特の世界だったよね。スーツで来てくれっていうからスーツで乗り込んでって、端から順にしゃべる番がくるんだけど、まず役所広司さん聞いて、妻夫木くん聞いて、柳葉さんって聞いてって、『さあて、なに言おうかなあ……』ってある程度準備してたりするのをギバちゃんが言っちゃったりとかして、『どうしようかなあ……』っていう」
卓球「誰かと仲良くなった？」
瀧「役所さんとか妻夫木くんとか、石黒賢[3]さんとかは、待ち時間とかで結構。そこにいる自分

2 毒々モンスター：超くだらないホラー映画のシリーズ。『悪魔の毒々モンスター東京へ行く』には力也や関根勤が出演している。

3 石黒賢さん：父親がプロ・テニス・プレイヤーの石黒修なのでテニスが上手い。

もすごいおもしろかったけど」
卓球「成功の証？（笑）」
瀧「サクセスストーリー（笑）」
卓球「シズオカンドリームを実現（笑）」
一同「（笑）」
卓球「自分の中ではもうピンク・レディー超えてるもんな（笑）。一応静岡の一番メジャーはピンク・レディーなんだよね」
瀧「あと長介」
卓球「いかりや長介。伊東四朗、研ナオコ、キング・カズ。サッカー選手はいっぱいいるよな」
瀧「うん、いるいる」
●撮影中は俳優さんたちは気遣って話かけてくる感じ？
卓球「『ピエールさんって、すかんち[4]ってバンドにいたんですよね？』（笑）」
●すかんちのほうが知らないって（笑）。
瀧「石黒賢さんに、『なんでピエール瀧って名前なんですか？』って言われた時はすげえ笑ったけど（笑）。ほんとにそこに興味あんのかなあ、この人？って」
●ははは。
瀧「でも待ち時間がすごいんだよ、ほんとに。例えば朝の8時に入って夜の12時に終わったとしても、待ち時間が9時間とかあるのね。で、楽屋にいるわけじゃなくて、セットのたまりみたいなところにずーっと座ってぼさーっとしてるのね。で、映画の現場ってさ、みんな自分が時間を埋めるためのゲームとか雑誌とかって持って来ないのね。わりとみんな台本を前に置

4 すかんち：ローリー寺西率いるロック・バンド。バンド名の由来は〝ちんかす〟。

いて、練習してたりして」
●ああ、ゲームとかやるのはちょっと不真面目っていうか。
卓球「一応役に入ってなきゃっていうのがあるんじゃない？　完全にオフになっちゃまずいっていうか」
瀧「うん」
卓球「『あ、あ、[5]あめんぼ赤いな……』みたいな（笑）」
瀧「そこからかよ！みたいな（笑）」
卓球「『かーけーきーくーけーこーかーこー！』（笑）」
瀧「『うるさ～い！』『すいませ～ん！』って感じで（笑）」
卓球「壁に向かって（笑）」

瀧「[6]喜怒哀楽の練習をセットの隅で。『うえ～ん』、『うるさ～い！』（笑）。だからまあ、そういうのもいいかげん飽きてくると、誰からともなく話をして、コミュニケーションをって感じかな。石黒賢さんに名前の由来を言ったら、『へえ～』なんつって。以上かよ！っていう（笑）」
●ははは。
卓球「最後に花束とかもらうんだろ？　クラッカーとかやって、わんわん泣いちゃって。主役でもねえのに思い入れたっぷり（笑）」
瀧「そう言えば、携帯の請求がものすごい額きてさ。携帯を3月20日でFOMAに変えたんだけどさ、変えてからの9日間で、パケット料が12000円でさ」
●なんで？

5 あめんぼ赤いな：あめんぼ赤いなあいうえお。発声練習の定番。高校の屋上とかで演劇部の女子がよくダラダラやっている。

6 喜怒哀楽の練習：笑ったり怒ったり泣いたりを目まぐるしく行う演技の練習。ハタから見ていると不気味でしかない。

瀧「知らないよ。俺そんな使った覚えないから、おかしいって感じでNTTに問い合わせたらさ、そんなもんあんた使ったんでしょみたいなことになって。でも使ってないから電話してんじゃん」

卓球「しかもそのクレームをテレビ電話でやってんだろ？（笑）」

●ははは。

卓球「『高いじゃねえかよ！』、それでまたチャリーンチャリーン……（笑）」

●でもひどいねぇ。

卓球「メールなんかやってるからだよ」

瀧「そうかなあ……」

●そういう結論なんだ（笑）。

卓球「俺メールやってないもん。やってないでしょ？」

●俺はやってる。

卓球「やってんだ？　浮気用でしょ？」

●いやいやいやいや。仕事で急な連絡とかね。

卓球「急な連絡は電話してくるじゃん（笑）」

●っていうか、会社で友達からの電話とか出るわけにいかないもんね。

卓球「『もちもち、あ、洋ちゃんだけど』（笑）」

瀧「はははははは」

卓球「部下叱ってる最中なのに急に赤ちゃん言葉になっちゃって（笑）」

瀧「『インタヴューしちゃってから帰りまちゅ』（笑）」

●……ありそうだねえ、それ（笑）。

瀧「んふふふふふふ」

卓球「絵文字バリバリだろ、お前？」
瀧「絵文字バリバリ使ってないよ！　あれだけは入れられないわ。絵文字とか入れる？」
道下「たまに入れてますよ。いわゆるマークで使って便利なのあるじゃないですか」
瀧「ケーキとか？『おつかれさまです（ケーキ）』って感じで（笑）」
道下「いやいやいや」
卓球「『明日2時キューン集合です（ハート）』（笑）」
瀧「『もうカンカンですよ（電車）』とか」
卓球「『明日5時羽田集合です（ペコリ）』（笑）。でも親が送ってくるメールとかで絵文字とか使ってるとすごい萎える」
●でも慣れると全然恥ずかしくないものみたいね。
卓球「使ってる？」
●俺は恥ずかしい派なんだよね。
瀧「使えないんだよねえ」
●でも、使うとそれが当たり前のことっていうか。
卓球「普通は逆にそれがないと失礼だったりするんでしょ？」
●っていうか、こういうこと話してること自体が、なに言ってんの？って感じらしい。
瀧「使えないねえ。絵文字は使えないねえ（笑）。あ、野球のボールだけ使ったことある。『オッス！（ボール）』っていうのがある（笑）」
●俺は絵文字の壁は越えられないまま死んでいくと思うわ。

卓球「でもみんな文章うまいよね、メールやってる奴。メールのほうが雄弁な人とかいるよね。ユウベン&カンパニー……知ってる？」
瀧「みんなメールが上手いのは知ってる。ユウベン&カンパニーは知らない（笑）」
●ドラム叩きながら歌う人ね。[7]リューベン&カンパニー。で、記者会見は無事に終わって。
瀧「そこ戻るんだ？（笑）。まあとにかくみんな、いろいろコメントして、俺は現場が男まみれっていうところを強調して、『男ミストみたいなものが出ます』っていう話を（笑）」
卓球「シラって（笑）」
瀧「カチャ、カチャって席を立つ音が（笑）」
●ありゃあ。
瀧「翌日のサンスポの芸能欄に出てた見出しが、『発車オーライ、ローレライ』っていう……潜水艦だって言ってんじゃん！（笑）」

6月号

卓球「例の輸入盤の規制って、あれどうなるの？」
道下「なんか最近は大丈夫って話を聞きますよね」
卓球「[1]だいじょうぶだぁ？（笑）」
●っていうか、一番渦中の人に聞こうと思ってさ、HMVとタワーレコードの偉い人呼んでインタヴューしたの。
卓球「ああ、ロッキング・オンで記事は見たけど読んでないや。どうなの？」

7 リューベン&カンパニー：70年代後半にCharのバック・バンドをやっていたドラマー、辻野リューベンのグループ。「ドラムを叩きながら歌う」界において、稲垣潤一やCCBよりも早かった。

1 だいじょうぶだぁ：志村けんが流行らせたギャグ。87年〜93年、同名の番組も放送された。

●大丈夫だってさ。
瀧「だいじょうぶだぁ。結論は志村（笑）。なにがもめてんの？　乗り遅れて悪ぃけど（笑）」
●要するに、アジアで作られたＪポップのＣＤがすんごい安く日本に入ってくるんだよ。そしたら国内盤が売れねえと。だから輸入盤を規制しようっていう。そしたら、今度欧米からの輸入ＣＤもそれが適用されちゃうの。
卓球「そんなことしたらもう大変なことじゃん？」
瀧「でも対象は日本のアーティストだけってことでしょ？」
●じゃないのよ。
卓球「でも買えるんでしょ、結局は」
●当面は買えると思う。
卓球「買えるんだったらじゃあいいよ、別に。買えなきゃ向こうで買ってくりゃいいんだし。個人輸入もダメなの？」
●個人輸入も、全部ダメっていうことみたいよ。
卓球「じゃあなに、例えばプリンスの新譜が日本盤で出てて、アマゾンで買って持ってたら捕まるの？」
●っていうか、そもそもアマゾンで買えなくなる。で、例えば外国行っておみやげに２、３枚ＣＤ持ってきたら――。
卓球「税関で捕まるの!?」
●捕まるの（笑）。
卓球「『これは日本盤が出てるプリンスのニューアルバムじゃないか！』（笑）」
道下「『逮捕だ！』（笑）」

卓球「ワンワンワンワンッ！　ワンワンッ!!」
瀧「北朝鮮だ（笑）」
卓球「レコードバッグとか開けられちゃってな、『オルター・イーゴ[2]のこの曲は、WIREコンピに入ってるぞ！　没収！』（笑）」
一同「（爆笑）」
瀧「でもそんなの単純に考えてさ、適用のしようがないと思う」
●そうだよね。
瀧「北朝鮮の船の入港問題じゃないけどさ、結局やれないっていう話じゃんね。牽制でしょ？」
卓球「でももしほんとに徹底してやったらどうなるんだろうね？」
●だからそうなると、3000いくらの日本盤だけしか買えない状況になって、そうすると日本のレコード会社も潤うし、資本は海外だから、その海外の多国籍企業も潤うっていう。
卓球「っていうか、余計ダウンロードに拍車かかるだけだね」
道下「そんなことになったらタワーレコードとか2階建てぐらいで済んじゃいますもんね（笑）」
卓球「平屋だよ。扉をガラガラガラガラ～（笑）。『すいませ～ん！　すいませ～ん！』（笑）」
瀧「前に並んでんのしかないよって感じじゃん、もう（笑）。『今日これしかないから』（笑）」
卓球「それ無理だよな」
瀧「もしそうなると、例えばマイナーなアーティストの新譜が向こうで出たら、それを日本で出

2 オルター・イーゴ：ドイツのふたり組テクノ・ユニット。WIREに何度か出演している。

してくれっつって、レコード会社に懇願しに行かなきゃならなくなるってことでしょ？」

●そうそうそう。

瀧「ウエストバム[3]の新譜が出たからっつって、一般の奴が『どうする!?』っつって『えーと、じゃあ、卓球に頼もう……キューーンだ！』って感じで『ドンドンドンドンドンッ！　出して〜！』（笑）」

●そうだね。だから結局、レコード会社がこれは売れると判断したものしか、我々は聴けなくなるみたいな。昔の洋楽状況と一緒だよね。昔そうだったじゃん、なんか。

卓球「で、またロッキング・オンで架空インタヴューだ」

一同「（笑）」

卓球「架空インタヴューって知ってる、お前？すごいよなあ」

瀧「妄想だろ？（笑）」

卓球「妄想を文章にして金とっちゃって（笑）、昔のロッキング・オン。本人にとってはたまったもんじゃねえよなあ。思ってもいないことを、極東の島国の奴が勝手に妄想で自分の発言みたいにされて書かれちゃってさあ（笑）」

道下「イメージだけでね（笑）」

卓球「セックス・ピストルズはお騒がせな奴らだから、多分こういう口調だろうって感じでね。『そんなのファック・オフだ！』（笑）」

●その頃は海外のミュージシャンにインタヴューができなかったからねぇ。完全に妄想。

瀧「『巻頭特集ビン・ラディン』と一緒じゃん、

3 ウエストバム：ドイツのクラブ・シーンの大御所DJ。卓球とTAKBAMというユニットもやっている。

そんなの（笑）。ビン・ラディン2万字インタヴュー（笑）」
●ロッキング・オン、最初の5年ぐらい全部それでやってたもん。
卓球「でも、ジャパン読者は信じられないだろうね、『架空インタヴュー!?』っつって（笑）。インタヴュー読みたくて買ってんでしょ、このジャパン買ってる子は。それ全部嘘って（笑）」
●でもほんとに表紙に「ジョン・レノン架空インタヴュー！」って書いてたんだよねぇ（笑）。
卓球「それ、ジョン・レノソじゃん（笑）」
●「特別架空対談！」とかあるんだよね、「EL&P、キング・クリムゾン、ピンク・フロイド特別架空対談！」。[4]
瀧「永久にできるじゃん、その雑誌。ベートーベン対バッハとか」
一同「（爆笑）」
瀧「つかみかかっちゃって、バッハが（笑）」
卓球「のどかだよな〜。牧歌的（笑）」
瀧「『へえ〜』だって（笑）」
卓球「もっとのどかなのは、そういうの読んでレコードを買ってた奴な（笑）」
●じゃあ、えー瀧さんは最近はどんな感じすか？
瀧「ここんとこものすごい千葉マリンスタジアムに通っちゃってた。知ってる？　俺が東スポ載ったの？」
卓球「知らねえ」
瀧「ほら、これ（東スポを渡す）」
●またいい顔で写ってるね（笑）。

4　EL&P、キング・クリムゾン、ピンク・フロイド…プログレ・バンドの三大巨頭。対談が実現することなんて絶対にあり得ない。

卓球「なんで？　試合観に行ってたの？」
瀧「試合観に行って。前に（マスコットの）マーくんの話したじゃん。それからまた観に行ったらさ、またマーくんがいてさ、『お、マーくん久しぶり』って言ったら、『あっ、また来てる！』って感じでマーくんが指さして。で、まあまあ仲良くなってさ、マーくんと（笑）」
卓球「でもしゃべんないんだろ、向こう？」
瀧「そう、でも顔見知りって感じになってて（笑）。で、マーくんがこないだ会った時に、次に来る時はCDを持って来てって言うから、『SINGLES and STRIKES』を持ってってあげたのね。で、サインを書いてくれっていうから、書いてさ、はいって渡したら、もう『ヤッターッ!!』って感じで。じゃあせっかくだからマーくんもサイン書いてよっつって、シャツの肩んとこにサラサラサラサラ〜って書いてもらって。で、俺、書かれながらゲラゲラ笑ってたら、横で、カシャーッカシャーッ、カシャーッカシャーッて感じで写真を撮ってる奴がいんのね、ひとり」
●（紙面のクレジットを見ながら）この菊池六平って奴？（笑）。
瀧「多分、菊池六平（笑）。で、『どちらの方なんですか？』って訊いたら、『東スポです！』（笑）。で、『これ、もし編集長からOK出たら、記事になるかもしれませんから』『いいですねぇ、ぜひ』って。で、『最近はよく来られるんですか？』『いや、ちょっと千葉マリンに知り合いの人がいるんで』っつって」

卓球「マーくんのこと？（笑）」
一同「（爆笑）」
●でもこの東スポの記事、普通は事務所がタレントの売り込みでねじ込んだと思うよね（笑）。
瀧「明らかにね（笑）」
卓球「お前、かっこいい仕事してんな（笑）」
●そんな行ってるんだ？
瀧「なんかものすごいアットホームなのね、球場が。こないだすっげえ笑ったのがさ、あそこのラーメンとかソバとか出る、カウンターみたいなとこでソバ食っててパッと見たらさ、なんかスロットマシーンみたいなのが置いてあってさ。よっぽどつまんねえ試合が多いんだろうなと思って、その上をパッて見たら、箱が置いてあって、よく見たら『オセロ』って書いてあるんだよ（笑）」
一同「（爆笑）」
瀧「あの古〜いやつ、俺らが小学校の頃持ってたって感じのオセロが普通に置いてあって、野球観に来てオセロしろってどういうことだよ!?と思ってさ。それ見て、ますます好きになっちゃってさ（笑）。千葉マリン通ってるよ、結構」

8月号

●おふたりして韓国に行かれていたということなんですが。
卓球「そもそもが俺DJ入ってたのね。あと、俺のソロと電気のベストが韓国でリリースされるタイミングがあって。で、瀧に遊びに来ない?って誘ってさ。俺は初めてで瀧は遊びで3回ぐらい行ったことあって。で、結論としては『韓国はすべてだだもれ』!(笑)」

瀧「だだもれ!(笑)」

卓球「すべてがだだもれだった(笑)。まず初日の取材で向こうのNHKみたいなラジオ局にゲストで出たんだよね。で、まずそこの入り口すっごいセキュリティ厳しいんだよ。行き先からなにから全部聞かれて、名前書いたりなんだりさ。で、電車の自動改札みたいなのがあってさ、それをガッシャンってやってやっと中入ったらこの棟じゃない、もう1個隣の棟だって言われて。どうやって行くの?っつったら、そっから出れるからって言われて、見たらその厳しい警備の反対側に一般の人がバンバン入ってる入り口があって、あれなに!?っていうさ(笑)。で、そっから出て表回って隣のビル入ってインタヴューやって、戻ってきたらさっきの厳しいところの出口に出てきてんの。意味ねえじゃん!っていうさ。で、ずっとソニー・コリアのスタッフが俺についてて、その彼っていうのが日本語話せんのね、日本住んでたことがあって。んで、その彼がドニーっていうんだけど、そのドニーが通訳ってことでスタジオ入って、じゃあインタヴュー始めますって言ったら、『え、え、えーと、ほん、ほん、本日は、石野た、あ、すいません、もう1回お願いします』とか言ってさ。お前のとこカットされるのにっていうさ(笑)。『ああー、ちょっと緊張しちゃうなあ。もう1回。え、え、えーと、えー、こんにちは、石野た、きゅうさん……はぁ、もう1回！』とかさ」

一同「（笑）」

卓球「どうでもいいとこじゃん。万事そういう調子なのね。あと空港もさ、金属探知機あるじゃん。ゲートをくぐるんだけど、靴まで脱がされて、全員」

瀧「サンダル履かされるんだよ」

卓球「通って、そこで普通鳴んなきゃみんな素通りじゃん。鳴った人だけ体に機械当ててやるじゃん。でも全員やってんのね。じゃあそのゲートの意味はなんだ？って、さっぱりわかんないじゃん（笑）」

瀧「鳴ろうが鳴るまいが、全員、はい、ちょっと来てって感じで」

卓球「あと、俺がやったパーティもさ、一応2時にサウンドチェックがあるから来てくれって言うからさ、10分ぐらいサウンドチェックして、ああ、大丈夫大丈夫っつってさ、じゃあ本番もこの調子でお願いしますっつってたんだけど、本番になったら俺の前に別のショウが入って、結局全部バラしてまた組み立て直しててさ、サウンドチェックの意味ないしさ。あと、そのパーティが10時から始まるんだけど、10時から30分ずつ、ハイネケンのDJコンテスト[1]のセミファイナルがあって、30分ずつ地元のアマチュアDJが回すのね。で、その審査員をやってくれって言われて、30分ぐらい早めに会場入って聴いててさ。でも最初のDJの時なんか聴いてる人ゼロ。誰もいないんだよ。で、ふた

1 ハイネケンのDJコンテスト：文字通り、ハイネケンが主催してDJのコンテストをやって、埋もれている才能を世に出す！みたいな趣旨の『Thirst』というコンテスト。これ、日本でもやってました。

り目になってやっとぽつぽつ入ってきて、10人かそこら。３人目になってやっと客が50人から100人くらい入ったって感じでさ。で、お客さんがみんな携帯で投票するとか言ってんだけど、最初のDJなんか聴いてないからさ。で、3人目のＤＪやってる時に主催者がウチらんとこ来てさ、どうだった？って言うから、最後がテクノだったから、『いや、やっぱテクノだから彼がいい』って答えたら『オッケー、じゃあ優勝』って（笑）」

●ははははは。

卓球「えー、それで決まっちゃうの!? 『ウィナー・イズ・ナンバー３！　以上！』だよ（笑）」

一同「（笑）」

卓球「あの携帯の集計とか一切なく（笑）」

瀧「最初の奴とかかわいそうだったよ、客４人ぐらいしかいないのに、ものすごい普通に気の利いたミックスとかやってて、意味ねえなあって感じで（笑）」

卓球「パーティもキョトーンて感じでさ、お客さんも。３時回ったあたりから客どんどん帰るのね」

瀧「帰ってたな」

卓球「俺の後に地元のＤＪの子たちが回したら、もう客４人とかなんだよ。びっくりするぐらい客減ってて。あと、昼間に買い物とか行ったらさ、市場とかおばさんがつかみ合いのケンカしてたりとかさ」

瀧「南大門市場」

卓球「『アルヨ、時計ニセモノ、完璧ナニセモノ！』ってさ（笑）」
瀧「ものすごい流暢な日本語でな、『完璧ナニセモノ』」
卓球「『Tシャツ、イイノアルヨ、Tシャツ』とかって言うからパッと見たら、一番売れ筋のところに『2003』とか書いてあるTシャツが置いてあるしさあ」
●（笑）。
瀧「『中田アルヨ、中田』[2]って。韓国で中田のユニフォーム買う意味ってなんだよっていう（笑）」
卓球「まあでも好きか嫌いかで言ったらいい国だよ、あそこ。飯はうまいし。『イノシシノ肉、味付ケタ』って看板に日本語で（笑）」
瀧「『イノシシノ肉、味付ケタ』（笑）」

卓球「で翌朝さ、ホテルの部屋でシャンパン飲みたいねえなんつって頼んでさ、きたらさ、ドンペリ。メニューの単位を見間違えてて、25万円ぐらいのシャンパンきちゃってさ。で、パッて見た瞬間に、これ単位が違う！と思って、待って、開けないで！っつって。あっぶねえ、持って帰って！っつって（笑）」
一同「ははははは」
卓球「そのソニーの担当のドニーがさ、ものっすごい日本のプロ野球詳しいのね。で、移動中、ずっと野球の話しててさ。詳しいんだよ、異常に。クロマティ[3]とか言ってたもんな（笑）」
瀧「『クロマティの緩慢プレイで、サードコーチャーが回して日本シリーズで勝ったんだよね』って言ってて、渋いこと知ってんなあって

2 中田：中田英寿。元サッカー選手で現在は旅人。

3 クロマティ：80年代に巨人で活躍した野球選手。数年前、『魁!!クロマティ高校』をパブリシティの侵害だとして訴えを起こし、久しぶりにちょっと話題となった。07年にはプロレス団体『ハッスル』にも出場。

感じで（笑）。あと広島（カープ）にものすごい詳しくてさ、苫米地（鉄人）と河内（貴哉）って奴らをベッチー&ウッチーって売り出そうとしたエピソードがあって、『あれどうなったんですか？』って（笑）」
一同「（爆笑）」
瀧「俺自体が知らないよ、その話題をっていう。あと、最後空港で鍋つついて帰ったよな（笑）」
卓球「うん、空港で鍋があるんだもんねえ」
瀧「空港でレストランとかあったりするところあるじゃん。そこに普通に街の屋台って感じで、テーブルの上にコンロが置いてあって、タコ鍋かなんかだっけ？　ぐつぐつぐつぐつって（笑）」
卓球「タユ鍋な」
瀧「タユ鍋。タコ鍋だけどタユ鍋って書いてあったんだけど（笑）」
●はははははは。
瀧「ぐつぐつぐつぐつ〜って普通に、パスポートと航空券ポケットに差しながら鍋を（笑）」
●やっぱ日本とは違うね。
卓球「うん、違うね」
瀧「大陸なんじゃないの、そこはやっぱ（笑）」
卓球「市場歩いてると普通に口に海苔ねじ込んできたりな（笑）」
●マジに!?（笑）。
瀧「触るんだよ、歩いてると。なんだ？と思ってパッて見ると、『海苔海苔海苔海苔！』って感じでさ（笑）。すごいよ」
卓球「俺、行きに空港のロビーでソニーの人ふたりに会ってさ、ひとりの人はもともと（田中）フミヤとか担当してた人で、『久しぶりです』『韓国ですか？』『僕らちょっとオーディションがあって韓国の子たちをオーディションしに行くんですよ』なんつってて。で、帰り乗ったら隣がもうひとりの人だったのよ。で、『どうでした、オーディションは？』『ああ、ひとりいい子がいて』『へえ』『ああ、そう言えばうちのオレンジレンジのリミックスをお願いしているRYUKYUDISKOがそちらでお世話になってるみたいで』『ああ、そうですよ。あ、オレンジレンジ担当の方ですか？』『まあうちでやってるんで』『へえ』なんつっててさ。で、『そうだ、名刺渡してなかったね』って言われて、パッと見たらオレンジレンジのレーベルの社長だった（笑）」

●ははははははは！

卓球「俺、全然知らなくてさあ。オレンジレンジ担当の方ですか？とか言っちゃった（笑）」

瀧「担当はしてるけどな、間違いじゃねえけど（笑）」

卓球「で、瀧に『あの人ソニーの社長らしいじゃん！』とか言ったら『そうそう、俺よく一緒にゴルフ行くよ』とか言っててさあ。お前のそのコネクションっていうさ（笑）。瀧のゴルフ・コネクション知ってる？　瀧でしょ、ブライアン・バートン ルイス[4]でしょ、あとTIMのゴルゴ松本、ココリコ遠藤っていう（笑）。ブライアンからゴルゴ松本のその距離（笑）」

瀧「んふふふふ」

4 ブライアン・バートン ルイス：流暢な日本語を操るアメリカ人パーソナリティ。元々は17歳の頃、入院したら隣のベッドがフリッパーズ・ギターの小山田圭吾だったことがきっかけで、通訳として音楽業界入り。以後、通訳、DJ、VJ、モデル、ナレーター、イベント・プロデューサー、作詞等々で活躍中。

9月号

●WIREも無事終了ということで、お疲れさまでした。

瀧「うん、無事終わりましたね」

●どうですか、大成功？

卓球「うん、大成功。2日間[1]でダレるかなと思ったけどそうでもなかったし」

瀧「2日目のフロアの欲求ぶりはすごかったよねえ。『オラーッ、もっとこいやあ！』って感じの雰囲気がギンギンで」

卓球「2日目のほうが頭から最後までピーンと張ってたよね」

瀧「昨日溜めといた分、今日はいくぜ！っていうのがもう充満してたよ、フロアに」

卓球「そういえばさ、10年ぐらい前から知り合いの、ベルギーで雑誌をやってる人たちがいて、彼らが初めて今回WIREに合わせて日本に遊びに来たのね。んで、初めて来たからウチらでもてなそうつって、みんなで食事してさ、その後バーに行ったんだよ。で、バーに行く道すがら、ずーっと瀧が電話で話してさ、みんなでバーに入ったんだけど30分ぐらいずーっと中に入ってこないんだよ。で、店の前に見に行ったら、キャバクラ嬢がこいつの両脇にいて、3人で談笑してんのね（笑）」

瀧「ちょうどキャバクラから女の子が送りで出てきてさ、『どおもありがとうございました〜』って言ってパッて見て、『ああ〜！』って。俺ももう酔っ払ってるからさ、『そうで〜

1　2日間：この年のWIREは横浜アリーナにて2DAYSで行われた。

す！』って感じで『ピエール瀧ちゃんで～す！』とか言ってさ」
一同「(笑)」
瀧「そしたらスーッてよってきてさ。キレイめなふたりだからさ、行かなきゃなと思ってたんだけど、『電話番号だけ教えて』って軽～く言ったらさ、『あ、いいわよ～』なんつって電話番号教えてくれたのよ。で、ラッキーと思って――」
卓球「ラッキィ池田だ[2]」
瀧「そう、ラッキィ池田だと思って、頭にじょうろをのっけて（笑）」
一同「(爆笑)」
瀧「『えーと、じょうろは？』って、まずドン・キホーテに（笑）」
卓球「じょうろを頭にくくりつけて『瀧ちゃんで～す！』って（笑）」
瀧「(笑）で、その後数日経って、ちょうど打ち合わせ終わった時に携帯が鳴ってさ、『もし、こないだ六本木の道で会った○○って店の△△ですけど、今なにしてます？』って言うから、ちょうど打ち合わせ終わって体空いたとこだよって言ったら、『ちょっと会いません？』って言うから、『会う会う会う！　全然会うよ～！』って感じで（笑）」
●ははははははは。
瀧「『会うに決まってんじゃ～ん！』っつったら、『原宿のデニーズで待ってますから来てください』って言うから、デニーズ行ったのよ。で、デニーズ入ったらそのキャバクラ嬢の子

2 ラッキィ池田：奇抜なダンスとファッションで知られる振付師。象の形をしたじょうろを頭の上に乗せて踊る。

が『久しぶり〜』なんつって、『今日どうしたの？』っつってパッて見たら、そのテーブルにもうひとり女の子が座ってて。で、『ちょっと友達いるけどいい？』『ああ、全然いいよ』っつって、その席に座ったわけよ。『ちょっと飲み物頼みましょうよ』って言うから、俺も仕事も終わったんで、『じゃあ俺、ビール』っつったら、その友達のほうが『私こういうところでお酒とか飲まれるの、あんまり好きじゃないんです』って言うの。で、全然知らない奴にそんなこと言われて、なんだこいつ？と思ったんだけど、まあいいかって、じゃあなんとかティーみたいな、ソフトドリンク頼んで（笑）」
卓球「パンティーとか？（笑）」
瀧「そうそう、パンティーをじょうろにのっけてな（笑）」
卓球「おじぎをするとじょーって（笑）。『ピエール瀧ちゃんです！』」
卓球・瀧「じょー（笑）」
瀧「『お茶の時間だよ』だって（笑）。まあそれはいいとして、『なになに、どうしたの？ なんの用？』って聞いたらさ、『ちょっとさあ、これ見てもらいたいんだけど』っつって出したのが、このぐらいの小冊子で、宗教の勧誘なんだよ、要は（笑）」
●はははははは！
瀧「なんとか教とか書いてあって、ええー!?って感じでさあ」
卓球「『俺と同じ宗派じゃん！』（笑）」
一同「（爆笑）」

瀧「『奇遇だねえ！』（笑）」
卓球「独特のあいさつを（笑）」
瀧「で、『いやいや、宗教の勧誘だったらいらないから、俺もう帰るわ』っつったんだけど、『いや、そうじゃないの』とかって急に止めるからさ、その止めてる時点でかなりカチーンて感じでさあ。要は、こいつうまくふたりで言いくるめれば入るかもしんないと思われてることがさあ。このルックスで（笑）」
卓球「攻めれば落ちるかも（笑）」
瀧「そうそう、落ちるかもって思われてることが、『この野郎！　なめんなよ！』っていう感じでさ、じゃあとりあえず話だけ聞こうかって。そのまま帰るのもしゃくだったからさ（笑）。で、話始めたらそいつが薄くてさあ、言う内容が。で、もう全然明らかにダメ～な感じなんだ。『ほんといいから、ほんとやるといいから』っていうのをずっと言っててさ。『いやいや、どんないいことがあんの？』っつったら、『いや、ほんとに不思議なことがいっぱい起こって。唱えなくなったらバチが当たるって言ってるんだけど、どういうバチが当たるのか試してみたくて、私やめてみたのよ』って言うんだ。で、『ほんとにね、信じられないことが起こるんだけど』『なに？』『1日目はね、まず吐き気』」
一同「（笑）」
瀧「『で、2日目は頭が割れそうに痛くなるの』って言うから、俺そこでツッコもうかなと思った瞬間に、『でもほら、ここまではよくある話じゃない？　問題は3日目。3日目に私が表歩いてたら、車に足を轢かれちゃって、それで骨折れた系？』」
一同「（爆笑）」
瀧「おい待て！　ちょっと巻き戻せって感じで（笑）。『骨折れた系って、折れたのか折れてないのか、どっちだ！』って聞いたら、『だから骨折れた系よ』って言うから、『系ってなんだよ!?』っつったら、『いや、それはほんとに折れたっていうか、ほんと私も友達のそうやって足踏まれた人たちにたくさん聞いて、統計学的に調べたんだけど』っつって（笑）。『統計学的に調べたんだけど、そうやって踏まれたらやっぱほとんどの場合は折れるし、私の友達は踏まれた段階で足にまったく痛みがなかったんだけど、後で医者に行ったら折れてるって言われたの！　私は踏まれた瞬間にもう足がすっごく痛かったから、だからそれは折れてるってことでしょう！』って、お前なに適当なこと言っとんじゃって感じで（笑）」
一同「（笑）」
瀧「そんなことやって2時間半ぐらいして、あれ？と思ってさ。なんか視線を感じるんだ、ずっと。で、ものすごい集中してたからわかんなかったんだけど、あれ？と思って向こうのテーブルをパッて見たら、高城じゃん！って感じでさあ（笑）」
卓球「高城剛[3]？」
瀧「高城剛が一部始終を全部聞いててさあ」
一同「（笑）」

3　高城剛：CMやPVなどの映像作品を手掛ける他、文筆業でも活躍しているハイパー・メディア・クリエイター。

瀧「向こうで下向いてゲラゲラ笑っててさ（笑）。で、『なにやってんの？』って言うから『いや、今宗教の勧誘を受けてんだよ』って（笑）」

卓球「高城が教祖だったんだろ？」

瀧「（笑）最後もうキレてさ、帰ってきちゃったんだけど」

卓球「出家だけして？（笑）」

●でも、その女のペラッペラぶりもすごいね。

瀧「ペラッペラだったよ、ほんとに。ほんと適当なことばっかり言うんだ。『この○○経には、すごいいい宇宙的な成分が含まれてんのね』って、ちょっと待てー、また巻き戻せって感じで、『成分てなんだ？』」

一同「（笑）」

瀧「『なにが入ってるのか言ってみろ』って言ったら、『ほんといい成分なのよ』『だから、それはなに？ ガンマ線とかそういうこと？』『いや、そういうのは全然わかんないけど』とか言ってさ（笑）。『とにかくいい成分なのよ』（笑）。『もう死ね！ ほんとにお前は。地獄行け、この野郎』ってずっと言ってたら、『あ、そういうこと言っちゃう人なんだ……』って（笑）」

●でもきっと広告塔だと思ったんだろうね。

瀧「でも、なにもそんな奴を連れてくることないじゃん。もっと例えば口のうまい奴とかさ」

●それかまあ、ピロートーク[4]で落とすぐらいだったらまだねえ。

瀧「そうそうそう。それならわかるんだけどさあ、ほんとに」

卓球「最初に電話番号教えた時点で、全然お前

4 ピロートーク：セックスの後にベッドに横たわりながら会話すること。セックスした後にとっとと寝てしまったりすると、嫌われてしまいがちなので注意が必要だ。

のことは『やる』って範疇に入ってなかったんだな」

瀧「なかったんだよ」

卓球「それをお前が調子にのって、帰りのタクシーの中ですでに電話しちゃって、『あれ？　まだ仕事中？』だって。その笑顔のどす黒いこどどす黒いこと！（笑）。ほんとに、ガマガエルって感じのな（笑）」

瀧「チャーンス！って感じの。ほんっとねえ、うまい話にはねえ、気をつけろだよ、ほんとに（笑）」

●その格好で言われるとすごいね。「うまい話には気をつけろよ」って（笑）。

瀧「ダメだなあと思った、ほんとに」

10月号

瀧「（なにかをあおぎながら）んふふふふふ」

卓球「………屁!?　屁をあおってんの？」

瀧「屁はあおってないよ」

卓球「暑いから？」

瀧「暑いから。屁はあおいでないよ！」

卓球「屁を散らしてんのかと思った」

瀧「そんなの、こっそりやんないじゃん、いつも」

卓球「そっか」

瀧「（パタパタパタパタ）んふふふふふ」

卓球「サマーソニック[1]はなに観たの？」

●いや、行けなかった[2]。

卓球「行ってないの？　ああ、そうか、ロック・

1 サマーソニック：00年から始まった都市型音楽フェスティバル。海外アーティストと日本のアーティストが多数出演する。東京と大阪で開催されている。

2 行けなかった：この年のサマーソニックの日程は8月7、8日。ロック・イン・ジャパンが8月6、7、8日だったので、重なっていたのだ。

3 ロッキング・オンの編集長：00年～06年初頭まで山崎洋一郎はロッキング・オンの編集長だった。06年春からロッ

イン・ジャパンか。行かないんだ、[3]ロッキング・オンの編集長でも。行くべきじゃないの？」
瀧「他にいくらでもいるでしょって感じするけどね、そっちに行かす人材」
●やっぱ、例えばケガ人とかが出たときに——。
瀧「手当てしなくちゃいけないから？（笑）」
●そういう責任者みたいな奴はいないと、なんか起きたときに。
瀧「『責任者出せ！』って言われた時に？」
●そう。
卓球「また入社面接の時と同じレインコートを着て（笑）」
瀧「フフフフフ」
卓球「山崎さんの正装（笑）」
瀧「レインコートなの？」
卓球「レインコートで入社面接受けに行ったの知らない？」
瀧「知らない。なにレインコートって？」
●え、ピンクのTシャツの上にレインコート着て、まあロッキング・オンの入社面接なんかこんなもんだろうと思って行ったら、みんな普通にスーツ着てて（笑）。
瀧「[4]露出狂じゃん！（笑）」
卓球「でも通ったんでしょ？」
瀧「『お前いい根性してるじゃん』って感じだったんだ？」
卓球「『[5]男一匹ガキ大将』の論理（笑）。偉い人に反抗的な態度をとったら、その人に逆に『お、いい根性してる』って認められて出世していくっていう、本宮ひろ志のパターンな（笑）」

キング・オン・ジャパン編集長に復帰。

4 露出狂：自身の陰部を他人に見てもらうことに快感を覚える人種。相手がキャーキャーとパニックを起こせば起こすほど嬉しい。

5『男一匹ガキ大将』：マンガ家本宮ひろ志の代表作のひとつ。ガキ大将が勝ち上がってゆく少年マンガ。張り合っていたライバルとの激しい殴り合いの末に〝お前、いい根性してるじゃん〟と和解し、親友となるのがお約束。この路線は後の『サラリーマン金太郎』にも受け継がれてゆく。

瀧「『俺にたてつくとは、なかなかいい根性してる』(笑)」
卓球「『若いの、なかなかいい目をしておるぞ』(笑)」
●しかもそん時、作文を書いて履歴書と一緒に送って、書類審査で選ばれた人が来てるんだけど、その作文が届いてないんですけどってロッキング・オンから電話がかかってきたわけ、渋谷陽一[6]から直々に。で、なんだろうと思って出たら、「君ね、履歴書は送ってきたんだけど、作文が入ってないんだよね」とか言われて、俺は「ええ!? なに言ってんすか! 送りましたよ。ちゃんと調べてくださいよ。なくしたんじゃないすか?」って言って、渋谷陽一も「じゃあ、一応一次は通ったことにしておくから、○月○日にくるように」って言われて。で、「わかりました」って切って、ふっと見たらテーブルの上に作文が(笑)。
一同「(爆笑)」
瀧「『あれ!?』って感じで?」
卓球「向こうがなくしたことにして(笑)」
瀧「一歩優位な状況で(笑)」
卓球「それでレインコートで現れたらねえ。でもとりあえずはフェス終わったんでしょ? もうへとへとって感じじゃないの」
●うん。取材も多かったしね。来日アーティストだけでも100組近くきてて。
卓球「でも俺、フェスでLOOPA NIGHTの出演者以外で話したのって、タイジくん[7]、アイゴン[8]、以上」

6 渋谷陽一:株式会社ロッキング・オンの代表取締役。

7 タイジくん:シアターブルックのヴォーカル&ギター、佐藤タイジ。プロデューサーとしても活躍している。メジャー・デビュー時、ジャパン誌面に、彼を評して「歯がでかい。将棋のコマぐらいある」などとむちゃくちゃなことを書いたのは山崎洋一郎。

8 アイゴン:EL-MALOやFOEで活躍している會田茂一。プロデューサーとしても大活躍中。"リルラ リルハ"をはじめ、木村カエラの

●はははははははは!
卓球「あとマグミ[9]さんに会釈した程度。あと全然会わなかったなあ」
瀧「あと俺、マッド・カプセル・マーケッツ[10]のTAKESHIくんが来てて」
●いい奴でしょ?
瀧「あの子いい子だよね」
●昔、クレイって言ってたんだよね。高円寺によくスプレーで「マッド・カプセル・マーケッツ参上　CLA¥」みたいな落書きがあったなあ。
卓球「お前も昔、幡ヶ谷のアパートに住んでた時、表札に『畳宮殿』[11]って書いてたよな(笑)」
一同「(爆笑)」
瀧「書いてた書いてた(笑)。遊び来る奴にウケるかなあって」
卓球「6万円のワンルームマンションに『畳宮殿』(笑)」
瀧「『畳宮殿集合で!』って(笑)」
●あははははは。エゾは相変わらずメシはうまいの?
卓球「シャケ鍋でシャケナベイビーっていうのがあって(笑)、それを買ってきてもらって食ったぐらいかなあ」
瀧「でもあそこの食いもんほんっとうまいよ、なに食っても」
卓球「マジックスパイスもあったんだってな」
●なにそれ?
卓球「カレー屋さん。最近下北にもできて。俺も何回か行ってさ、うまいよっつって、瀧も一

作品を多数手掛けていることで有名。通称アイゴン。

9 マグミさん:レピッシュのヴォーカリスト。そのフロントマン/シンガーとしての実力はもちろんのこと、ステージ上で好き放題暴れ回っているように見えながら、「ステージからまくのは水だけ、他の飲み物はベタベタするから」「ステージで脱いだシャツはちゃんとたたむ」など、節度を持ちながらそうしていた点も、一部から高く評価されていた。

緒に行こうって行ったらさ、瀧と一緒に行ったらすっごい店員の態度が違ってさ」
●ははははは。
卓球「やっぱテレビ出てると違うなあって感じで。辛さの段階を全部ちゃんと説明してくれてさ（笑）」
瀧「『奥でシェフがあいさつしたいって言ってるんですけど、今ちょっと忙しくてもうしわけないです』って、『全然いいです、そんなこと』って感じで（笑）」
●瀧はなんかもうそういうもんになってるんだよね。縁起ものみたいな。
瀧「力士っぽい感じ？（笑）。ピシャッピシャッて、（歩いてると体叩かれる）感じ？　赤ちゃん抱いて（笑）」
卓球「年寄りだったら拝む感じだろ？（笑）。『ご利益ご利益……』って、こうやって。屁を体の悪いところにこうやって（笑）」
瀧「『ご利益ご利益』ってやって、行ってから、『あいつ誰だっけ？』って感じの。『なんの人？』（笑）」
卓球「そういや全然話関係ないけど、『寿司食いたいな、今日』っつって寿司屋に行ったんだ。そしたらガラ～ンとしてて、頼んでないのに次から次へと出てくんのね、おまかせみたいな感じで。で、最後じゃあぼちぼち握ってもらうわっつったらもう滑り込みって感じで、アワビ飯みたいなのが出てきちゃってさ。で、前[12]もウチら新宿でアワビでボラれてて」
●あったね、聞いた聞いた（笑）。

10 マッド・カプセル・マーケッツのTAKESHIくん：マッド・カプセル・マーケッツは06年から活動休止に入った。リーダーだったTAKESHIはベーシスト。

11 畳宮殿：電気グルーヴの前身、人生の時、瀧の芸名は畳三郎（コミックパブ「チャップリン」勤務担当）だった。ステージ衣装はドラえもんやお殿様など。

12 前もうちら新宿でアワビでボラれて：このエピソードは、03年8月号の回に載っています。

卓球「アワビは鬼門だからさあ、ヤベえなあと思っててさ。『じゃあ、お会計』っつったら」

瀧「45000円」

卓球「ボラれてさ。で、『いいカモだったなあ』なんつって話しながら、スタジオ戻ってさ。で、こいつ飯食った後トイレ入ってさ、こいつだいたいクソしながら本読むから、10分ぐらい戻って来なくて。そしたらプ〜ンとクソの匂いがスタジオ中に充満して、『臭えなあ、あいつのクソは！　体がデケえとやっぱクソも臭え！』と思っててさ。で、俺そん時すごいションベンしたくて、瀧も出てきたんだけど、でも今ションベン行くとクソの臭いの中に自ら突っ込んで行くことになるから」

瀧「毒ガスの中に飛び込んで行くことになるもんね」

卓球「そうそう、それは嫌だなあと思って、ちょっとションベンがまんしてたのね。それでもまだプ〜ンとかクソの臭いしててさ」

瀧「ずーっとこいつが『クソ臭いクソ臭い』って、俺のほう見て『お前臭いなあ』って感じでさあ、『マジで？　そうお？』なんつって」

卓球「で、『まあいいや、電気消して帰ろう』つって、スタジオの入り口んとこパッと見たら、クソがべっとりついてんのね」

●ははははははは。

卓球「泥かなあ？と思ってさ、ティッシュでこうやったら、『うわっ、クソだ！』って感じでさ（笑）」

瀧「っていうかもう、見た時点でクソだってわかってんだよ。明らかにクソなんだけど、こいつこうやって鼻に持ってきて『ああっ、クソだー!』。当たりめえじゃねえかっていう(笑)」

卓球「そんで(自分の)靴の裏見たら、べっとりクソがついててさ(笑)」

瀧「『おめえじゃねえか、この野郎!』って感じでさあ(笑)」

●ははは! しかしその言われ放題だったピエール瀧って(笑)。

瀧「『そうかなあ?』とか言っちゃってさ(笑)」

瀧「ずっとクソついた足で『あの寿司屋のオヤジは最低だよなあ』って言っててさ(笑)。おめえだよっていう」

瀧「アワビは鬼門。そしてクソには気をつけろ(笑)」

卓球「久しぶりに出たクソの話(笑)」

瀧「クソにまつわるいい話。ンフフフフフ」

卓球「WIRE近辺の活動は、クソを踏んだり新興宗教に勧誘されたり(笑)」

瀧「アワビを食ってボラれたり(笑)。……くだらないなあ」

11月号

卓球「レコードバッグなくなった」

瀧「あはははははは」

●そこで笑うか?(笑)。

卓球「デュッセルドルフでDJやったんだけど、前日(渋谷)WOMB[1]だったのね。で、WOMBで使うレコードとドイツで使うレコード

1 WOMB:渋谷にあるテクノ/ハウス系が中心のクラブ。つまり卓球は渋谷でDJをした後、そのままドイツへ向かったのだ。

違うから、2パターン分びっちり入ってたんだよ。レギュラーセットって感じのやつでさ。で、帰ってくる時に予定変更して、ベルリンに急遽移動したもんだから、カウンターでチケットを受け取るって話になってたんだけど、カウンターでないって言われてさ。で、アンディ（卓球のドイツでのマネージャー）と『そんなことねえっ、調べるっ』つってルフトハンザ[2]の事務所に電話したんだよ。そしたらやっぱり予約は入ってるってことでアンディの携帯をカウンターの奴に渡して『ほら見ろ、今これつながってるからここで話せ』っつってさ。そしたらアンディの携帯を持ったまま他の客とやり取り始めたりしやがってさ、電話つながってんのに。ほんでアンディがブチ切れてさ。それがあって、結構そのカウンターの女とかムッとしててさあ。で、結局ウチらチェックインしてさ、荷物預ける時にそいつタグにいいかげんに書き込んでてさ。『お前今、番号見ないで書いてたけど、大丈夫かぁ？』と思ってて。明らかに俺それ覚えてるのね。多分故意にやったと思うんだよ、それ」

瀧「仕返しに？（笑）」

卓球「そうそう。んで、帰ってきたら案の定レコードバッグ出てこなくてさ。んで、成田でロスト・バゲージで聞いたら、この番号はチェックインされてないから今どこにあるかわかりませんって言われて。だからこういう荷物でこんぐらいの大きさでこういう色でって言ってさ」

瀧「シールいっぱい貼ってあってって？（笑）」

2 ルフトハンザ：ドイツの航空会社。

卓球「そう、シールいっぱい貼ってあってジュラルミンのケースでって言ったら、『ジュラルミンのケースで行き先不明ってなると、爆発物の危険があるんで24時間放置されるんですよね』とか言われて。だから『モンチッチのステッカーが貼ってあって、モンチッチって、昔あった猿のぬいぐるみで……』とか必死で言ったんだけど、おばさんだからわかんないんだよ」

瀧「まぁ30過ぎの大人がカウンターに来て、シールだモンチッチだジュラルミンだってなぁ(笑)」

卓球「もう、『はあ?』って感じで。モンチッチってキキっていうじゃん、海外だと。だから『KIKIって書いてあるんですけど』って言ったら、『ああ、あのアメリカのFM局ですよね?』(笑)」

一同「(笑)」

卓球「それは知ってんだ!?って感じで(笑)。んで、アンディが『今から(ベルリン・)テーゲル空港[3]に行くついでがあるから調べとくよ』って言ってて、さっき電話かかってきたら『今テーゲル空港が封鎖されてる!』って」

瀧「なんで?」

卓球「なんか、男が車運転してて、急に心臓麻痺で死んじゃって、そのまま空港のカウンターに突っ込んでふたり死んだんだって」

瀧「マジで!?」

卓球「で、封鎖されてるから調べられるかわかんねえっつってさあ。ていうかそれどころじゃないからって」

3 テーゲル空港:ベルリンの国際空港。

瀧「今ごろ、普通にベルリンのクラブでそのカウンターの女がキュッキュッキュッて感じで（笑）」

●はははははは。

瀧「でも、お前レコードとかなくなんのすっごいへこみそうだな」

卓球「仕事道具じゃん。ホワイトレーベル[4]で送られてきてるからタイトルもなんにもわかんねえから、もう1回探そうにも1枚1枚店のレコード聴くしかねえとかさ」

瀧「店員に口で言ってわかる感じじゃねえしな、テクノってな。『ほら、あのカッチチットットッチチチャカッチットットッチチャカッチチットットッチチャってていうやつ』って、何万枚もあるよそんなの！っていう（笑）」

●近々パーティないの？

卓球「来週札幌なんだよね。で、いろいろ集めたりして多分1週間ぐらいかかるから、来週ほんとは実家帰ろうかと思ってたけどそれパーになっちゃった。ショックのパー」

一同「（苦笑）」

瀧「ここで笑っていいものか（笑）」

卓球「笑っていいともだよ（笑）」

瀧「笑ってる場合ですよ[5]！だ（笑）」

卓球「笑ってポンだよ[6]（笑）」

瀧「二度と手に入らないやつもある？」

卓球「いっぱいある」

●一番お気に入りのやつが入ってるわけでしょ、だって？

卓球「もちろん。一番新しいから」

4 ホワイトレーベル：プロモ盤のアナログレコード。まんなかのレーベルのところが、何にも書かれていなくて真っ白なことが多い。

5 笑ってる場合ですよ：現在の『笑っていいとも』と同じ枠で放送されていたバラエティ番組。漫才ブームの頃であり、B&B、ツービート、島田紳助・松本竜介などが出演していた。

6 笑ってポン：低視聴率のため、1クールで打ち切りになった、TBSの伝説のバラエティ番組。メインはビートたけし。高田文夫や

瀧「何万枚の中からの100枚だ」
卓球「それプラス、ゆらゆら帝国のCDが入ってた（笑）」
瀧「パクった奴もそれ聴いてキョト～ン？って感じで（笑）」
●でもほんとにへこんでるよね（笑）。
卓球「へこむよ～。仕事道具だもん」
瀧「でも俺は商売道具なくすことないね、あんまり」
卓球「お前、仕事道具ねえもんなあ（笑）」
●そうだよな！　ははははは！
卓球「お前仕事道具なくすって、イコール死だもんな（笑）」
瀧「死だねえ（笑）」
卓球「全身火傷とか（笑）」
●それはそれでなんとかなっちゃってね（笑）。
瀧「全身火傷は全身火傷でね（笑）」
卓球「いいよ～、裸一貫。最近ほんとについてねえ。iPod買ってさあ、結構はまってさあ、ものすごい育てたんだよ、俺」
●何曲ぐらい？
卓球「7千とか8千近い。あと自分のデモとか、どっかでやったミックスとかも入れてて、すごい細かく入れてたんだよ、データとかも。で、かなりいいiPodができてさ」
瀧「キャッキャ言って持ち歩いてたもんな（笑）」
卓球「んで、夜さ、俺酒飲みながらコンピュータで1回バックアップとろうっつってやったら、俺酔っ払っててさ、消しちゃったんだよ、

後に小説家となる景山民夫が構成作家に名を連ねていた。同番組のプロデューサーであり名付け親であるTBSの桂邦彦プロデューサーは、『風雲！たけし城』で当てるまで、この後もたけしと組んではコケ続ける。

全部」
瀧「『音楽がどんどん消えていく』（笑）？」
●復旧ソフトがあるんじゃない？
卓球「なんだけど、まだiPodの本体には残ってるから。下手にやっちゃってそっちも消えちゃったらほんとマジで俺、引退を考えるから」
一同「（笑）」
卓球「音楽業界から（笑）。裸一貫で」
瀧「音楽の神に見放されつつあるってことで（笑）」
卓球「またTEAC[7]のカセット4チャンから始めるよ（笑）。畳の部屋から、笹塚の（笑）」
瀧「上京はしてんだ、一応（笑）」
卓球「みのり荘から始めるよ（笑）。人生の後期から。グリソン・キム[8]って感じから（笑）」
瀧「やめて！（笑）」
卓球「だからお前のことはこれから畳[9]って呼ぶから、しばらく」
●ははははは!! まあ卓球はそんな感じで、いっぽう瀧のほうは？
瀧「イタリアのウンコ話、した？」
●なにそれ？ また？
瀧「今月のウンコ話（笑）」
卓球「『きょうのわんこ』って感じで（笑）」
瀧「今月のウンコ（笑）。いや、こないだ休みもらってヴェネチアに旅行に行っててさ。で、いろいろうまいもん食ったりして、『ああ、おもしろかった』なんつって。荷物ガラガラガラって引いて水上バスに乗ってヴェネチア駅に着い

7 TEACのカセット4チャン：多重録音ができるカセットテープ・レコーダー。〝4チャン〟とは4チャンネルのことで、4つの音を重ねられる。80年代に主流だった宅録機材。TEACはその代表的メーカー。

8 グリソン・キム：人生のメンバー。女性。キーボード担当。奇っ怪な格好で踊ったり奇声を発したりするメンバーたちの中で、唯一動かず、黙々と機材を操作する役割だった。

9 畳：前述の通り、瀧の当時の芸名。

て、で、自分のコンパートメント探して入って、トランクを上の荷物入れのところにガサガサってしまって、やれやれなんて思って落ち着いたら、ぷ〜んって――」

●ははははは！　同じじゃん、先月と！

瀧「クソ臭いんだよ（笑）。で、『あれ？　クソ臭いなあ？』と思って、パッて自分の手見たら、手のひらにクソがべっとりくっついてんの（笑）」

一同「（爆笑）」

瀧「で、手にべっとりクソがついてることなんてないじゃん、過去自分の人生を振り返ってみても。もう、ギョッ!?て感じでさ」

卓球「4つ足で歩いてきたっけなあ？（笑）」

瀧「糞ころがしの一種かなって感じでさあ（笑）。で、あれ!?と思って見たら、トランクのキャスターにクソがべっとりくっついててさあ（笑）」

●うっわあ（笑）。

瀧「で、ヤベえ！って感じで、すぐトランク下ろしてウオーッ！て便所行って、便所の水道でジャージャー洗って、キュッキュッ拭いて、全部クンクン嗅いで、もう大丈夫ってコロコロコロコロって帰ってきて、ことなきを得たっていう（笑）」

●得てねえよ、全然（笑）。

瀧「でも人間おもしろいもんでさ、うわっ!!て時に、クソだってわかってるんだけど嗅ぐんだよ、絶対（笑）」

一同「（爆笑）」

卓球「毎月な（笑）」
瀧「クソにつきまとわれて（笑）」
卓球「ヴェネチアで犬のクソと一緒にゴンドラに揺られちゃって（笑）」
瀧「『ああ、いい街だったなあ〜』とか思いながら（笑）。びっくりだよ、驚いた〜」

12月号

卓球「ロッキング・オンの今月、どうしたの、『トリビア』[1]って？（笑）」
道下「でも便所で読んでたら、結構おもしろかったですよ（笑）」
卓球「おもしろいんだけどさ、クイズってなに？って感じ。ロッキング・オンでクイズって。俺、最初知らないでパラパラッて読んでて、そしたら『クイズの答え』とか載ってるから、なんじゃそりゃって感じで（笑）」
●いや、編集部員全員の猛反発を押し切って（笑）。若手の編集部員とか、絶対やめましょうって言って、もう今月号が売れないばかりか、今後買わないっていう奴が続出しますよって言われて。
卓球「で、来月からシールがつくんでしょ？（笑）」
●いやいやいや（笑）。
道下「でも、こういう試みっておもしろいですよね」
瀧「しかも『トリビア』だもんね（笑）」
卓球「『トリビア』もちょっとブームが引き潮

1 トリビア：洋楽ロックの細かい知識や情報を『トリビアの泉』風に構成した特集記事が、04年12月号のロッキング・オンに掲載された。

の時にやる感じ（笑）」

瀧「だいぶみんな言わなくなってからっていう」

●渋いでしょ？　洋楽専門誌って感じでしょ。

瀧「洋楽だからタイムラグがあるからね（笑）」

●時差がね。

卓球「『激刊！山崎』[2]なんかエミネムの歌詞の訳が載ってるだけだぜ」

一同「（笑）」

卓球「すごいよなあ。ちょっと引用してるのかと思ったら、ほとんど書いてるページの3分の2ぐらいエミネムの歌詞だよ」

●いや、すんません。で、ちらっと聞いたんですけど、あのレコードバッグの後日談があるそうで。

卓球「そうそう、あれが結局テーゲル空港にあって出てきたの。で、1週間後ぐらいにやっと自宅に届いてさ、とりあえず一安心って感じだったんだけど。で、先週末また俺ドイツでDJあって、ドイツとクロアチアで。んで、ミュンヘンからちっちゃい飛行機に乗り換えるんだけど、その時にちょうど積み込むところ見えてたんだよ。俺の荷物があって、『ああ、あるある。今回は間違いないわ』と思ってて、飛行機に乗ったんだよ。そしたらすっごい飛行機が遅れて、ドイツ語でアナウンスがあって、乗客みんな『ナーイン！（ノー！）』とか言ってんのね。多分またしばらく遅れるってことだなと思ってたのね。で、その時はそんな深く考えてなくてさ。で、ミュンスターに着く直前ぐらいにアナ

2 激刊！山崎：山崎がどの雑誌に異動しようともどんなに時が経とうとも書き続けている、いわゆる編集長コラム。05年3月には単行本化。音楽評論家生活20年の山崎、08年4月時点において、これが唯一の著書です。なお、同コラムは、現在はロッキング・オン・ジャパンで続行中。

ウンスがあって、『この便にはお客様の荷物は一切乗っていません』とか言ってて、『というのも、先ほど離陸前にミュンヘン空港でストライキが急に始まったんで、全部積み込めませんでした』っつって。『なのでみなさん飛行機降りたら、ロスト・アンド・ファウンドに行って書類を書いてください』って言われて。『マジでー!?』って感じでさ。『先に言ってよ』って感じで。で、着いてみんなロスト・アンド・ファウンドに行って紙書いて。俺もしょうがないから書いて、プロモーターのところに電話して、『これこれこういうことでレコードが出てこないんだけど』っつったら『マジで?』ってことになって。で、もう夜の9時10時ぐらいだったんだけど、急いで知り合いのレコード屋に電話して開けてもらって、そこで急遽レコード選んで」

●ええ!? DJやる当日に買ったの? 最悪じゃん、それ。

卓球「そうそう、着いたその日すぐだったからさ。それでレコード屋に行って、急遽選んでさ。つっても、自分の持ってるやつなんかないからさ、なんとかできそうなやつ選んで。で、『とにかくキャンセルだけは勘弁してくれ』って言われてさ、『もう客も来てるし』って。で、俺も着いてホテルの部屋にずっといたくないからさ、『短い時間でもよければやる』っつってやったのよ。んで、レコード買って行ってやったのね」

瀧「何枚ぐらい買ったの?」

卓球「30、40枚ぐらいだったかな？　それで45分とか言ってたんだけど、結局1時間半ぐらいやってさ。で、次の日は1日空いてたから、ミュンヘンでもう1泊して連絡を待とうっつってたんだけど、出てこずで。で、クロアチアへ行くかどうかってことになって、でも持ってるレコードはマックスで1時間半しかできないってわかってるから、『1時間半のためにそこまで行くかねえ？』みたいな話をしてたのよ。でも、プロモーターには『頼むから来てもらわないと、ほんとに困る！』みたいに泣きつかれて。で、着いたら結構デカいパーティで。俺メインで、見たらポスターとかにも俺がバンッて出てて、『石野卓球来たる！』って感じでさ。前に俺、スロベニアとかよく行ってたじゃん。で、そこのアドリア海だっけ？　そこのスロベニアにイタリアとかクロアチアからもよく遊びに来てたんだよ、そのへんの奴らが。それで行ったら、もう2年ぶりぐらいで、大歓迎って感じで、待ってました！って感じでさ。『うっわあ、来てよかったあ』って感じで、すっごいもてなし受けて、かつお客さんもびっちり入ってて、クラブでも過去4年で一番入ったとか言っててさ。しかも飯うまいし、海岸沿いのすっごいキレイなとこでさ、きてよかったねえ！とか言ってて（笑）。で、地元の奴にレコード借りてどこまでやれるかわかんないけどっつって、結局2時間半ぐらいやってさ。最終的には結果オーライだったんだけども。んで、東京戻って、まだレコード見つかんなくて、結局昨日うちにきた」
瀧「どこにあったの？　結局そのミュンヘンの空港にずっと置き去りになってたの？」
卓球「うん。でも1ヶ月で2回あったからさあ、結構ブーイングって感じでさ」
●ひどいやねえ。でもその急場しのぎで買ったやつがうまくいったんだ？
卓球「そうそうそう。で、結構それがおもしろくてさあ、それはそれで（笑）」
瀧「じゃあ、なんでもいいんじゃん（笑）」
卓球「だから最終的に考えたら結構そっちのほうがよかったっていうさ。新しい体験もできたし、なんとかなるもんだなっていうのもわかったしさ」
瀧「トラブルシューティングのノウハウもできたって感じ？（笑）」
卓球「そうそう」
●これからは手ぶらで大丈夫だ。
瀧「現地で毎回買やあいいんじゃんっつって（笑）」
卓球「でもミュンスターにデカいレコード屋があるんだよ、1軒。で、それがあったからまだ助かったけど、クロアチアが先だったらもう絶対アウトだったね」
●そうだよね、クロアチアなんかなさそうだもんね。
卓球「ないない。でもミュンヘンのレコード屋の奴も、レコードバッグとかヘッドフォンとかもくれたりしてさあ」
瀧「旅の情けをかけてもらって（笑）」

卓球「クロアチアの地元のＤＪの奴も、『うちにもレコードあるから一応持ってきたよ』とか言って持ってきてくれてさ。人情に助けられたっていうさ（笑）」

瀧「でもクロアチアとかあのへん、なんか人情よさそう」

卓球「いや、ほんとそうだった。いい奴らだったよ」

●でも腕と人情でなんとかなるんだね。

卓球「なんとかなるよ。人情と腕さえあれば（笑）」

瀧「でもハードテクノでよかったたっていうのもあるよな（笑）」

卓球「うん。ハウスとかだと、曲知らないともうどうしようもないじゃん。途中でピアノとかムーディとかになっちゃったりとかさ」

瀧「歌入ったりとかな（笑）」

卓球「そうそう、で、歌いつ終わんのかわかんなかったりとかさ」

●ははは。

卓球「で、また成田でまたロスト・アンド・ファウンドに行って。そしたらこの前の人がまたいて（笑）」

瀧「おばちゃん!?」

卓球「『すいません、たびたび……』とか言って」

瀧「覚えてたんだ、向こう？」

卓球「もちろん。『またこの前と同じバッグなんですけど』『ああ、モンチッチの！』って（笑）」

一同「（爆笑）」

瀧「いい話じゃん！　それ（笑）。モンチッチの人がまた来たっていう。ンフフフフフ」
●それにしても1ヶ月に2回はすごいわ。
卓球「結局昨日うちにレコードバッグ戻ってきたんだけど、一度も向こうで開けられることなく戻ってきて（笑）。行って戻ってきたっていう、〝ブーメランストリート〟[3]だよ（笑）」
瀧「ふふふふふ。向こうで伝書鳩放すようなもんだもんね」
卓球「でも、なんとかなるよ」
瀧「なんとかなるんだね」
卓球「で、今月のウンコの話は？（笑）」
一同「（笑）」
瀧「今月は、ウンコ話ねえなあ（笑）。ごめん」

3 ブーメランストリート：西城秀樹の代表曲のひとつ。恋人が戻ってくることをブーメランに喩えているという、冷静に考えればむちゃくちゃな歌詞。西城秀樹には他に、〝ブーツをぬいで朝食を〟という、なんとなく臭そうな曲もある。

2004年　ボーナストラック

1月号

●俺は、何か犯罪の被害に遭ったのは、空き巣しかないけどね。

瀧「古典的なやつだ。なに盗られたの?」

●そん時は10万ぐらい。ズボンのポケットに突っ込んであったのをそのまんま。

瀧「10万円もポケットに入れてたの!? でも、よくその脱ぎちらかしたズボンのポケットに手を突っ込んだよね(笑)。すごくない? そいつ。それ、ひとり暮らしの時?」

●いや、ついこないだ(笑)。

瀧「じゃあ家族もいるとこに入られたの?」

●そう。だから2階で家族は寝てて、下にズボンがあって。2年ぐらい前。捕まったけど。

瀧「捕まったんだ? どういう奴?」

●なんかもう、しょぼくれた、60ぐらいの——。

瀧「ロック・ミュージシャンが?(笑)」

卓球「はははは」

瀧「[1]ミック・ジャガーって感じの(笑)」

●なんか、その近所を何軒もやってたっていう。

瀧「ああ、そういう昔ながらの。スリがうまいおばあさんとか」

●(笑)そういう感じ。地元のね、また帰って来るだろうなっていう。

瀧「昔浅草でよくやってたみたいな。部長クラスの刑事が『またお前か!』っていう(笑)」

●で、家に警察が5人ぐらいきて。俺、[2]ずっと警察避けてたからさ(笑)。かなり動揺した。

瀧「ズカズカズカッ」

1 ミック・ジャガー:ローリング・ストーンズのヴォーカリスト。かつてはドラッグ常習者であったが更生し、ランニングに余念がない健康オジサンとなって今日に至る。

2 俺、ずっと警察避けてたからさ:山崎洋一郎はかつて逮捕されたことがある。理由は……持っていてはいけないものを持っていたから。この件については、『メロン牧場』単行本第1弾の97年2月号の回に載っています。

卓球・瀧「ジャーッ（笑）」
瀧「拳銃を庭に埋めて（笑）」
卓球「火の出る棒を（笑）」
●でもやっぱ、子供とかいるからさ、危害加えられなくてよかったっていうのはあるけど。ものだけ盗って帰ってくれて、ちょっとほっとする。強盗とか最悪じゃん。
瀧「自分のセキュリティ面の甘さに、ああ……とかならなかったの？」
●ああ、なったなった。ドアとか全部開けっぱなしにしてたから。
瀧「警察にしてみりゃ、あんたも悪いよって話だよね」
●そう。ただね、そん時、もう指紋しか手がかりがないからさ、鑑識の人がすっごい指紋をいっぱいとってったの。それがすごい嫌だった。だってさ、その指紋ってコンピュータかなんかで調べるんでしょ？　絶対、真っ先に俺が出てくるもん。
一同「（爆笑）」
●絶対リストアップされるじゃん。
瀧「『あれ？（犯人は）主か』って。『はは〜ん、狂言だなあ』って（笑）」
卓球「『覚せい剤反応出ました！』（笑）」
瀧「あと怖いのが、指紋とったら40人分ぐらいありますねっていうのが怖いよね」
●（笑）うん。
瀧「最終的にはアドバイスとかくれんの？」
●「カギ閉めなさい」って（笑）。
卓球「それ、アドバイスでもなんでもないよ

（笑）」

2月号

瀧「また来たよ、俺んとこ。例の、えーと（携帯のメールを見る）……『××××××××より重要連絡。』。丸の時点でもうダメって感じなんだけど、『拝啓、このたびご利用いただいておりました、当社××××××××運営サイト利用料の入金確認がとれませんので、平成15年12月12日までに、サイト利用料22，000円、延滞損害金3，150円、合計金額25，150円を、下記口座へお振込みください』。で、振り込み先が、りそな銀行町田支店なんちゃらかんちゃらって。で、『なお、期日までに入金がない場合、給与、財産等差し押さえ処分の告訴手続きが開始され、その際関わる告訴費用等、180，000円、別途請求させていただきますので、必ずお支払いください』。で、『※架空請求通知ではございませんので、ご注意ください』って」

●なにそれ？

卓球「詐欺でしょ？」

瀧「詐欺詐欺」

卓球「払ってるの？」

瀧「払ってるよ（笑）」

卓球「怯えて？（笑）」

●なんの前ぶれもなしに突然？

瀧「突然来るよ。何回か来たよ」

卓球「また払って（笑）」

瀧「きっちりね（笑）。知らない？　来たことない？」
●来たことないよ。（瀧の携帯を見る）うわー、ほんとだ。これで払う奴いるんだ？
瀧「いるんじゃない？　俺とか（笑）」
一同「（笑）」
卓球「エロサイトとか見てて、『あれかも』って払っちゃうんだろ。でも、なんでお前のこのアドレスがわかるの？」
瀧「ランダムに送ってくるんじゃないの？　要は、@ｄｏｃｏｍｏの前ってさ、なんだっていいわけじゃん。電話番号にしてる奴もいるから、ランダムにバーッと送ればいいんだよ」
卓球「でもお前の、電話番号じゃないだろ？」
瀧「違う。俺、××××××@ｄｏｃｏｍｏだもん。これ載せといて」
一同「（爆笑）」
瀧「級数デカくして（笑）。『悩みを受け付け中！』って」
●ははははは。
瀧「でもそうやって送るんだよね、きっと」
＊＊＊
卓球「最初に買ってきたレコードを、なるべくいい音で聴きたいから、買ってきたらまずテープに録って、まずそのテープを聴くっていうさ（笑）」
瀧「あったな（笑）」
卓球「大事にとっておいちゃうの」
瀧「しょっぱなをっていうな」
卓球「ヴァージンを（笑）」

瀧「ヴァージンの部分をハメ撮りだって感じでな（笑）」
卓球「で、レコードはまた店のビニール袋に入れてさ、中の半透明の袋も上が開くとこにして入れたりな（笑）」
瀧「こいつに録ってもらったニュー・ウェイヴのレコードがさ……こいつ、当時ものすごいせっかちでさ、全部録ってくれないんだよ。フェイドアウトまでいくとカチャッて止めて、じゃあ次の曲な、って。で、それを家帰って聴き直して、全然それが普通だと思ってたりとかさ」
一同「（爆笑）」
瀧「あとでCD買って聴いたら、『あれ？ なんかすげえエンドが長えな、これ？』って思ったらさ、『あ、もともとあいつフェイドアウトにいくとカチャッて止めてたんだ？ 俺そういう曲だと思ってた！』って感じで、のちに衝撃を受けたりとか。もう1コーラスあったとか（笑）」
卓球「あとFM[1]を録音してたやつとかだと、何度も何度もそれ聴いてるから、曲にDJのしゃべりがかぶってたりすると、それ込みでその曲で覚えてたりとかするじゃん」
●曲が終わってDJが第一声を発する、その第一声の頭だけちょっと入ってたりね（笑）。
卓球「うちいっぱい渋谷陽一[2]の声が入ってたよ（笑）」
＊＊＊
瀧「『ランボー[3]』の原題って、『ランボー』じゃないんだって。向こうでは全然ヒットしなかっ

1 FMを録音してたやつとかだと：70〜80年代頃、お金がない音楽マニアは、ラジオで放送される曲をカセットテープで録音していた。これを「エア・チェック」と言う。レンタル・レコード屋もまだ少なく、インターネットもない時代の地味な文化。
2 渋谷陽一の声が入ってたよ：ロッキング・オンの代表取締役、渋谷陽一は、昔からラジオのDJをやっていた。08年3月現在もNHK-FMで『ワールド・ロック・ナウ』という番組を持っている。
3 ランボー：82年

たんだけど、日本で『ランボー』ってつけたら、日本でだけヒットしたんだって。で、じゃあその『ランボー』っていうのにしようっつって、向こうでも『ランボー』になったの」
●へえ。
卓球「だからたまにさ、外人と話してて、映画の話するとすごい困る時ある、原題わかんなくてさ」
●ああ、直訳したら「なんだそれ?」みたいな。
卓球「そうそう、全然違ったとかさ。まあそれ言ったらな。〝[4]上を向いて歩こう〟は〝スキヤキ〟だしな（笑）」
瀧「下向いてやるもんだもんね、スキヤキって」
一同「（爆笑）」
瀧「真逆だもん、だって。（うつむいて）こうやってやるもんだよ」
卓球「〝スキヤキ〟はすごいよな。[5]永六輔作詞の〝スキヤキ〟。はっはっはっは！」
瀧「すごいよ（笑）」
卓球「でもお前の曲のタイトルとかの流れだもんな。〝ちょうちょ〟〝富士山〟〝[6]ドカベン〟〝スキヤキ〟って感じ（笑）」
瀧「ありそうだもんな（笑）」

4月号

●っていうかさ、結婚したの?
瀧「[1]俺?　そうだよ」
●知らなかった……。
卓球「もうずいぶん経つよ」

に公開されたシルヴェスター・スタローンの主演映画。『ランボー』の原題は〝FIRST BLOOD〟。第2作の『ランボー／怒りの脱出』の原題は〝RAMBO：FIRST BLOOD PART Ⅱ〟となった。

4 〝上を向いて歩こう〟は〝スキヤキ〟だしな…〝上を向いて歩こう〟は、坂本九が61年にリリースした曲。作詞は永六輔、作曲は中村八大。アメリカでも大ヒットし、63年のビルボード・チャートで1位となった。この曲のアメリカでのタイトルが〝SUKIYAKI〟。

瀧「ずいぶん前だよ。2年ぐらい前」
卓球「極秘入籍だもんな（笑）」
瀧「うん」
卓球「極秘入籍だもんなっていう、それがもう極秘じゃねえじゃんっていう（笑）」
道下「でも公表はしてないんで、カットでお願いします」
卓球「なに、一応アイドル的な人気もキープしつつ？（笑）」
道下「もちろん、大事なんで（笑）」
瀧「別に秘密ってわけじゃないんだけど」
●誰と？
卓球「誰とって（笑）」
瀧「誰とって、普通の、一般の」
●あ、そうなんだ？
瀧「だって、『結婚しました！』とか言うのもなにじゃん。『さあ、祝え！』みたいな感じで（笑）」
卓球「だから俺が指揮をとって、知り合いの居酒屋でコンサートのスタッフとかさ、天久とか、近しい人だけ30人ぐらい呼んで（祝宴）やってさ」
瀧「それがすごかったよ！　こいつがもう、仕切ってくれたのは嬉しいし、ありがたいんだけど……」
卓球「総合司会」
瀧「そうそう。すごい仕切ってやってくれて、司会までやってくれてさ、スタッフまで呼んで。それはすごい嬉しいしありがたいんだけど、ただもう、途中から完全に泥酔状態で、俺

5 永六輔：ベトベトした語り口で知られる作詞家、エッセイスト。〝上を向いて歩こう〟の他、〝いい湯だな〟〝ジェンカ〟なども手掛けている。〝死〟をテーマにしたエッセイ『大往生』はベストセラーとなった。

6 ドカベン：『KARATEKA』に収録されている瀧の曲。

1 俺？　そうだよ：今や娘も生まれて、瀧は良き父親。メロメロっぷりは05年6月号の回へどうぞ。

のカミさんのとこにバーッときて、『ブスだよね〜』っていうのを、ひと晩に600回ぐらい言ってて（笑）」
卓球「最後に『ほんとにありがとう。でも私、一生のうちで1日でこんなにブスって言われたの、今日が初めて』って（笑）」
瀧「泥酔しちゃってね。お前がブスだブスだって言うから、俺、真顔でお前のこと蹴り上げちゃったりしてな。『オラ！』って（笑）」
●ああ、でもいい人なんだね、奥さん。
瀧「いい人いい人。いい人いい人っていうのもなんだけど（笑）」
●今のエピソードで、いい人なんだなっていうのはわかりました（笑）。
卓球「あ、前に、俺がお前んちで、寝ぼけてしょんべんした日、天久もいてさ。天久が寝ぼけ眼で見てたら——俺がしょんべんしてる時に、お前が嫁さんに『おい！』ってひと言言ったら、嫁さんが風呂場からバスタオルを持ってきて堤防を作ったんだって。で、天久をそれを寝ぼけ眼で見てて、『ああ、この人たちは結婚するんだろうなあ』って思ったたって（笑）」
一同「（爆笑）」
瀧「いい話じゃん（笑）」

5月号

瀧「名古屋のテレビがおもしろかったよ。なんか、名古屋の、セイン・カミュかなんかがやってる情報番組[1]みたいなやつで、今回『SING

1 名古屋の、セイン・カミュかなんかがやってる情報番組：おそらく中京テレビでやっていた『Music RA・TE』のこと。セイン・カミュは、『さんまのSUPERからくりTV』出演と、消費者金融のアコムのCM"むじんくん"シリーズの宇宙人役でブレイク。大叔父は『異邦人』『ペスト』などで知られるアルベール・カミュ。

LES and STRIKES』が出るから、昔の電気を振り返りつつ、思い出の場所に行ってみましょう、みたいな企画があって。昔『電気が出るテレビ』[2]っていう30分の特番みたいなのを作ったことがあって、90年か91年ぐらいに。それと同じロケ地に行ってみましょうみたいな企画で、そこに行って当時と同じことをやる、みたいなことを言われて。『同じことはちょっと……』っつって」

●（笑）。

瀧「そしたら、『仕込みがいますから大丈夫です。そこに仕込みの奴がくるんで適当にあしらってください』みたいなこと言われて、『わかりました』って行って。夜中でさ、10時過ぎぐらいなのね、始まったのが。で、真っ暗な神社に行って、そんなのロケ隊だけじゃん、いるの。で、並んで適当にくっちゃべってたら、暗闇の中から若い奴がザッザッザッザッザッて歩いてくるから、仕込みの奴だと思って、『すいませ〜ん。なにやってんですか？』みたいな感じでインタヴューしたら、『明日ここでフリーマーケットがあって、着物売るんですよ』『そうなんだ』って感じで普通にしゃべってたら、全然仕込みじゃなくてさ（笑）。スタッフ全員『違います！　違います！』って感じで。『あ、なんか違うらしいから、ごめんね』っつって、『なんだよ仕込みじゃないじゃん』つって、じゃあ仕切り直しでとかって言って、普通に並んでたら、今度は別のとこから、人のよさそうなカップルがザッザッザッザッザッと歩いてきたの

2 電気が出るテレビ：『天才・たけしの元気が出るテレビ!!』のパロディだと思われるタイトル。中京テレビ制作。ダウンタウンの番組などで知られる高須光聖が作家を務めた。30分オール電気の特番。

ね。で、あれだって感じで『どうも〜』って行って、彼女のほうがUFOキャッチャーでとってきた、ディズニーかなんかのぬいぐるみを持ってたから、『変なの持ってるねえ。ちょっと貸して』っつって、それをベロ〜とか舐めたりして、『はい』って渡して、わっはっはっはっは〜なんてやって、パッて見たら、彼女がもんのすごい涙ぐんでてさあ（笑）。涙がツツーッて感じで。あれ？って感じで、『仕込み？』ってスタッフに聞いたら、『違います！』」

一同「（笑）」

瀧「マジで!?って感じで、『ごめんなさい！ほんっとすいません！』っつって（笑）。で、スタッフに、どれが仕込みか教えてくれっつったら、スタッフ誰もわかんなくってさあ」

●あはははは。

瀧「『どれだよ？　おい！　AD！』『いや、ちょっとわかんないっすねえ』って。じゃあ仕込んでねえんじゃん！っていう（笑）」

●その夜の神社に行ってっていうのは、なんなの？

道下「その番組は、前は昼に行ったんですよ」

●しかも10年前でしょ？　それを観た人にしか意味がないじゃん。

道下「まあそう言っちゃそうなんですけどね（笑）。もちろん昔のVTRを見せて、こんなことやりました、今回そこに行きますっていうのなんですけど」

瀧「当時のは、俺が全身タイツ着て、身体に全部ヒモくっつけて、エサくっつけてじーっとしてて、ハトがきたらハトつかまえて足に紐を結んでって、何羽目で飛べるかってやつで」

●（笑）。

瀧「結局1羽も捕まえられずに終わったんだけど」

6月号

卓球「4月の8日が瀧の誕生日で、西井がプレゼントで、潜水艦のプラモデルをいろいろ探し回ったんだって、あげようと思って。でも全然なくて、結局。酒かなんかあげたんだっけ？」

瀧「うん」

卓球「で、こいつその前に『〜STRIKES』のレコーディングで〝カフェ・ド・鬼〟録ったときにさ、空き時間に俺ら下北に遊びに行った[1]んだよ。で、フィギュア屋とか見て回ってたらさ、『ウルトラマン』に出てきた怪獣のブルトン[2]っていうさ、なんかフジツボみたいの、あれのデカいやつをこいつ、9800円で買ってさ」

瀧「ゴムっぽいぶよぶよした感じの」

卓球「『これはいい！』なんつってて。んで、西井がこの前さ、『瀧さんの誕生日プレゼントを買いにおもちゃ屋に行ったんですけど、そしたらブルトンが3000円で3つ山積みになってたんですよ』っつって（笑）」

一同「（笑）」

卓球「『でもそれ、見ちゃいけないもの見ちゃった気がして……』（笑）」

1 下北に遊びに行ったんだよ：下北半島ではなく、東京都世田谷区下北沢。

2 ブルトン：隕石から生まれた謎の怪獣。怪獣といえば恐竜的なフォルムが一般的だが、ブルトンはフジツボとウニが合体し、出来損なったような固形物体。どう攻めたら良いのかわからず、科学特捜隊もウルトラマンも手を焼いた。

瀧「あっはっはっはっはっは」
卓球「絶対それ3つ買ってあげたほうがよかったのに、ブルトン3000円」
瀧「お前のゴジラ[3]は？」
卓球「ゴジラは、引っ越しの時に会社の人が手伝いに来てくれて、間違ってゴジラのリモコンを捨てちゃって、動かないゴジラがあるけど」
瀧「リモコンだけどうにかなりそうじゃん」
卓球「今さらいいよ、ゴジラが動いたって。36だぞ、俺は」
一同「（爆笑）」
卓球「『ガオ〜！』じゃない年だからね（笑）」
瀧「確かにそれもそうだけど（笑）」
卓球「ムキになって取り寄せちゃって。あんま1日にゴジラゴジラ言うもんじゃねえよ（笑）」

●そのゴジラって、昔から持ってたやつ？
卓球「ああ、山崎さん、家に来たよね」
●あの時に動かして見せてくれたやつ？
卓球「あれ？ まだ動いてた、そん時？」
●動いてた。
卓球「あ、そっか、前の家だもんね」
●あん時まださ、知り合って浅いから、「石野卓球ってどういう奴なんだろう？」っていう目でやっぱ見てるじゃん。そしたらインタヴュー終わってからさ、「このゴジラね、動くんですよ」とか言って動かしてくれてさ、ゴジラは動いてるんだけど、それを見て入り込んでる石野卓球のほうがよっぽど怖くて。操縦しながら固まってて、ずーっと動かないんだよ（笑）。
瀧「入ってるって感じだよな（笑）」

3 ゴジラ：日本が誇る怪獣界の王者。作品によって身長が50メートルになったり、100メートルになったりする。アメリカ版の映画で変な形にされてしまって、マニアが激怒した。

一同「(笑)」

瀧「ゴジラのリモコンで入ってやがる、こいつ。ははははは」

●で、そのあと、リクガメ[4]も見せてくれたんだけどさ、それもカメの動きをじーっと見たまま動かなくなるんだよね(笑)。

瀧「はははははは」

卓球「そのためのものだからね、あれはね」

＊＊＊

瀧「なんか、今不二家の前で、ペコちゃん[5]がパクられまくってるんだって」

卓球「売ってるんだろ、あれ」

瀧「なんかそれを売ると25万円ぐらいになるんだって」

●でもヤフオクとかがあったらさ、ほんとそういう犯罪、これから絶対増えるよね。

瀧「まあね。泥棒市場的なところもあるよね、絶対ね」

●ミュージシャンがらみのものとかはないんですか?

道下「いろいろありますよ。だって、発売日前[6]のサンプルとか出てますもん」

瀧「こいつのWIREでプレイしたやつを、CD-Rで売ってる奴いるよ」

卓球「まあでも、それはまだわかるじゃん、聴きてえっていうのは。一番すごいのは切り抜き」

一同「(笑)」

卓球「切り抜きってほんと、切り抜いてノートに貼ったやつ。スクラップブックっていうじゃ

4 リクガメ：地上で生活するカメ。ゆっくりノッシノッシと歩くので、見ていると非常に心和む。なお、カメ型の宇宙怪獣ガメラはジェット噴射で回転しながら飛行する。必殺技は火炎噴射。

5 ペコちゃん：不二家のマスコット。常に舌を出している頭の大きな少女。

6 発売日前のサンプル：CD発売前に関係者に配布されるサンプル盤のこと。形態は簡素なCD-R、MDなどが多い。

ん。スクラップってクズのことだろ？　ゴミを売ってんだもん、すごいよ。『ゴミ、売ります！』だって（笑）。そういえば1回俺、オークションで、レコード買おうと思って入札したんだけど、そのままほっぽらかしといたら、1度も使ってないのに（評価が）マイナス。それっきり」
瀧「で、なに、連絡もせず？」
卓球「連絡もせず、知らんぷり（笑）」
瀧「それはヤフオクの中では悪質な奴っていうんだよ（笑）」
道下「瀧さん一時期売ったり買ったり、すごい利用してましたよね」
瀧「してたね」
卓球「サンプル盤を中心に（笑）」
道下「いやいやいやいや」
卓球「『ピエール瀧サイン入り、電気グルーヴ、レア盤！』だって」
瀧「『ライター7個セット!!』（笑）」

7月号

道下「来週『誰でもピカソ』[1]に出ますよ」
瀧「ああ、『誰でもピカソ』来週なんだ」
卓球「『誰ピカ』？（笑）」
瀧「『誰ピカ』」
●オンエアが来週？　じゃあ収録もう終わったの？
瀧「終わった。なぜか審査員（笑）」
道下「辛酸なめ子[2]とともに（笑）」
卓球「はははははは」

1 誰でもピカソ：アーティスト、ミュージシャン、お笑い芸人など、様々なジャンルで活躍している人々を紹介するバラエティ番組。新進アーティスト発掘を目指したアートの勝ち抜き合戦なども行われている。メイン司会はビートたけし。

2 辛酸なめ子：漫画家、コラムニスト。

瀧「辛酸なめ子の横で（笑）。そういうの多いよね。３人並んでる回答者で、右端の役で。その前のオンエア観たら、そこにパパイヤ鈴木[3]が座ってて（笑）」

一同「（爆笑）」

瀧「ああ、この役かって感じで（笑）。黒沢年雄[4]と乙葉[5]とピエール瀧っていう並び。んふふふふ」

卓球「納得は納得だよね、それ」

道下「キャラ設定しっかりしてますよね（笑）」

瀧「その前がファンファン大佐[6]と、真ん中が誰かアイドルと、パパイヤ鈴木だったの（笑）。で、俺はパパイヤ鈴木か、そらそうだなっていう」

●ほんとそのポジションを着々と固めつつありますね（笑）。

瀧「固めてるわけじゃないけどね。なんか、おもしろいから受けちゃうかっつってると、そうなってっちゃうんだよね」

卓球「あと『元祖！でぶや[7]』な」

瀧「でぶや？（笑）」

卓球「あと『田舎に泊まろう！[8]』（笑）」

一同「（笑）」

卓球「出てほしいなあ（笑）」

瀧「なんで12チャン[9]なんだよ、全部（笑）」

卓球「漁村とか行って、どっこも泊めてくんないんだよ。番組初の野宿っていう（笑）」

瀧「知名度ゼロって感じでな。『誰ですか、こいつ？』っていう（笑）」

3 パパイヤ鈴木：ダンサー、振付師、タレント。シブがき隊とは高校の同級生。昔は痩せていて二枚目だったらしい。

4 黒沢年雄：〝時には娼婦のように〟という歌詞がかなりエロい曲が、かつて大ヒット。本職は俳優。ニット帽を常に欠かさない。

5 乙葉：藤井隆と結婚し、全国のモテない男を地獄に突き落とした元グラビアアイドル。

6 ファンファン大佐：俳優、岡田真澄の愛称。「スターリンに似てる」と長年

8月号

●韓国って、他人との距離感みたいなのが、日本とちょっととり方が違うよね。

瀧「違うね。親戚っぽいんだよね、みんなね（笑）。あと、おっさん同士が手つないで歩いてたりとかさ。そのへんの距離がずっと変わんないみたいよ、子供の頃から」

●だから、日本人にラテン系が入ったみたいな感じだよね。

瀧「かなあ？　ラテン系？　なんだろうね？　おもしろかったけどね。俺ひとりでふらふらしてる時とかもさ、青山[1]の骨董通りみたいな、あいうちょっといい感じのものが売ってたりするような場所で。で、店の並びもすごいちゃんとしたようなところで、歩いてる人も観光客とかが多かったりするところなんだけど。道のど真ん中に、どけどけー！って感じで、4メートルぐらいのリヤカーをオヤジが引いて、チリーンチリーンってやりながらいきなり突っ込んできて、なにかな？と思ってパッとそのリヤカーの中見たら、3センチぐらいのエビがぎっしり載ってて（笑）」

一同「（爆笑）」

瀧「もうぎっしり載っててさ、升で量って売るって感じでさあ。『買うー？』って感じで、『いや、買わないよ』っていう（笑）」

●はははは。

卓球「で、焼肉食ってさ、その焼肉がすんごいうまかったんだけど、パーティの前だったの

みんなに思われていたが、91年に舞台『夢、クレムリンであなたと』で、スターリン役をついに演じた。

7　元祖！でぶや：ホンジャマカの石塚英彦とパパイヤ鈴木が全国各地の美味しいものを食べ歩くバラエティ番組。

8『田舎に泊まろう！』：芸能人がいきなり田舎の家に「泊めてください」と押しかける迷惑なテレビ番組。

9　12チャン：テレビ東京のこと。どんな大災害が起ころうとも、放送予定を変更しないことで知られる。

ね。で、やっぱニンニクとかドンッと出てくるじゃん。で、『どうしよう、食べたいけどこの後パーティだしなあ……』って言ってたら、瀧が、『大丈夫だよ、韓国の人みんな慣れてるんだから』って言ったら、ドニー[2]が、『いや、でも僕らも臭いです』って（笑）」

一同「（笑）」

卓球「臭いものは臭いですって感じでさ、ぽつっと言ってて（笑）」

瀧「『毎日食ってんだからさあ』とか言ってたんだけど、『いや、臭いは臭いですよ』『あ、そうですか』（笑）」

卓球「そりゃ僕らだって臭いですよって感じで（笑）」

●韓国って、テレビのドラマとかもちょっと前の日本の感じだよね。

卓球「ああ、そう、日本のドラマやっててさ、柴咲コウが出てるホラーみたいなやつなんだけど、吹き替えじゃないのね。日本語のまま流れてて字幕が出てて、あとずっと解説が入ってんのね。ジョン・カビラ[3]みたいな感じの結構ノリノリのナレーションが入ってて、『さあ、彼女はそこのドアに手をかけた！』みたいなのが、延々入ってて、字幕も入っててさ。これ新しいなと思って（笑）」

9月号

卓球「4年ぐらい前に、ベルリンにしばらくいた時に、クソの臭いがすんごいするんだ。数日

1 青山の骨董通り：東京の青山にある、ちょっと粋なセンスの店舗が並ぶ通り。名前の通り元々は骨董屋が多かったが、近年は有名ブランドショップが目立つ。

2 ドニー：ソニー・コリアのスタッフ。韓国滞在中の電気の通訳、ガイドを務めた。

3 ジョン・カビラ：油っぽいルックスと語り口で人気のラジオDJ。ポケモンの映画でポケモン・バトルの実況中継をした時もノリノリであった。

間、どこ行っても。レストランとかさ、あと人の車乗ってたりとかさ。クソの臭いすんなあ、俺かなあ?と思ってて、でもちゃんとシャワー浴びたあとでもすんのね。おかしいなあと思って」

瀧「シャワー浴びたあとで体からクソの臭いがするって、ないよ!(笑)」

卓球「そうなんだけどさ、食べ物が変わったせいかな?とか思っててさ(笑)」

一同「(笑)」

卓球「んで、1週間ぐらい経ってさ、パッてジーパン見たらクソがべっとりついてて」

一同「(爆笑)」

卓球「もう乾いてるんだ。あれ!?と思って記憶辿ってったらさ、公園の芝生にゴロ〜ンとなった時に犬のクソかなんかあったんだよね。それでそのまま気がつかないで。ジーパンなんてそんな洗わないじゃん。で、それはいてマイク・ヴァン・ダイク[1]の車乗ったりとかさ(笑)」

●あはははは!

卓球「食事に行ったりとかしててさあ(笑)」

瀧「レストランにな。ナイフとフォーク持っちゃってな(笑)」

●絶対おかしいと思ってる奴いるよね(笑)。

卓球「『こいつクソ臭えなあ』って(笑)」

瀧「自分からクソの臭い発してんのにさ、『クソ臭くねえか?』って言ってる時のその滑稽ぶり(笑)」

卓球「例えば、明らかにクソをちょっともらしてて、クソの臭いがするんだったらわかるじゃ

1 マイク・ヴァン・ダイク：ドイツのテクノ・ミュージシャン、DJ。〝ガリガリ君〟のリミックスを手掛けるなど、電気との交流は深い。

ん。そうじゃなくて、まったく自分が潔白だって思ってる時にクソの臭いがしてきたら、それはまず他人から疑ってくだろ?」

瀧「そうだけどさあ(笑)」

卓球「だからクソの臭いがするのはケツの穴からって決まってんじゃん(笑)。それで俺のケツの回りにはクソはついてない、間違いなく。そうなると、この中にホシはいるっていう」

瀧「『まず第一容疑者は瀧だ!』って感じ?(笑)」

卓球「そうそう(笑)」

道下「『なぜならあいつは今クソをしてたから!』(笑)」

●でもクソの臭いがした時に犯人は普通いないよ、大人の世界では(笑)。

卓球「いや、俺もほんと、この歳になってクソを普通に踏むとは。しかも東京で」

瀧「な。まあまあお気に入りのクツでな(笑)」

卓球「そう。プーマのプラチナっていう、3万5千円ぐらいするやつでクソ踏んじゃってな。とたんに俺の中でそのクツの評価下がっちゃって、キレイにしたあとでも(笑)。クソを踏んだクツっていう」

瀧「クソを呼ぶクツだよ、フッフッフッフッフ」

●クソ踏んでないよねえ、でも。

瀧「クソ踏まないよ、最近」

道下「踏むとやっぱへこみますよね」

●へこむよねえ。

瀧「東京でクソ踏むと大変だよね」

卓球「あんまないだろ、だって。みんな持ち帰

2 ムーンウォークで前に進む感じ:ムーンウォークは後ろに進むのが通常スタイル。しかし、ムーンウォークのオリジネイターであるマイ

るしさあ、犬飼ってる人も」
瀧「水たまりはないしさあ、洗うための。だいたい水たまりで洗ってるじゃん、で、『チッ』て（笑）」
卓球「ムーンウォーク[2]で前に進む感じでこうやって歩いてっちゃった、タクシー拾うとこまで（笑）」
●はははは！
卓球「前向きのムーンウォークって感じで、こうやって（笑）」
瀧「でもお前『じゃあな』とか言って、普通にタクシー拾って帰ったよな（笑）」
卓球「でもタクシー拾う前も、ずーっと角とかでこうやって（こそぎ落として）」
瀧「なるべく被害を小さく（笑）」
卓球「でもタクシー乗ったらまた絶対クソの臭いするじゃん。そうなったらもう絶対運転手は、『あ、こいつクソ臭い』って思ってんの間違いないじゃん（笑）」
瀧「まあな、んふふふふふふふ」
卓球「あとそのクソがついたまま歩くと、溝があるじゃん、クツの裏の溝[3]にどんどん入ってく感じがして、なるべくこう足を浮かせてたいって感じで（笑）」
瀧「押し寿司的な感じでしょ（笑）」
卓球「どんどん奥に入ってな（笑）」
瀧「落雁[4]って感じの（笑）」
●わはははははは！
瀧「くだらない、またクソ話だ（笑）」
卓球「久しぶりに出たクソの話（笑）」

ケル・ジャクソンも、クソを踏んだ際は前に向かってムーンウォークをするのだと思う。

3 クツの裏の溝にどんどん入ってく感じ：細い木の枝などでほじくり出すのが定番の対処方だが、あまり楽しい作業ではない。

4 落雁：らくがん。落雁粉（もち米を粉にして炒ったもの）や砂糖などを混ぜて固めた伝統的な和菓子。型押しによる落雁の模様は、踏まれたクソに靴の裏の跡が付く様にそっくり。しかし、クソとは違い、落雁は食べられる。

瀧「クソにまつわるいい話。ンフフフフフフ」

10月号

卓球「サマーソニック行ったよ、そういえば。先週が結構すごくてさ、まず金曜日WOMBのレギュラー・パーティがあって、それが終わって白山でカムカムライド[1]っていう野外のフェスがあって、そこでDJやって、で、それ終わって翌日羽田に着いて、その足でサマーソニック行ってさ。そこに瀧とかもきてさ。フェス3連チャン。で、スチャダラ観て」

瀧「気持ちよかったあ」

卓球「で、そのあと球場[2]（マリンステージ）行って、みんなでビースティ・ボーイズ[3]観てさ、瀧の車で帰ってきたんだよ。そしたらもういきなり会場出るとこでサマソニ渋滞にはまっちゃってさ、高速乗るまでに1時間ぐらいかかってさ。で、やっと乗れたと思ったらさ、高速でガス欠（笑）」

瀧「スーッて止まって、あれ？って感じで、スカッスカッ、ヤバい！って感じで（笑）。横に止めて。高速のちょうど高架のところの端に止めて、ガス欠でJAF[4]に電話して、1時間後ぐらいにJAFが来て、ガソリンをこう入れてくれる感じ（笑）」

●悲惨じゃん。

瀧「で、停車すると道路公団のトラックみたいなのが来んのね。呼んでもいないのに来て、後ろについて、『ああ、もう交通整理やりますか

1 カムカムライド：この年、石川県白山市瀬女高原のスキー場で行われた野外音楽フェス。

2 球場：サマーソニックの東京会場は、千葉マリンスタジアムと幕張メッセ。

3 ビースティ・ボーイズ：80年代から活躍しているニューヨークのヒップホップ・グループ。

4 JAF：日本自動車連盟＝JAPAN AUTOMOBILE FEDERATION。車に関して困った時に助けてくれる。マークがメジャーリーグの球団みたいでかっこいい。

ら乗っててください』って感じで。で、その後ＪＡＦが来て『大変でしたねえ』『ああ、ちょっとガス欠で』『じゃあ今入れますから』とか言って、後ろでチャーッてガソリン入れて、俺も外出てこうやって見てて。『大変ですねえ』『ああ、はい』って言ってたら、中でこいつとかみんながゲラゲラ笑いながら話しててさ、『ワッハッハッハッハッハ！』とか声が聞こえてきて、そのＪＡＦの奴も、『全然困ってねえじゃん、こいつら』って感じでさあ（笑）」

卓球「むしろそこでガス欠があって楽しかったぐらいの感じでな（笑）」

＊＊＊

●オリンピック[5]とか観てるんですか？

瀧「オリンピック観てるよ、ちょっと。ギリシャのいろんないいかげんぶりがおもしろい。なんか昨日、会長宅でパーティやってて、花火上げたら近くの森に飛び火して山火事になったんでしょ？（笑）」

●マジに？

瀧「ギリシャのオリンピック協会の会長の家で、『いやあ、開会式よかったよねえ！ ほっとしたよ。じゃあパーティだ！』って感じでみんな家に呼んで、ドーンッて花火上げたら山火事になっちゃって（笑）」

●ははははは。

瀧「そういうのがおもしろいよね、オリンピックは」

卓球「あと便乗」

瀧「なに、便乗って？」

5 オリンピック：04年8月13日〜29日にアテネ・オリンピックが行われた。

6 大黒摩季：所属レコード会社の意向でマスコミなどへの露出を行わず、ライヴ活動もしなかったため、「実在しないのでは？」と一時言われていた女性シンガー。レコード会社の移籍などを経て普通に表舞台に出るようになり、存在が確認された。

卓球「（スポーツ新聞を広げて）『[6]大黒摩季アテネ入り』とか、関係ねえだろっていう。『[7]いくよくるよも今日アテネ入り』とかさ。ニュースで言うほどのことかよっていうさ」
瀧「大黒摩季アテネ入りなの？」
卓球「[8]なんか応援歌うたってんでしょ？」
●でも今回全部夜中なんでしょ、日本時間だと。
瀧「夜中だねえ。10時ぐらいからやってる感じ」
瀧「オリンピックなんて興味あんの？」
●全然ない。卓球もあんま興味ないでしょ？
卓球「開会式は観たけどね。[9]ティエストがやっててびっくりした。全然俺知らないで観ててさ」
●そんなのもやるの？
卓球「だって選手入場の時ずっとティエストがDJやってた、2時間ぐらい。なんかダンス音楽が流れてんなあと思ってパッとDJブース見たら、『DJティエスト』とか名前が出ててさ、すっごいシュールだったよ。途中ブレイクとかで♪ギョッギョッ、ギョッギョッとかいってるところで選手とか入って来ててさあ、『シュールだな、これ』って感じで」
瀧「でも開会式でDJって斬新だよな」
●しかも、そのあと歌うのはビョークっていう人選も、俺らにしてみればまあ普通だけど、一般からしてみるとかなり異色だよね。[11]セリーヌ・ディオンとかだったらまだわかるけどさ。
卓球「ヨーロッパだからじゃない、やっぱり。ヨーロッパだからきっとDJもそういうトランス系でさ」

7 いくよくるよ：女性漫才コンビ、今いくよ・くるよ。痩せているほうがいくよで、太っているほうがくるよ。

8 なんか応援歌歌ってんでしょ？：女子ホッケー日本代表の応援歌〝ASAHI〜SHINE&GROOVE〜〟を歌っていた。

9 ティエスト：世界的に有名なオランダ人DJ。DJ雑誌の人気投票で何度も1位になるなど、圧倒的な人気を誇る。

10 ビョーク：アイスランドの女性シンガー。アテネ・オリンピックで歌ったのは〝Oceania〟。

11 セリーヌ・ディオン：カナダの女性シンガー。映画『タイタニック』の主題歌が大ヒットしたので、日本でもかなり有名。

2005年
1月～3月

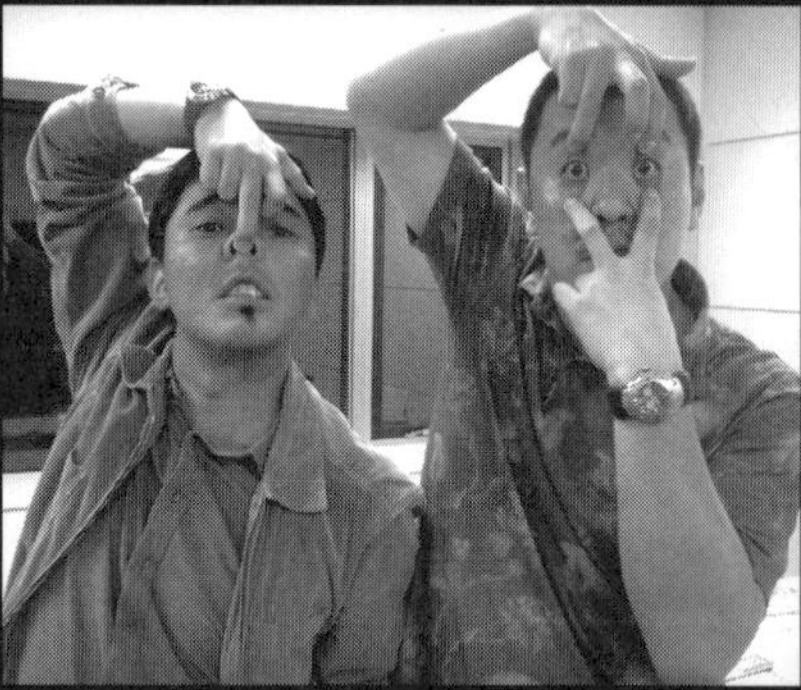

DENKI GROOVE no
MELON BOKUJO－HANAYOME wa SHINIGAMI
2005(the first half)

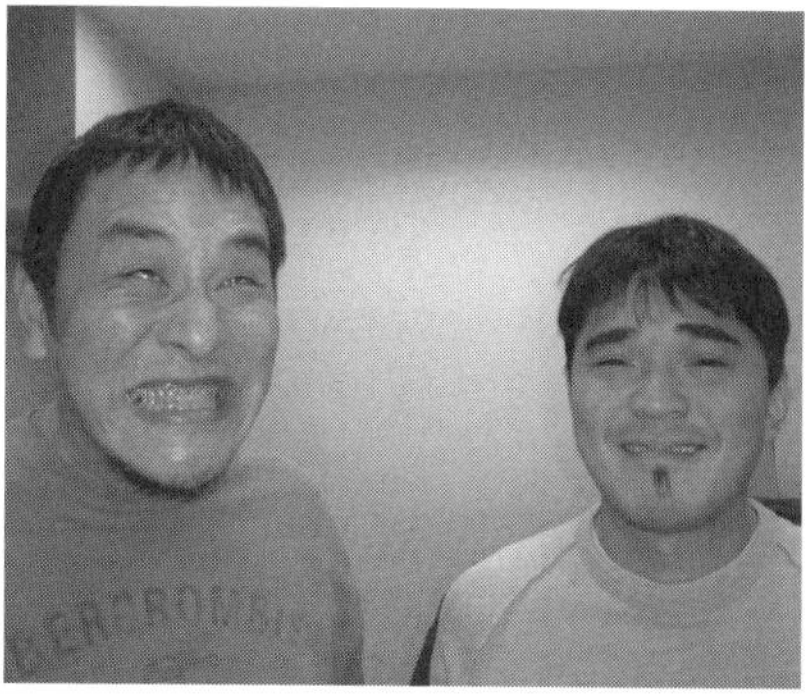

1月号

卓球「そういえばこの前さ、DVDがやっとできて。で、タイトルをさ、『偽ヨン様』っていうタイトルにしてたんだよ。〝2004年のサマー〟で」

瀧「夏だから、2004サマー、2004サマー……偽ヨン様」

卓球「一応今までの電気のビデオシリーズは全部ダジャレだから、『ノモビデオ』とか『シミズケンタウロス』っていうさ（笑）。それで『偽ヨン様』で、いいねなんつって出してたら、会社の上からNGが出て」

瀧「じゃあ『2004様』ならいいの？っつったら、ダメって」

●ダメなんだ？

瀧「で、『2004サマー』[1]で、棒がつけばあり？って言ったら、棒がつけばありって」

卓球「わけわかんないよな、もう」

瀧「わかんないよな。言いがかりに近いって、こっちも言いがかりに近いんだけどさ、つけ方もさ（笑）」

一同「（笑）」

瀧「お前らがキレていいのか？っていうのもあるけど（笑）」

●加害者じゃん（笑）。

卓球「前にさ、〝FLASHBACK DISCO〟ってシングル出した時にさ、あれって〝FLASHBACK DISCO〟の短いやつと長いバージョンと、あと〝虹〟の3曲が入って

1 2004サマー：正式には～『ニセンヨンサマー LIVE & CLIPS～』。04年の夏に約3年ぶりに行ったツアーの模様を収録したDVD。

たんだけど、短いほうは〝FLASHBACK DISCO〟で、長いほうは〝Mr．FLASHBACK DISCO〟っていうタイトルにしてたのね、最初。そしたら曲名が違うから、要は別曲扱いになるの。で、3曲入りだと値段が変わってくるのね。高くなるのよ。で、リミックスだと3曲でもいいの、別に。でもMr．がつくと、それは別曲だからって言って」

●文字で判断するんだ？ 音楽じゃなくて。

卓球「そうそう。じゃあ例えばリミックスってことにして〝FLASHBACK DISCO〟のオリジナル〝FLASHBACK DISCO（Mr．FLASHBACK DISCO）〟ならいいのか？っつったら、それはいいって言うんだよ（笑）。じゃあ頭にMr．がついちゃダメなの？っていうと、それはダメだって言うから、じゃあわかった、頭のMr．をカッコで囲って、〝（Mr．）FLASHBACK DISCO〟にしたら？っつって、結局最終的にそういうふうになって出たの。わけわかんねえよなあ」

瀧「でも、そこで俺たちが戦ったっちゃあ戦ってるんだけど、結局買った奴は全然わけがわからないんだよ、そんなの。そういうの多いんだよ、ウチら（笑）」

卓球「意地の張り合いでな（笑）」

瀧「意地の張り合いでいろいろ言い合って、こっちとしては勝った！と思ってるんだけど、買った奴にとっては全然そんなのどうでもいいっていうのは多い（笑）。でも天久の、そのアニメーション3曲はいいよ」
卓球「ちょっとすごいよ」
●へえ。で、本編は？
道下「本編はライヴ。『ニセンヨンサマー　ライヴ&クリップス』ってしてるんで、いわゆる2本柱っていうか、ライヴと新しいクリップが入ってますよって」
卓球「副音声がおもしろいよ」
瀧「全然関係ないことばっか言ってんだよ、こいつが（笑）。このライヴはどうだったの？的なことをこっちがふったりしたほうがいいのかなと思ってたんだけど、もう始まったら全然関係ない感じで（笑）」
一同「（笑）」
●実際に観ながら同時進行で入れてくの？
卓球「そうそう、観ながら」
瀧「出てきた単語なんだっけ？」
卓球「『サム・ライミ』[2]（笑）」
瀧「『青島だ』[3]（笑）」
卓球「『サム・ライミって名前はサムライ・ミーからきてんのかな？』とかさあ、『青田の娘がいたのはどっちだっけ？　ギリギリだっけ？[4]　CCだっけ？』（笑）」
●はははは！
瀧「その間にもライヴは進んでくって感じで（笑）。全然関係ない話ばっかりずっとしてて、そのライヴの思い出話ですらないっていうさ（笑）。ただのバカッ話っていう。メロン牧場以下だもんな（笑）」
●あはははは。

2 サム・ライミ：『死霊のはらわた』や『スパイダーマン』で有名な映画監督。

3 青島だ：昭和36年〜47年に放送された、人気バラエティ番組『シャボン玉ホリデー』での、青島幸男の一発ギャグ。本来裏方である放送作家がタレント化した最初の例だった。

4 ギリギリだっけ？ CCだっけ？：ギリギリガールズとCCガールズの判別は、素人にはアヤメとカキツバタを見分けること並に難しい。なお、「青田」とは野球解説者の青田昇。

卓球「メロン牧場だったら、一応活字になった時のことが多少は頭の片隅にはあるじゃん」

瀧「ちょっといい話とか。そういうのないからね（笑）」

卓球「まったくない。丸投げ！　丸投げ総理[5]だよ（笑）」

瀧「ほんとこの調子。『丸投げ総理だよ』『総理のダジャレは、えーと……』って言ってんのまでびっちり入ってるから（笑）」

卓球「瀧のも出るんだよな」

瀧「『COMI−C牙』[6]とベートーベンのやつも出ますね」

●ベートーベンって年末ライヴやるんでしょ？

瀧「やる（笑）。今回もリキッドで、クリスマス・イブに」

卓球「天久が出れないんだよなあ、その日」

瀧「そうなんだよね」

卓球「だからほんとはクリスマス・イブだから、イブピアスっていうさ（笑）」

瀧「イボピアスのイブ版で、クリスマス・ソングばっかり歌おうかなと思ってたんだよ、ワム！とか（笑）」

卓球「でも俺はいろんな他のユニットをやったほうがいいって言って、オルター・イボ[7]と（笑）」

瀧「あと瀧正則[8]とツイストだろ？」

●誰、メンバー？

瀧「知らねえ（笑）」

卓球「名前だけ（笑）」

瀧「やれって言ってるだけだもん。中身はお前が考えろっていう（笑）」

5 丸投げ総理：この当時、小泉純一郎首相はそう呼ばれていた。

6『COMI−C牙』とベートーベンのやつも出ますね：このとき、『COMI−C牙』をまとめたDVDと、『7HOURS』で行った「ピエール瀧とベートーベン」のライヴのDVDが2枚組でリリースされた。

7 オルター・イボ：電気と親交のあり、WIREにも出演したドイツのテクノ・ユニット、オルター・イーゴにかけてます。

卓球「丸投げ総理だもん（笑）」

瀧「無理難題にもほどがあるわ！（笑）」

卓球「だって、ベートーベン単体じゃあさ」

瀧「うん、それはわかるんだけど」

卓球「『単体じゃあさ』って、俺もなにをって感じ、関係ねえのに（笑）。俺ね、こいつは嫌だっつってるんだけど、最後に金をまけつってんだよ、1円玉を。1円玉だったら千枚でも千円じゃん。1万円で1万枚あったらすごいいいじゃん」

●すごいねえ！

道下「『すごいねえ！』だって、適当なこと言って（笑）」

瀧「『ちょっとお前、金まいていい立場なんだから金をまけ！』っつって、『なにそれ!?』っつって（笑）」

卓球「『金をまくべき人間だから』っつって（笑）」

瀧「だから最後また餅まきをしようっつってたんだけど、こいつが『金まけよ！ 金！』っつって。その1万円はお前が出すんでもいいの？」

卓球「1万円？ なんで俺が出さなきゃいけないの？（笑）」

●そりゃ出すでしょ？

瀧「『石野卓球からプレゼントだー！』って、1円をパラーンッ、パラーンッ！（笑）」

卓球「その1円に群がる姿！って感じだよな（笑）」

瀧「床を見てるその客を見てる感じな（笑）。どよ〜んって」

8 瀧正則とツイスト：もはや説明するのもどうかと思いますが、世良公則とツイストにかけてます。なお、正則は瀧の本名です。

道下「金まくのどうかなあ（笑）」
瀧「いや、俺はこいつが用意するなら、『石野卓球からだ！』っつってまくからいいよ、それだったら」
●ひと握りで200円ぐらいでしょ？
道下「いやいや、量とか金額の問題じゃなくて（笑）。なんか、あんまりいいと思わないなあ、クリスマス・イブに客に金まくって（笑）」
卓球「また5円とかじゃないとこがせこいんだよな。5円だったら『ご縁が……』とかあるじゃん。まったくないもん、1円って。一番ちっちゃくてかさばるからっていうだけの理由っていうさ（笑）」
●襟とか髪とかに1円玉が入ってて、家帰ってチャリーンッて（笑）。

瀧「チャリーンッていわないからね、コソンッとかって（笑）」
卓球「そういえば、瀧の新番組が始まったの知ってる？」
瀧「『ドーデカス』っていうスペースシャワーのクイズ番組。素人一般視聴者をひとり呼んできて、問題を12問出して、賭け点1万点から始まって、それを120万点にしたらハワイ旅行に行けるっていう」
卓球「みのもんただよ、完全に（笑）」
瀧「みのもんたっていうか、児玉清（笑）。『アタック25』（笑）。間違えると立たされるっていう（笑）」
卓球「すっごい屈辱的だよな、シンプルで（笑）」
瀧「テレビにまで出たのに立たされるっていう

（笑）」

卓球「『お父さん立ってるよ！』って感じでさあ（笑）。お前今これでテレビのレギュラー３本？」

瀧「テレビ3本、書き仕事が『クール・トランス』と『どんぐりおじさん』（笑）」

道下「ＷＥＳＳが発行してるフリーペーパーがあるんですけど、そこで瀧さんも連載してて」

瀧「『ピエール瀧はどんぐりおじさん』っていう（笑）」

道下「あと『クイック・ジャパン』でスポーツ観戦記みたいなものを」

卓球「小銭を稼いでるなあ（笑）」

瀧「積んでかないと、必死に（笑）」

卓球「そん中で一番音楽に近いのがクイズだもんな（笑）」

2月号

●年末年始はどんな感じでした？

瀧「年末はアレグリア[1]観戦（笑）」

一同「（笑）」

瀧「知り合いが『アレグリア観たい！』って言うから――」

卓球「（笑）お前に『アレグリア観たい』って言うと観に行けるようになってるところが、向こうもだいたいお前の使い方わかってるよな（笑）」

瀧「そうそう、で、『オッケー！』って感じで、チケピが」

1 アレグリア：サーカスから動物を引いて芸術性を高めたみたいなカナダのエンタテイメント集団、シルク・ドゥ・ソレイユが行っている公演のひとつ。よく日本でやっている。

一同「(爆笑)」

道下「ピはピエールのピだ(笑)」

瀧「チケピ早ーい!って感じで入手して、SS席をとって観に行ったのよ。で、まだ開演前で明るいからコート着たまんまでサングラスして、暗くなったらサングラス取ればいいやとか思ってたら、パーッて暗くなって、隣の連れの女の子とふたりで『始まるね』なんて言ってたらさ、暗くなった瞬間に袖のほうから♪ダカラッタ、タッタタカダカダカッて、鼓笛隊の音が聞こえてくるのね。で、アレグリアを率いてるみたいなジジイが♪アレグリ～ア～みたいなこと言いながら登場してくんのね。で、ステージのほうに行かずにそのまま客席に入ってくんのね。で、♪ダカラッタ、ダカダカダッタ、ダカダカダンッ!って終わってパッと見たら、俺の目の前で止まってんだよ、鼓笛隊が(笑)」

一同「(爆笑)」

瀧「俺の目の前にジジイって感じで、パッてこっちを見て。うわ! ヤバい!って感じでさ。俺のほうにニヤ～ッて笑って、なにすんのかなと思ってたら、いきなり俺の腕をガッてつかんで、立たされて(笑)」

一同「(爆笑)」

瀧「そのまま連れてかれてさ、それをスポットライトがずっと追ってるんだよ」

●ははははは!

瀧「それで、入り口のカーテンの前に連れてかれて、なんだ!?と思ったら、クルッてみんなのほう向けみたいなこと言われて、みんなのほう向いたら、スポットライトがパカーンッて当たって（笑）」
一同「（笑）」
瀧「ああ、これはしょうがないと。ここにきてごだごだごねてんのは男らしくないと思ってて『すいませ～ん、選ばれちゃって～』ってやってたら、ジジイが俺の顔を見て、俺のサングラスをそこでバーンッと取ったんだよ。そしたら客席がざわざわざわざわ……って」
卓球「『ピエールだ、ピエールだ！』（笑）」
瀧「『うっわー』って汗だら～んって出てきて（笑）。で、その汗だら～んのまま後ろ向かされて、幕の後ろにポーンッて出されて。要は、始まるけどお前だけは見せないぞっていう、ギャグの演出なのよ。で、そこにダブルのスーツ着た係員みたいな奴が待ってて、サングラスを俺に返してくれたんだけど、俺がそいつに『なんで俺だったんですかねえ？』って聞いたら、そいつが『すいません、入場の時から選ばれなければいいなあと思ってたんですけど、選ばれてしまいましたねえ』って（笑）」
●ははははは！
道下「選んでる人はわかんないわけですね、瀧さんだっていうのは」
瀧「カナダ人だもん、知ってるわけないじゃん（笑）」
●それはきつい状況だねえ。
卓球「瀧があがった瞬間客席が、『あれ？ ゴリラ？』っていう（笑）」

瀧「♪あれごり〜ら〜（笑）」
一同「（笑）」
瀧「『へえ、動物も使うんだ！』って感じで（笑）」
卓球「瀧らしいエピソードだよね」
瀧「よりによってなぜ俺に（笑）」
●ある意味、演出的にも台無しだしね（笑）。
瀧「台無しさあ。せっかくこれから夢の世界に連れてこうとしてるところに、いきなりしょっぱな俺見せられたらシラフに返るよねえ。『ピエールじゃん、あれ』って、そんなシラフなことあるかよっていう（笑）」
●はははは！
瀧「あ、あとは、元旦からえらいめに遭った話（笑）。大晦日雪降ったじゃん。で、毎年、大晦日から年明けぐらいに車で実家に帰るんだけども、今年も帰ろうかなと思ってたら雪降っちゃって、都市機能麻痺しちゃってて。元旦の朝、早朝6時に荷物持って家出たらさ、車1台も走ってないのね、正月の朝ってね。で、寒いし、これはマズいなあと思ってたら、ちょうど偶然タクシーが1台バーッときて、『よかったあ！』と思って停めて乗ったら、運転手も『すごいラッキーです、元旦のこんな時間にお客さん拾えるなんて』って言ってて、『僕、今年最初のお客さんですか？』『もちろんそうです。ラッキーです、今年は』『僕も表出たら車全然つかまらなくて、今年初めてのタクシーですけど、お互いラッキーですねえ』なんて言って、『じゃあ、新横浜まで』っつって乗ってったのね。で、ブーッて走ってたら、横浜国際競技場のとこに橋がかかってんのよ。そこに差し掛かった瞬間に、いきなり車の後輪がギュンッて震えてさ。で、『あ、あれ!?』なんて言ってる間に完全にコントロールきかなくなって、その瞬間に運転手が、『うわあっ、ダメだー!』って(笑)」

一同「(爆笑)」

瀧「車がクルンクルンクルンクルーンッてスピンして、橋の欄干にドーンッて激突して止まってさ。そしたらもう運転手、気が動転しちゃってさ、『ただいま、外のほう確認してみたいと存じます!』みたいなこと言うから、え!?って感じで(笑)。でも、右のフロントのバンパーがバッコリへこんでて、ライトもバカーンて割れてんだけど、あたりどころがよかったらしくてさ、車も走れないわけでもないし、ウチらもなんともなかったのね。で、『危なかったねえ』なんつって、まあいいや、これとりあえず走れるし、運転手が『じゃあ駅までお送りします』っつって走ってって、駅着いてパッて見たら、5600円ぐらいだったのね。そしたら運転手が、『あぁ、5600円ですけど、じゃあ……5000円で!』って」

●そんだけかよ!(笑)。

瀧「金とんのかあ!?っていうのと、あと、1事故600円!?みたいな」

●はははははは。

瀧「でも、元旦にゴネるのもなんだなと思って、5000円渡して『まあお互いこれぐらいの程度で済んだってことなんで、運がよかったってことにしましょうよ』っつったら、『そうですねえ、元旦からこれじゃあね、お互い今年は当たり年になるかもしれませんね！』（笑）」

●なんだよそいつは！（笑）。

瀧「お前はアンタッチャブル[2]かって感じだよ（笑）」

卓球「はははははは」

瀧「だからこいつがリキッドで回してる間に、俺も回ってたの」

一同「（爆笑）」

瀧「スピンし合ってたっていう（笑）」

卓球「あ、あとスペシャ（スペースシャワーTV）のイベントでさ、なんかエンディングで出演者全員出てきて、ウルフルズがスペシャの曲を作ってそれをみんなでワーッと歌って終わるっていう企画だったのよ。で、『ちょっと電気にそれは……』っつって、ミッチーが1回断ったのね。でも近づくにつれてさ、それ出ないほうがかっこ悪いなってことになってさ。で、瀧と連絡とってさ、普通に出てもおもしろくないからなんかやろうぜって言って、ヨン様[3]の格好で出ようっつって（笑）」

●（笑）。

卓球「で、当日までに二人分、ヨン様の衣装をいろいろ揃えてな」

●ヅラも？

瀧「ヅラも（笑）」

卓球「で、ライヴやって引っ込んで、エンディングの結果発表には普通の服で出て、いったん幕が閉まって、アンコールで幕が上がるとウル

2 アンタッチャブル：『M-1グランプリ2005』で優勝してブレイクした、山崎弘也と柴田英嗣のコンビ。この「お前はアンタッチャブルか」っていうのは、山崎がいいかげんで調子いいことばっかり言うキャラだからだと思います。

3 ヨン様：韓国の俳優ペ・ヨンジュン。『冬のソナタ』の影響でメガネのイメージが強いが、メガネをかけていない時も多い。電気とは『ニセンヨンセンサマー』から因縁の関係。詳しくは前回を参照。

フルズとみんないるみたいな。で、1回幕が閉まる時に『今だ！』っつって、袖に用意しといて、いっそいで着替えて。で、幕が上がったらさっきまで電気がいたところにヨン様がふたりいるっていう（笑）」
瀧「その間約30秒ぐらい（笑）」
●はははははは！
卓球「着替えてステージ戻ってきたら、YOUが『ずるい～！』って（笑）」
●それで歌ったんだ？
卓球「いや、ウルフルズが歌ってて、他の連中はボール投げたりしてて、ウチらは手振ってた（笑）」
●あはははははは。
卓球「手振り始めたら、結構長えなあって感じでさ、でもこれ途中でキャラ変えたら終わりだなとか思ってさ。ずーっと振ってたらだんだん顔引きつってきちゃってさ、早く終わんねえかなとか思ってな（笑）」
瀧「途中でやめたら負けだって感じのな（笑）」
卓球「で、終わってさ、バックステージ戻って、せっかくだからこれで写真撮ろうっつって、バックステージの通路で写真撮ってたら、周りどんどん人集まってきて、みんなも携帯で撮ってて、最終的に20人ぐらいに囲まれちゃってさ（笑）」
瀧「人だかりになっちゃって（笑）」
道下「ヨン様フィーバーだって（笑）」
卓球「ニセもんでもこんだけ人気あんだって感じでさ（笑）」

瀧「ヨン様すげえな、やっぱりっていう（笑）」

3月号

●今日、俺、胃カメラ飲んできた。生まれて初めて。

卓球「なんで？ 人間ドック？」

瀧「人面犬[1]？（笑）」

卓球「ドッグ、それは（笑）」

●なんか胃に影があるとか言われて。

卓球「マジで？」

●うん、要再検査とか言われて。俺、ものすごく苦手なのね、医者関係が。もう予防接種でも前日から怖いみたいな感じで。飲んだことある？

卓球「あるある、1回あるよ」

●俺、初めてでさ、前々日ぐらいからもう相当憂鬱な感じになってきてて、前日ぐらいになると耐えられなくなってきてさぁ。

卓球「どうやって行くのやめよう？って感じでしょ、『おなか痛ーい！』とか言っちゃってな（笑）」

瀧「おなか痛いから飲むんだっつうのな（笑）」

●でも、前日不安で不安でどうしようもなくなっちゃってさ、もうこれは仕事してらんないなと思って、こういう時に試写でも行こうかと思って、とりあえず映画観に行って。

瀧「『スーパーサイズ・ミー[2]』？（笑）」

卓球「空腹なところに（笑）」

瀧「『ヤベえ！』って感じで（笑）」

1 人面犬：90年頃に流行った〝人の顔をしていて、しゃべる犬がいる！〟という都市伝説。人面魚というのもあった。

2 スーパーサイズ・ミー：〝マクドナルドのファストフードだけを30日間食べ続けたらどうなる？〟ということを監督自らが体を張って検証したアメリカのドキュメンタリー映画。04年公開。

●で、結構インディーな感じの映画で、なんか女子高校生が主人公のやつなのね。で、ああ、かわいらしい映画だなあと思って観てたらさ、その主人公の女の子が寝ちゃって夢を見るってシーンがあるんだよ。

卓球「(クスクス笑い始める)」

●その夢がさ、その子はバンドをやってて、お母さんが誕生日プレゼントに武道館を押さえてくれて、「あなたのために武道館を押さえたわよ」っていうシーンがあってさ、その女の子がすげえ感動しててさ。で、お母さんが「それだけじゃないのよ。この武道館にはラモーンズ[3]さんとピエールさんが来てくださっているの」っつってさ、客席をパッと映したら、エキストラみたいな奴がラモーンズの格好してて、その前で瀧が手を振ってるっていう(笑)。

卓球「はっはっはっはっはっは」

瀧「なにやってんだ!?って感じでしょ(笑)」

●もうそこですんごい温かい気持ちんなってさあ(笑)。

瀧「『よし、これで胃カメラも飲める!』(笑)」

卓球「ラモーンズとお前っていうのが夢っぽい感じだよな(笑)」

●あれだけのためにロケ行ったの?

瀧「そうだよ」

卓球「そんなのそれ1本じゃないもの。ケラ[4]さんの映画とかも、ただ客席で黙って座ってるだけとかさ。あと森三中にひっぱたかれるとか」

瀧「あとトモロヲ[5]さんの『アイデン&ティティ[6]』も、群馬まで行って『いらっしゃーい』って言っ

3 ラモーンズさんとピエールさん：映画『リンダリンダリンダ』の1シーン。この夢を見る女の子を演じたのは香椎由宇。

4 ケラさんの映画：一瞬『グミ・チョコレート・パイン』?と思うが、この時はまだ撮っていないので、03年のケラの初監督作品『1980』のこと。

5 トモロヲさん：田口トモロヲ。電気とはナゴムレコード時代から旧知の仲。ばちかぶりというバンドをやっていた。

6 アイデン&ティティ：田口トモロヲ

てるだけ」
卓球「レコード屋の店長な」
瀧「で、胃カメラはどうだったの？」
●いや、だからまあ胃カメラってさ、とりあえず今は医学も発達してるから、きっと細いファイバーっぽいやつをツルツルって飲むんだろうなと思って行ったわけ。そしたらさ、ホースみたいなやつなんだよね。びっくりしてさ。で、先っちょからパパパパパッて、クラブのストロボみたいなのが点滅しててさ、「うわっ、これ飲むのかよ!?」って感じで、もういきなりガーッて入れられて。
卓球「サービスでさ、医者が『ほら、見てください。ここがね……』とかって言うんだけど、そんなの見たくないよ！って感じだよね」
●俺、逆だったよ。ちょうど寝てる横にモニターがあって、入れますよって言われて「うわぁ〜っ！」てなりながらも、でも一応見たいじゃん。だから「うわぁ〜っ！」て言いながら見てたらさ、看護婦に向こう向けられてさ、モニター（笑）。
瀧「『もういいから、見なくて』（笑）」
●苦しいからもう見ないでいいですって言うんだけどさ、苦しいからこそ見たいじゃん（笑）。
瀧「こんだけ苦しい思いをしたもんがどんなものかっていう」
●こんな苦しい目にあってるのに得るもんないと損って感じで、ずっと「うぉ〜っ！」てなりながら見ててさ。
卓球「パンク・バンドのヴォーカルみたいだね

が監督した映画。原作はみうらじゅんの漫画。バンド・ブーム期のロック・バンドを描いている。主演は銀杏BＯＹＺの峯田和伸。峯田のバンドが営業に行く地方のレコード屋の店長役で、瀧が出演。

（笑）」

●相当苦しいよ、あれは。吐き気っていうかね、もうパニックみたいになるわけ。

卓球「パニックツアー（笑）」

瀧「プ[7]リンセスプリンセスの？（笑）」

●で、胃の中でカメラ回したりするんだよ。

卓球「それがわかるのがまた気持ち悪いんだよね」

●エイリアンのあれみたいな感じ。

瀧「エイリアンのあれって（笑）」

●あるじゃん、なんか腹から出てくるやつ（笑）。

瀧「ああ、生まれるとこね（笑）」

●そうそうそう。

瀧「エイリアンの――」

卓球・瀧「あれ（笑）」

瀧「どれだよっていう（笑）。エイリアンって、そこがもうわかんねえわって（笑）。エイリアン？っていう」

卓球「『未知のなんとか』みたいなな（笑）」

瀧「『未知の』『なんとか』だもん。なんだよ（笑）」

瀧「でも、最近テレビでやってたけど、新しいのが開発されてるらしくてさ、精子みたいなルックスしてて、飲むと中を泳いでって医者が操作してっていうのがあるらしいよ」

●そのままウンコで出ちゃうんだよね。

瀧「でもそのあとどうすんのかなと思ってさ。看護婦がウンコに『失礼しま～す』とか言って（笑）。『あったあった』っつって、ジャ～ッて洗ったのを、『はいっ』って次の人にまた飲ませるのかなと思ってさ（笑）」

7 プリンセスプリンセスの？：プリンセスプリンセスは80年代末のバンド・ブーム期の女性ロック・バンド。彼女たちが毎年行っていたツアーに付いていた『パニックツアー』というタイトルをいたく気に入った卓球は、『オールナイトニッポン』でネタにしていた。

●はははははは。
瀧「俺、ケツからやった時の話ってしゃべったことあったっけ？」
卓球「ああ、ペニスバンド？（笑）」
瀧「ペニスバンド型直腸カメラ（笑）」
卓球「それ以来やみつきだって（笑）」
瀧「ケツの穴の横にできものができてさ、これがイボ痔かあ！と思って肛門科行って見せたら、『なんかできてるねえ。もしかしたら腸の中もなんかあるかもしれないから、一応直腸検査したほうがいいね』とか言われて、『えっ!?』と思って。だって、口内炎できてるからって胃カメラ飲まないじゃん」
卓球「女医さんがラバースーツを（笑）」
瀧「『失礼しま〜す』って感じで、『はい、瀧さんやっちゃおうか』（笑）」
卓球「ブーッてチャック開けて（笑）」
瀧「で、『いきますよ〜』なんつって。で、ケツからのはそんなにきつくないのよ。『あ、おっ、あぁっ』てなって、ある程度のところを過ぎちゃうともうなんも感覚ないのね。で、普通に横になりながら『へえ〜、ああ、結構キレイっすねえ』なんて医者と会話しながら普通に見てて、1時間ちょっとぐらい写真撮ったりいろいろやったりして、『まあ問題ないですね。ほんと健康です、キレイな腸してますね』『あ、わかりました、ありがとうございます』っつって、ずぼーっと抜いて。『ほら、お舐め』っつって（笑）」
●ははは、舐めさせられてんだ。

瀧「ペロッペロッてキレイにしちゃって（笑）。で、それ終わってさ、『30分か1時間ぐらい安静にしててください』なんて言われて、紙のパンツみたいなのはいて安静にしてたの。で、最後着替えて、その医者の部屋から出ようとしてパッと見たら、入り口のところに『直腸カメラをやりましょう！』みたいな張り紙があって、『ほら、こんな病巣が』みたいないろんな写真があって、ああ、なるほどなと思って見てたら、その横に表彰状みたいなのが貼ってあってさ、全国医師会直腸カメラコンクール入賞・○○先生って、その先生の名前が書いてあって、『あ、このオヤジ写真マニアなんだ！』と思って（笑）」

●なるほどねえ、趣味だ（笑）。

瀧「そうそう。撮らなくてもいいのにただ撮りたいから撮ったんだなと思ってさ（笑）」

●でもおもしろかったよ、見るの。

瀧「俺も結構好き。キレイですね〜とか言われると、『ほお〜』みたいなのあるよね（笑）」

卓球「内臓を誉められて？（笑）」

瀧「肌がキレイみたいなこと言われる感じだよね（笑）」

●体は大丈夫ですか？

卓球「いや、あんまよくないねえ。よくないのはわかってるんだけど、怖くて知りたくないって感じ。知ってテンションが落ちるのが嫌だっていう。でもこの連載で毎回体の具合の悪い話が出てくるようになったら終わりだな（笑）」

瀧「確かに」

8　森脇美貴夫：音楽評論家。パンクに強く、音楽雑誌DOLLを創刊した。渋谷陽一、伊藤政則等と並ぶ、「日本の音楽評論家」黎明期を作ったひとり。

●『DOLL』ってパンクの雑誌あるじゃん。で、森脇美貴夫[8]が日記みたいな連載やってるんだけど、ほとんど病気のことなの。

卓球「でももうそういう年でしょ、あの人も」

●でも、パンク読者はあれをどういう気分で読んでんだろうね？

卓球「パンクと老い。オイパンク[9]じゃん！（笑）」

瀧「老いとパンクでオイパンク（笑）」

卓球「虎と蛍で――」

卓球・瀧「トラボタル（笑）」

卓球「武と豊で――」

卓球・瀧「武豊（笑）」

瀧「それ普通だろ（笑）」

9 オイパンク：Oiパンクと表記するほうが一般的。パンクの1ジャンル。〝Oi〟は掛け声が語源。言うまでもなく〝老い〟とは一切関係ない。

あとがき座談会・前編

2008年3月13日
東京都世田谷区三宿・某店にて

石野卓球（電気グルーヴ）
ピエール瀧（電気グルーヴ）
山崎洋一郎（『メロン牧場』司会担当）
道下善之（電気グルーヴ・マネージャー）
兵庫慎司（本書編集担当）

卓球「まず、ウチらで話題になってんのが注釈問題」
一同「(笑)」
卓球「まさにここに来るまでの間も話してたとこ」
瀧「兵庫著による」
山崎「兵庫著によるね(笑)」
兵庫「僕が書いたの一部なんですけどね」
卓球「あとは?」
兵庫「田中大っていう、昔BUZZにいて、前の単行本を作った……」
山崎「ところが、おもしろいのが、瀧の赤が入ってる部分は全部兵庫の!」
一同「(笑)」
山崎「これは明らかに必然性があるっていう」
瀧「なるほどなるほど」
山崎「瀧・兵庫間の必然的なにかがあるっていう」

卓球「言ってたのが、音楽的な注釈の部分で曖昧な記事が多いっていうさ。例えば『はじめて金属を叩いて楽器にしたのはノイバウテンだと思う』っていう記述があったんだけど、『ベストハウス1,2,3』って番組あるでしょ? あれ昨日観てたら、何百年前に鍛冶屋の曲ってのがあって、そこで思いっきり金属叩いてんの!」
瀧「あははは」
卓球「あれはしびれたな」
瀧「あとさ、長く書いてあって、すごい主観が入ってたりさ。あとで時間が経って読み直したら絶対寒いっていう。俺もさ、ちょこちょこ直してたんだけど、途中からめんどくさくなってきてさ、『もっとちゃんと書けこのヤロー!』って赤入れちゃってさ」

卓球「『人のフィールドで羽根のばしやがって』って」

瀧「だからさ、メロン牧場の、わいわい無礼講でぶっちゃけて、盛り上がってる場の雰囲気にちゃっかり便乗で、よし俺もって感じで、混じってやろうってさあ、んふふふふふ」

卓球「それをさ、バンドのローディに例えてしゃべっててさ。ギタリストの弦が切れたりするじゃん」

瀧「ダーッて走ってくんだけど、だんだん、バンドもわりと……」

卓球「ツアーも中盤あたりになってきてさ」

瀧「一回目、出てきた時にコケたりとかしたら『わーっ!』ってなったから、味しめたりしてさ。ツアー中盤で、だんだん無礼講にもなってきたし、ステージも楽しい感じになってきたし。で、だんだん調子にのってきてさ、格好も鼻メガネとかさ、金髪のアフロとか被ってさ、『早く弦切れねえかなあ』って」

一同「(笑)」

瀧「で、出ていきそうになったら、メンバーから『コノヤロー!!』って」

卓球「あっははははは」

瀧「『お前、何はしゃいどんじゃ』っていう(笑)。だから、注釈って事実だけ書くのがいいと思うんだよね」

山崎「それこないだビシーッて言われたもんね」

瀧「ああ、俺の赤ペンの――」

山崎「赤ペンのを見る前に、もう『注釈見たんだけどさ』ってゲラを渡した瀧の顔を見た瞬間に(笑)」

卓球「キューンで会った時でしょ? あん時すっ

ごい印象に残ってるのが——俺、まだそん時原稿チェックしてなかったわけ。瀧が『注釈に自分の主観をのせすぎなんだよねえ！』って言ってて。それもう瀧、結構エンジンかかってる状態で。ブーン！ブーン！っていう感じで（笑）。で、『山崎さんたち来てるから』って、会って、いろいろ打合わせして、注釈の話になったじゃん。俺すっごい印象に残ってんのが、『注釈これ、主観が入ってるからさあ』って瀧が言って、兵庫さんが『じゃあそういう部分は全部とったほうがいいですか？』って言った時に、『いや、そうじゃなくて！』って言ったとこに、瀧の兵庫に対するやさしさっていうのをね（笑）」

一同「はははは」

卓球「『気を遣ってんな』とすごい感じたのね」

瀧「いや、だから、全部じゃないよっていう。事実がまとまってる注釈もあるのに、主観が入ってるやつもあるから、注釈としての距離感が保てていないから、ちゃんとしなさいよっていう」

卓球「俺、それ結構微笑ましいシーンだったけど」

山崎「いや、むしろやさしさの逆でしょ？『お前、ちゃんとわかれよ！』っていう」

瀧「逆っていうか、距離あんだからさ。そこデタラメにするとごちゃごちゃしちゃうから、ダメだよ？っていう」

卓球「『ダメだよ？』って諭す感じの。やさしさが（笑）」

道下「はははは」

卓球「なんか知らないけど、そのシーンが異様に……気持ちの流れが手にとるようにわかるっていう」

一同「ははは」
卓球「兵庫さんの不安げな、『じゃあ全部とったほうがいいですか？』っていう、瀧なめのその怯えた表情と、瀧も『いや、そうじゃなくて――』みたいな」
瀧「いや、前回の単行本の時も、キャプションで同じことあったじゃん。それで直したりしたじゃん。『またキャプションか……ああ、めんどくせえ』と思いながらも、なんかバランス悪いなって思ったから、それ一貫しようよっていう。ある意味客観のところだからさ、キャプションは。客観なのか、主観なのか、はっきりしようよっていう」

――以下、瀧の注釈へのダメだしが延々と続く――

山崎「要するに、『親切に徹しなさいよ』ってことでしょ、読み手に対して」
瀧「もあるし、単純にメロン牧場がまた出るのがうれしいんだよ、なんか（笑）。おもしろいっていう。たまに便所で読んだりもするし、『くだらないなあ』っつって。だったら、ちゃんと長く読めるものにしたほうがいいから。そこに、そん時の雰囲気とかノリで注釈入れちゃうと、あとで見ると、俺らも後悔するし、そっちも後悔するしさ」
兵庫「はい……これ、上下巻のあとがき座談会のかたっぽが、注釈へのダメだしだけで埋まりそうですね」
一同「ははははは！」
卓球「おもしろいじゃん、それ」
山崎「『この単行本、まだまだ続きそうだなあ！』って感じ」

卓球「ある部分で前向きっていうね（笑）」
山崎「『注釈へのケチだけであとがき終わってる、やる気だな』（笑）」
瀧「まだ発展途上だなあって感じ（笑）」
卓球「でも、注釈のことを口すっぱく言うとこが瀧っぽいでしょ？　目に見えない役割分担の、瀧のフィールドっていう感じだもんね」
瀧「縁の下の力持ち！」
卓球「なぜなら体がデカいから！」
瀧「縁の下の巨大ミミズって感じ？（笑）。……巨大ミミズじゃない、除湿剤って感じだね」
卓球「ただ放り込んだだけのやつだ。ひとり暮らしの老人に無理矢理売りつけたやつだ（笑）。『このまだと家が腐ります！』っていう」
瀧「んふふふふ」

卓球「そういえばさ、今、瀧の車で来たんだけど、乗った瞬間にクソ臭くて、ミッチーは後から乗ってきて、『この車クソ臭くねえか？』っつったらさ、瀧が『俺も乗った瞬間、なんかクソ臭えなって思ったんだよ』って。『でも、メロンのパターンだと、クソ臭いっていうと、たいていお前だよな』って」
山崎「ははははは」
瀧「こんだけメロン読んでて、はじき出せる答えが――『クソ臭い』ってこいつ発信で来て、そして、最終的に犯人はこいつっていう（笑）」
一同「（笑）」
山崎「実際はなんだったの？」
瀧「実際わかんなかった」
卓球「わかんなくて、結局『エアコンにクソ塗ったんだ』ってなって終わった。『お前エアコンにクソ塗った？』って訊いたら『塗った塗った』って（笑）」
瀧「『除菌効果があるって聞いてさ』って（笑）」
山崎「本文のほうは、チェックしてみてどうでした？」
卓球「一番最初にゲラをもらった時に——会社にいて、ちょっと空き時間があって。『次の取材まで30分くらいあるから、ちょっと見てみよっか』って、瀧がランダムに一年分バッてとったのよ。で、パッと開いたら、書き出しが……『前回、スカトロと平和とか言ってて、話するのすっかり忘れてたんだけど、活動休止したんだって？』っていう」
一同「ははははは」
卓球「それ見た瞬間に瀧が『ダメだ。今はできねえ』って（笑）。『活動休止とスカトロと平和が並列にあるって何だよ？』って（笑）」
瀧「スカトロと平和の話で盛り上がって、活動休止のこと聞き忘れちゃったって。『あー、これはダメだあ』って、んふふふふ」
卓球「ははははは」
道下「なめてかかっちゃいけねえって」
卓球「ふんどしを締め直してもっかい出直すって感じだったもんなぁ、あれ。あはははは」
道下「個人的には、小室哲哉の結婚式の回は、完成度高いなあって思いますね」（※03年1月号＆2月号）
一同「あー！」
山崎「あの瀧のリポートはすごい。イントロからはじまって、アウトロまで、んもー、完っ璧だもんね！組曲って感じだもん」
道下「あれはすごい。後半もうひと盛り上がりあるじゃないですか。フェラーリの話で」
一同「(笑)」
瀧「行ってもいない二次会の話でしょ」
山崎「あの小室の結婚の話は、すごいシングル・ヒットだよね。完全にね」
卓球「あれは前・後編になってたよね」
瀧「二次会の話。『行ってないんだけど』って。だって行ってないんだもんね」
兵庫「道下さんが電車の中吊りで見ただけっていう、賞品がフェラーリ2000万円って」
卓球「ふははは」
瀧「『だって一枚10万円だぜ?』っていう、んふふふふ」
山崎「あれはエピソード自体がすごすぎるよね、テーブルの並びから何から」
兵庫「マーク・パンサーと同じテーブルって(笑)」
卓球「そう。あ、もう一個後日談があって。これは結構ホットなんだけど。例の――芸人がさ、先輩に『僕、瀧さんと仲いいんですよ。あっ、また瀧さんから電話だー』って、嘘ついてるっていう話あったじゃん(※08年3月号)」
山崎「うん」
卓球「実はそれ、そいつ『瀧さんから電話だー』じゃなくて、『☆TAKUさんから電話だー』って言ってたらしくってさ、m-floの」
一同「(爆笑)」
瀧「らしいよ、俺もこいつから聞いたんだけどさ」
卓球「メロンでその話をした後に発覚して、こいつの方がかっこ悪くなってっていう、はははは。何にもしてないのに、こいつものすごいかっこ悪いことになって」
瀧「挨拶しにきた、兄貴分の芸人が、☆TAKUと瀧を聞き違えてたのかな」
卓球「その芸人と共通の友達が、メロン牧場読んだって言ってきて。『思うんだけど、あいつ、m-flo の☆TAKUさんと仲がいいから、☆TAKUさんからだって言ってんのと、聞き違えてんじゃないかなあ』って。こいつ、ただそこにいるだけなのに、周りにいろんなことが起こって、結局かっこ悪い奴っていう（笑）」
瀧「『自意識過剰だよ、お前』っていう。んふふふふ」
卓球「そりゃそうだよな、何もしてないのにお前の地位が下がってるっていう、お前ただそこにいただけなのに。ははははは」
瀧「どのみち、最大の被害者は俺っていう」
一同「（笑）」
兵庫「あと、この2冊分読み返してみると、瀧さんの酔っ払いぶりはすごいですよね。ポイントポイントで」
瀧「ああ、フェスででしょ？　フェスでの酔っ払いぶりね」
山崎「ふたりともね」
卓球「俺のフェスでの酔っ払いぶりは、メロンじゃ出せない（笑）」
山崎「あ、そうなんだ」
卓球「あれは出せないな。あれ、フェスじゃないけど、××××の話」
瀧「ああ、あれね」
道下「××××？　知らないですよ、僕も」
卓球「2～3年ぐらい前、俺と瀧とシン・ニシムラで飲んでて、俺そん時ベロベロだったのね……」
——以下、卓球のひどい話。略——
山崎・道下・兵庫「うわぁ——っ!!」
瀧「それで俺、『お前! いいかげんにしろよ!!』って、こいつの頭バチーン!!って叩いて」
卓球「こいつに店から引きずり出されて」
瀧「俺すげえ謝って、金払って表出てからもう一回、こいつの頭をこうやって(中指の第一関節を突き出してのゲンコツで)ガツーン!!って殴って『オラーッ!』っつったら、こいつ『ウヒヒヒー! いてていててていてて!』とか言って」
卓球「『お前、帰れえええ!』って言われて、シンとふたりがかりでタクシーに押し込まれて」
瀧「で、こいつ乗せたタクシーが行ってから、シンとふたりで顔見合わせて『ヤバかった〜!』っつって、『あ〜あ〜……』って。っていうとこまでが、俺の話」
道下「そりゃ瀧さんもこれで(中指ゲンコツで)殴りますよね」
瀧「さすがに大人になってるから、相手も大人だし、これで殴っちゃいけないなと思うんだよね」
卓球「瀧がこれで殴ったのは、俺と西井だけだからね」
一同「(笑)」
瀧「殴っちゃいけないなと思うんだけど、もうこれやるしかないなっていう。本当に、わからせるには」
卓球「鉄拳制裁」
瀧「鉄拳制裁じゃなくて、痛みを伴って教えないと。

あのほら、ゴルフ場で鉄線張ってあって、ビリッてしびれるからイノシシとかブタが入ってこない感じ。あれと一緒、本当に。野性だから、相手は。っていうのをたまーに使うんだよね。で、さらにこの話には続きがあって」
山崎・道下・兵庫「えーっ!?」
卓球「そのあとさ……」

――以下、卓球のさらにひどい話。略――

山崎・道下・兵庫「うわあああああーっ!」
卓球「この話をさ、キューンの社長の中山みっちゃんと、大宮エリーさん（CMディレクター・脚本家・映画監督）のふたりに話したら、ふたりともそのオチの瞬間にイスから立ち上がって『うわああああーっ』て、テーブルの周りひとまわりしてたもん（笑）」
瀧「ふたり同時に（笑）」
道下「それ、その次元の話ですよ!」
山崎「ヤバい。それはすごい」
卓球「それが僕の♪武勇伝」
山崎「ははは」
卓球「あと、これ俺、メロン牧場で言いそびれた話が1個あって。マイクロオフィス――」
瀧「おもらし事件ね」
卓球「これ言ってないよね?」
瀧「してないね」
卓球「メロンでしようしようと思ってたんだけど、ずいぶん経っちゃったから。宇川がやってたマイクロオフィスってクラブができて間もない頃に、小野島（大／音楽評論家）さんの誕生パーティ、あそこでやって。で、俺も昔のニューウェイヴ・セットとかやって。それがあって、その誕生パーティー終わったあと、宇川くんとかがいて、『じゃあまだ遊ぼう』っつって。俺、『じゃあレコード持って来るわ』って一回家帰ってレコード持って来たのよ。で、持って来て、『じゃあうちの若い連中も呼ぶよ』とか言って、スタッフとかも遊びに来てさ。まあ、10人いないぐらいで。で、レコードまわしたり酒飲んだりしてたんだけど、朝8時ぐらいまでやってて。それでさあ、途中さあ、俺すごいブースでおしっこしたくなって。おしっこしたいな～と思ってたんだけど、『まあいいや、もう1枚つないでから』と思って、もう1枚つないで、『まだいけんな』と思ってやってたらさ、結構ギリギリになって。『うわ～、もう結構限界だ～！』と思って、『うわ～もうダメだダメだダメだダメだ～！　もうもらしちゃえ～！ジョーッ』って、俺ブースでもらしちゃって（笑）」

一同「あははは！」

卓球「で、『うわ～、もらしちゃった。でも酔っ払ってるからまあいいか』って感じでさ（笑）」

山崎「全然よくねえじゃん！（笑）」

卓球「そのままDJで、うしろ向いてレコードバッグのところで、ガポッ、ガポッ、ガポッってしながらレコード選んで、またターンテーブルにポンとのせて、また選んでたら、宇川くんがブースに来て『飲み物とか大丈夫？　足りてる？』って訊くから、『いや、宇川くん、ちょっと頼みがあるんだけど……飲み物はいいんだけど、今おしっこもらしちゃってさ。悪いんだけど、靴とズボンとパンツって用意できる?』『マジで?　ヤバいねえ!』」
一同「(爆笑)」
卓球「ちなみに、それが起きてる時に、フロアはふたり」
一同「ははははは!」
卓球「で、『マジで?　ヤバいねえ!』っつってしばらくしたら、宇川くんがちゃんとパンツとズボンとスニーカー用意してくれたのね。で、それにはき替えてまたやってて、もうそん時お客さんひとりで(笑)」
道下「お客さんっていうか友達ね」
卓球「でもやりながらつくづく思ってさ、おしっこもらす時って、靴はまず脱ぐべきだなあってさ(笑)」
山崎「靴に溜まるんだ、っていう(笑)」
卓球「あそこで靴脱いでおけば靴の被害はなかったわ、って思いながら、またまわしてたっていう」
山崎「おもしろすぎる、それ(笑)」
瀧「バカすぎるよね。最悪止めてもいいじゃないですか。お客さんじゃないんだから。頭おかしいよね」
山崎「頭おかしいね、完全に。それ限りなくひとりプレイだよね、ただのね。レコードまわしながらおもらしするって」
卓球「でもすげえのは、その明け方にパンツとズボンと靴が揃ったってとこだよな!」
瀧「違うよ!(笑)」
道下「そこ違いますよね。すごいのはおもらしするとこですよ」
瀧「何を言ってんだ、こいつはほんとに」
山崎・兵庫「あははははは!」

道下「おかしい」
山崎「頭おかしいわ、マジで」
瀧「『すごいよねえ。火事に花瓶の水を持ってくるところがさ』って。火事がすごいよ！っていう（笑）」

（下巻の『あとがき座談会』へ続く）

編集
山崎洋一郎／兵庫慎司／前田奈央

編集補助
橋中佐和／松本昇子

注釈
田中大／兵庫慎司

編集協力
黒沢利絵／海老佳奈

装丁・デザイン
anaikim

表紙写真
©BLOOM image/amanaimages

協力
道下善之（キューンアーティスツ）
キューンレコード

電気グルーヴ

1989年4月27日、元人生の石野卓球とピエール瀧を中心に結成。1991年、卓球・瀧・CMJKという編成でソニー・トレフォート(現キューンレコード)より、アルバム『FLASH PAPA』でメジャー・デビュー。その直後にCMJK脱退、砂原良徳(通称まりん)加入。1993年リリースの4thアルバム『VITAMIN』のヒットで、国内にテクノを広く知らしめる。1997年、8thアルバム『A』がオリコン・チャート3位を記録。先行シングルの“Shangri-La”と共に50万枚以上のセールスを記録。1999年、まりん脱退。同年7月、卓球オーガナイズによる国内最大の屋内レイヴ「WIRE」スタート、以降毎年開催。2001年のWIRE01でのライヴを最後に活動休止期間に入り、卓球・瀧それぞれのソロ活動を経て、2004年、3年の沈黙を破りベスト盤『SINGLES and STRIKES』リリース&WIRE04でのライヴを皮切りに活動再開。と思ったら2005年、“電気グルーヴ×スチャダラパー”としてアルバム『電気グルーヴとかスチャダラパー』をリリース。電気としてはまたも沈黙するが、2006年7月のFUJI ROCK FESTIVAL 06出演から本格始動。2007年12月には実に約8年ぶりとなるシングル『少年ヤング』を、2008年2月には『モノノケダンス』を立て続けにリリース。そして10枚目のオリジナル・アルバム『J-POP』を4月2日に発表。本著もその威光にあやかり同時刊行。

『メロン牧場——花嫁は死神』の連載はロッキング・オン・ジャパン誌にて好評続行中。

電気グルーヴの続・メロン牧場
——花嫁は死神　上巻

2008年4月2日　初版発行
2019年4月9日　第4刷発行
著者　電気グルーヴ
発行者　渋谷陽一
発行所　株式会社ロッキング・オン
〒150-8569
東京都渋谷区桜丘町20-1
渋谷インフォスタワー19F
電話　03-5458-3031
FAX　03-5458-3547
URL　http://www.rockinon.co.jp/
印刷所　大日本印刷株式会社

乱丁・落丁は
小社宛にお送り下さい。
送料小社負担にてお取り替えいたします。

ISBN978-4-86052-075-5　C0073　¥1400E